Sturm der Leidenschaft

Sarah J. Brooks

ISBN-13: 9781729236031

Dieses Buch ist reine Fiktion. Alle in diesem Buch geschilderten Handlungen und Personen sind frei erfunden. Ähnlichkeiten mit lebenden oder verstorbenen Personen wären zufällig und nicht beabsichtigt.

Für meine Leser

INHALT

Kapitel 1
Kapitel 2
Kapitel 3
Kapitel 4
Kapitel 5
Kapitel 6
Kapitel 7
Kapitel 8
Kapitel 9
Kapitel 10
Kapitel 11
Kapitel 12
Kapitel 13
Kapitel 14
Kapitel 15
Kapitel 16
Kapitel 17
Kapitel 18
Kapitel 19
Kapitel 20
Epilog

Kapitel 1

Jordan

Um ehrlich zu sein, wusste ich schon länger, dass Rob und ich nicht zusammenpassten. Die Chemie stimmte einfach nicht. Es gab keine gegenseitige Leidenschaft, aber er war eben die sichere Wahl. Es war nicht wirklich eine erfüllende Beziehung, aber mit Rob fühlte ich mich behütet, und das war alles, was ich zu jener Zeit vom Leben wollte.

„Wie ist das?“, fragte Rob, als er über mir zugange war.

„Gut.“

„Ja, du bist so wunderschön. Komm für mich, Baby“, stöhnte er.

„Oh, du fühlst dich so gut an in mir“, sagte ich und versuchte dabei, möglichst erregt zu klingen.

Bei Rob täuschte ich schon vor, seitdem wir das erste Mal miteinander geschlafen hatten. Es überraschte mich einigermaßen, dass er dachte, eine begeisterte Frau würde sich so verhalten, aber wahrscheinlich kannte er es eben auch von seinen vorangegangenen Freundinnen nicht anders.

Rob war schon ein guter Kerl. Er hielt mir die Autotür auf und zahlte fürs Abendessen. Er war ein bisschen selbstverliebt und redete mehr über sich, anstatt nach mir zu fragen, aber so waren ja viele Typen. Ich hatte mir eingeredet, dass ich mich wohl einfach nicht mehr zu Männern hingezogen fühlte wie früher. Mein Ex hatte mich in dieser Hinsicht völlig verdorben.

„Komm, Jordan. Ich will dich schreien hören“, sagte Rob leidenschaftlich und bewegte sich über mir auf und nieder.

Es führte kein Weg drum herum. Wenn ich keinen Orgasmus vortäuschte, würde er da oben noch zwanzig Minuten herumhämmern. Er würde dasselbe langweilige Ding weiter und weiter durchziehen und erwarten, dass mich das irgendwie heiß machen und zum Kommen bringen würde. Es war die Mühe nicht wert und ich war sowieso schon müde von meinem Tag. Ich tat also, was ich tun musste.

Meine Finger krallten sich in seinen Rücken, ich packte ihn und zog meine Beine fest um seine stoßenden Hüften. Ich wippte ihm entgegen, um ihm meinen Enthusiasmus zu suggerieren und begann, schwer zu atmen, um dem Ganzen etwas mehr Glaubwürdigkeit zu verleihen.

Zur angemessenen Zeit ließ ich das falsche Stöhnen raus. „Ja, oh, so ist es gut", ächzte ich und rieb mich an ihm. „Oh, ich komme", sagte ich dann und fand mich dabei wenig überzeugend.

„Ja, lass es raus", entgegnete Rob knurrend.

Zu Robs Verteidigung muss ich sagen, dass er tatsächlich wollte, dass ich kam. Ich glaube wirklich, er hätte solange weitergestoßen wie nur nötig und dabei an Baseball gedacht, um mir einen Orgasmus zu verschaffen. Das Problem war nur, dass ich das mit ihm gar nicht konnte. Er hatte nichts auf Lager, außer auf mir zu liegen und zu rammeln. Er konnte mir beim Liebemachen kaum in die Augen sehen und immer, wenn ich Vorschläge für etwas Neues machte, lehnte er ab.

Er wollte mich zwar zuerst kommen lassen, aber die nötige Arbeit, um mich tatsächlich glücklich zu machen, tat er sich nicht an. Es war ja auch eigentlich ziemlich egal, das mit dem Glücklichsein würde ohnehin nichts mehr werden.

„Ich ...komme...gleich!", rief ich und grub meine Fingernägel noch ein letztes Mal in seinen Rücken.

Rob nahm das als Zeichen, um endlich seine ganze Stoßkraft auszupacken. Er drückte meine Beine nach unten und legte richtig los, bis er zum Höhepunkt kam.

„Wow, Baby, das war unglaublich", meinte er atemlos und stürzte neben mir aufs Bett.

„Ja, es war schön."

„Lieb dich", sagte er, als sei es etwas Routinemäßiges.

Dabei hatten wir uns das bisher noch gar nicht gesagt. Liebte er mich? Ich konnte mir nicht vorstellen, dass es sich wirklich so anfühlte, von einem Mann geliebt zu werden, aber mit 22 Jahren wusste man ja auch noch nicht allzu viel über die Liebe. Rob war erst mein zweiter Freund und der erste, vor dem ich keine Angst hatte.

Er beugte sich über mich und zog mich an sich. Er sah mich an und lächelte wie ein von Stolz erfüllter kleiner Junge, der auf Anerkennung wartete. Rob wollte, dass ich sein Liebesbekenntnis erwiderte. Ich sah den Ausdruck in seinem Gesicht, es war allzu offensichtlich.

„Ich freue mich so, dass du heute vorbeigekommen bist“, sagte ich und wollte ihn küssen.

„Jordan, hast du mich gehört? Ich hab gesagt, ich liebe dich.“

„Ja, das war so süß von dir.“

„Süß von mir? Schatz, das ist ein großer Schritt für mich. Ich hatte wirklich gehofft, dass du dich freust.“

„Natürlich, du bist so wunderbar. Danke, Rob.“, sagte ich und gab mir größte Mühe, ihn zufriedenzustellen, ohne etwas zu sagen, was ich nicht ehrlich meinte.

„Du willst es wirklich nicht sagen?“, fragte er mit zornfunkelnden Augen.

Es war nicht dieselbe Art von Zorn, mit der ich in meiner letzten Beziehung zu tun gehabt hatte. Rob wurde nie derart wütend mir gegenüber. Aber ich hatte trotzdem neben unserer mangelnden sexuellen Kompatibilität auch noch andere Sorgen.

„Bist du mir gefolgt?“, fuhr ich ihn plötzlich an. „Als ich neulich aus dem Fitnessstudio gekommen bin, hätte ich schwören können, dass ich dich hinter dem Laden auf der anderen Straßenseite gesehen habe.“

„Was? Nein. Ich hab dir schon gesagt, dass ich dir vertraue. Ich spioniere dir nicht nach. Wenn du sagst, dass du zum Sport gehst, glaube ich dir das.“

„Das behauptest du, aber du bist auch vorher schon dort aufgekreuzt und hast dich vergewissert, dass ich da bin“, konterte ich.

„Das war, weil ich dich mit diesem großen blonden Typen gesehen hab und du einfach geleugnet hast, dass du ihn überhaupt kennst. Der hat ganz klar mit dir geflirtet und ich weiß nicht, wieso du mich deshalb angelogen hast. Aber eigentlich hatten wir das ja schon geklärt."

„Also folgst du mir nicht?", fragte ich zur Klarstellung.

„Nein. Ich bin dir überhaupt noch nie gefolgt. Ich bin nur das eine Mal im Fitnessstudio gewesen. Das wars. Willst du deshalb nicht ‚ich liebe dich' sagen? Weil du glaubst, dass ich dir nicht vertraue?"

„Jemand folgt mir. Ich kann es spüren."

„Ich bin es nicht", sagte Rob und stand auf, um sich anzuziehen. „Es tut echt weh, dass du glaubst, ich könnte dir ins Gesicht lügen und dir nachstellen wie irgend so ein Spanner."

Er hatte recht. Rob war viel zu sehr mit sich selbst beschäftigt, als dass er sich je die Zeit nehmen und mir folgen würde. Er war eifersüchtig, wenn Männer mit mir flirteten, und ich hätte ihm wohl auch die Wahrheit über diesen Kerl im Studio sagen sollen, aber ich glaubte nicht wirklich, dass Rob mir hinterherschlich.

Aber es blieb dennoch dabei, dass ich das Gefühl nicht loswerden konnte, irgendjemand sei hinter mir her. Ich hatte schon öfter gemeint, einen Typen auf der anderen Straßenseite zu erkennen, aber als ich hingegangen war, um nachzusehen, war da niemand gewesen. Es wäre tatsächlich eine Erleichterung gewesen, wenn Rob zugegeben hätte, dass er es war. Nicht etwa, weil ich das gewollt hätte, aber zumindest hätte ich mich dann nicht mehr wie eine Verrückte fühlen müssen, die ständig das Gefühl hat, verfolgt zu werden.

„Ich glaube, wir sollten Schluss machen", sagte ich.

„Warum? Weil du glaubst, dass ich ein Stalker bin? Das ist doch alles nur wegen deinem geisteskranken Exfreund. Jetzt bist du verbittert und meinst, alle Kerle sind Arschlöcher. Ich hab dich nie geschlagen. Ich würde dich nie so behandeln und das weißt du auch."

„Das ist es nicht, Rob. Ich glaube dir, dass du mir nicht folgst."

„Wieso willst du dann Schluss machen? Der Sex ist

fantastisch, wir sind ein super Team und alle finden, dass wir das perfekte Paar sind.“

Ich brauchte all meine Selbstdisziplin, um nicht über seine Argumente zu lachen. Der Sex war nicht fantastisch. Obwohl ich wirklich nicht viele Vergleichswerte hatte und mich nicht an meiner vergangenen Beziehung orientieren konnte, wusste ich, dass es mit Rob und mir alles andere als fantastisch war. Natürlich konnte das auch an mir liegen. Ich war nicht allzu offen und ich konnte nicht behaupten, dass ich in sexueller Hinsicht gerne die Initiative ergriff, aber davon abgesehen stimmten bei uns außer dem Sex auch andere Dinge ganz und gar nicht.

„Rob, findest du wirklich, dass wir gut zusammenpassen? Mir kommt es nämlich nicht so vor.“

„Nicht alle können himmelhochjauchzend verliebt sein. Wir haben da ein gutes Ding am Laufen.“

„Ich will es nicht unnötig verschlimmern. Ich glaube nur nicht, dass das hier funktionieren wird.“

Irgendwo zwischen unserem lausigen Morgensex und meiner Anschuldigung, er würde mich verfolgen, hatte ich die Courage gefunden, mich von ihm zu trennen. Monatelang hatte ich mir diese Sache mit Rob einzureden versucht. Ich hatte mich davon überzeugen wollen, dass es besser war, mit jemand ungefährlichem wie Rob zusammen zu sein als völlig allein. Ich hatte Angst vor dem Alleinsein, bisher war es mir unmöglich erschienen. Und jetzt plötzlich konnte ich aus heiterem Himmel mit ihm Schluss machen.

„Ich verstehe das nicht“, sagte Rob, setzte sich zu mir aufs Bett und sah mir tief in die Augen. „Hab ich etwas falsch gemacht? Wenn ja, tut es mir leid.“

„Nein, Rob, wir passen einfach nicht zusammen. Ich bin mir sicher, dass da draußen ein Mädchen ist, das gerne über Football redet. Jemand, der mit dir in Clubs gehen mag und sich dabei nicht beschwert. Ein Mädchen, das drauf steht, wenn man ihr die Tür aufhält.“

Ich hätte beinahe einen Seitenhieb über den Sex hinzugefügt, riss mich aber zusammen. Rob und ich mussten immer noch miteinander arbeiten und es würde nach der Trennung ohnehin schon unangenehm genug sein. Ich durfte die Sache nicht noch schlimmer machen, indem ich ihm sagte, wie schlecht er im Bett war. Ehrlich gesagt wusste ich auch gar nicht so genau, ob er tatsächlich so schlecht war. Mein ganzer Erfahrungsschatz stammte von einem Teenager-Freund und Rob.

„Du machst also ohne bestimmten Grund mit mir Schluss? Oder weil du nichts von all dem willst? Ich kapier es nicht. Ist es, weil ich bei der Arbeit befördert worden bin? Was ist es? Du kannst es mir sagen. Ich werde dir deshalb nicht böse sein. Ich muss es einfach nur wissen."

„Nichts davon. Es ist nur so, dass ich, seit ich sechzehn war, immer in einer Beziehung gewesen bin oder als Single irgendwie versucht hab, zu überleben. Ich kann mich nicht auf dich einlassen, wenn ich mich nicht einmal selbst kenne. Und ich glaube, dass zwischen uns beiden einfach etwas fehlt. Ich weiß nicht genau, was es ist, also bitte frag mich nicht."

„Ich kann dir auch ein bisschen Abstand geben. Willst du das?"

Es war ein gut gemeintes Angebot und wenn ich Rob geliebt hätte, wäre ich bestimmt darauf eingegangen. Aber keine Zeit der Welt würde bei mir Gefühle für ihn wecken und es wäre ihm gegenüber nicht fair gewesen, solche Spielchen zu treiben. Ich war jetzt viel stärker als damals zu der Zeit, in der ich bei Power Media zu arbeiten begonnen hatte. Ich konnte das Alleinsein jetzt besser vertragen und auch wenn ich gerade erst die Kraft dazu gefunden hatte, die Sache zu beenden, so wusste ich doch, dass es die richtige Entscheidung war.

„Das ist eine Trennung. Eine dauerhafte Sache. Es tut mir leid."

„Wow, sechs Monate zusammen und so machst du Schluss. Ich war immer so verdammt gut zu dir, Jordan. Du wirst mich noch vermissen, aber dann wird es zu spät sein. Dir muss klar sein, dass ich nicht rumsitzen und darauf warten werde, dass du mich zurückwillst. Glaub also bloß nicht, dass ich angekrochen komme, wenn du deine Meinung änderst."

„Ich kann dich verstehen, Rob. Und ich weiß, dass du wütend

bist."

„Oh, so wütend bin ich gar nicht", sagte er, während er aufstand, um seine Schuhe anzuziehen und seine Tasche zu holen. „Ich bin nur froh, dass ich mich nicht mehr mit dir rumschlagen muss."

Er knallte meine Wohnungstür hinter sich zu und ich hörte ihn die Treppe hinunter zu seinem Auto poltern. Sekunden später quietschten seine Reifen und er machte sich aus dem Staub. Er war definitiv nicht wütend. Ich konnte nicht umhin, über sein Benehmen zu schmunzeln. Rob war fünf Jahre älter als ich, aber er war gerade aus meiner Wohnung gestürmt wie ein beleidigtes Kind.

Ein Gefühl der Erleichterung überkam mich, während ich in die Dusche stieg und mich fertig machte für die Arbeit. Es war kurz nach Silvester und ich hatte einen Neuanfang vor mir. Kein Beziehungsballast. Keine Sorgen wegen Rechnungen und dergleichen. Das letzte Mal, als ich alleine gewesen war, hatte ich keinen Job und konnte mir kaum meine Miete leisten. Ich war durch Glück zu einer Stelle als Sekretärin bei Power Media gekommen und hatte dort zwei Jahre lang gearbeitet, während ich abends meinen Abschluss in Kommunikationswissenschaft machte. Das Leben war in Ordnung. Ich hatte einen Gehaltszettel und eine Zukunftsvision. Ich würde schon klarkommen, zumindest sagte ich mir das immer wieder, während ich mich herrichtete.

Ich zog mir ein schickes Arbeitsoutfit an, machte mir die Haare, schminkte mich und fuhr dann zur Arbeit. Ich war mir sicher, dass Rob allen sagen würde, er hätte mit mir Schluss gemacht, aber das war eigentlich auch völlig egal. Ich war froh, Single zu sein, und bereit für ein neues Leben.

Um den Tag etwas entspannter angehen zu können, fuhr ich noch schnell zum örtlichen Coffeeshop und holte Kaffee für alle in meinem Team. Wir waren gerade dabei, ein großes Angebot für einen global agierenden Kunden fertigzustellen und ich wusste, dass niemand das Drama um meine und Robs Trennung gebrauchen konnte. Ich musste allen klarmachen, dass wir auch weiterhin gut zusammenarbeiten würden, denn wenn es ein Problem gab, würde ich es sein, die hinausgeworfen wurde, und nicht Rob.

Rob hatte ein Marketingdiplom, war schon viel länger bei der Firma als ich und er war gerade zum Projektmanager befördert worden. Genau genommen arbeitete ich in dieser Sache also für ihn, auch wenn Margaret meine eigentliche Vorgesetzte war.

Ich kam mit fünf Minuten Vorsprung an meinem Schreibtisch an, aber es war noch niemand da. Ein banges Gefühl sagte mir, dass ich im Konferenzraum nachsehen sollte, und tatsächlich waren dort schon alle versammelt. Rob stand vorne und sprach über den großen Pitch, der uns bevorstand, also versuchte ich, mich hinten hineinzuschleichen.

„Jordan, wie schön, dass du auch kommen konntest."

„Ich dachte, die Sitzung war für 08:30 Uhr angesetzt?"

„Ich habe heute früh eine Nachricht rausgeschickt, dass wir sie vorverlegt haben. Sorry, ich muss dich wohl im Verteiler vergessen haben", sagte er hämisch grinsend.

So würde es jetzt also laufen. Wow, Rob war noch kindischer, als ich gedacht hatte. Hier vor versammelter Mannschaft machte er es offensichtlich, dass wir nicht mehr zusammen waren.

„Habt ihr zwei etwa Schluss gemacht?", flüsterte Emma und rückte ihren Stuhl näher zu mir. „Wieso weiß ich nichts davon?"

„Es ist gerade erst zwei Stunden her."

„Nach dem Meeting will ich alle Details", sagte sie und wandte sich schnell ab, denn Rob beobachtete uns. Wenigstens verkniff er sich einen Kommentar.

Obwohl ich mehrmals während der Sitzung die Hand hob, um mich einzubringen, sah mich Rob nicht einmal mehr an. Es würde wohl nicht so einfach werden, wie ich gehofft hatte, nach der Trennung noch mit ihm zu arbeiten.

Als wir endlich fertig waren, nahm ich Emma mit in die Damentoilette, um sie in die Einzelheiten einzuweihen. Ich brauchte schnellstens einen Plan, um Rob davon abzuhalten, meine Karriere zu zerstören.

„Ich hätte es nicht eine Minute länger ausgehalten. Er ist so langweilig und es gibt keinerlei Knistern, also hab ich Schluss gemacht. Er hat nichts falsch gemacht, außer mies im Bett zu sein, aber diesen Mist tu ich mir bei der Arbeit bestimmt nicht an“, sagte ich und ging in dem kleinen Raum auf und ab.

„Ich bin froh, dass du dich endlich von ihm getrennt hast. Es gibt so viele bessere Optionen da draußen.“

„Wirklich? Ich dachte, du magst ihn?“

„Ich hab ihn gemocht, weil du mit ihm zusammen warst und ich kein Arsch sein wollte. Aber es ist besser, dass ihr kein Paar mehr seid. Jetzt kannst du mit mir um die Häuser ziehen und wir suchen dir einen richtigen Mann.“

Über die Vorstellung konnte ich nur lachen. Bars und Clubs machten mich nervös und das wusste sie auch. Ich hatte nicht gerne so viele Leute um mich und anständige Kerle hatte ich dort sowieso noch nie getroffen. Lieber blieb ich zu Hause und rollte mich alleine vor dem Fernseher zusammen. Darauf freute ich mich tatsächlich am meisten.

„Ich werde mit ihm reden. So kann er mit mir nicht umgehen.“

„Wie denn? Du darfst da keine Szene draus machen, dadurch wird alles nur schlimmer. Ich glaube, du schlägst ihn am besten mit Freundlichkeit.“

„Das klingt nach einem schrecklichen Plan“, sagte ich und verdrehte die Augen über meine beste Freundin.

Emma wollte immer das Beste aus jeder Situation machen. Sie war ständig gut drauf und es war schon irgendwie ekelerregend, wie gutaussehend sie jeden Tag zur Arbeit erschien.

„Der kommt schon drüber weg. Heute ist die Wunde eben noch frisch. Lass uns mal sehen, wie sich die Dinge in den kommenden Tagen entwickeln und wenn er sich nicht einkriegt, reden wir gemeinsam mit ihm. Wenn das auch nichts bringt, können wir immer noch zu Margaret gehen, die wird ihn schon zur Vernunft bringen.“

„Ich glaube, ich hab echt seine Gefühle verletzt“, räumte ich ein.

„Er kommt mir nicht wie die Art Kerl vor, mit dem schon oft Schluss gemacht wurde. Wahrscheinlich hat er dich schon langsam echt gerngehabt."

„Ähm, er hat mir heute Morgen sogar gesagt, dass er mich liebt." Ich zuckte selbst darüber zusammen, wie furchtbar das klang.

„Du hast den Mann abgeschossen, nachdem er dir seine Liebe gestanden hat? Autsch, das ist eiskalt, Jordan."

„Ich weiß. Ich hab die Sache nicht durchdacht. Es ist einfach so rausgerutscht. Er hat es gesagt und ich wusste sofort, dass ich nicht dasselbe für ihn empfinde. Außerdem war der Sex heute früh so langweilig, dass ich tatsächlich die Risse in meiner Decke gezählt habe."

„So schlimm?", fragte sie.

„Ja, absolut keine Chemie und er bestand noch darauf, dass ich vor ihm komme." Ich verzog das Gesicht. „Wie kann ein Kerl denn ernsthaft denken, es wäre irgendwie aufregend, einfach nur dazuliegen und nichts zu tun?"

„Okay, aber wir müssen ihm auf jeden Fall ein bisschen Zeit geben. Tritt ihm nicht entgegen und mach dich auf ein paar schlechte Tage gefasst. Ich sag Courtney, dass sie ein bisschen mit ihm flirten soll, das schluckt er bestimmt und dann lässt er dich auch bald wieder in Ruhe."

„Courtney? Das Mädchen aus dem Joghurtladen nebenan?"

„Sie steht schon seit Ewigkeiten auf ihn. Sie freut sich bestimmt, dass er wieder zu haben ist. Ich hol mir zu Mittag ein Frozen Yogurt und lass es sie wissen."

„Wieso bist du so gut im Schlussmachen?", lachte ich.

„Was denkst du, wie ich die Typen immer loswerde? Ich kümmere mich drum, dass irgendein anderes Flittchen sie ablenkt. Ist schon erstaunlich, wie leicht ein Kerl zum Entschluss kommt, dass du ihm egal bist, wenn sich ein Mädchen mit großen Möpsen für ihn zu interessieren beginnt."

Genau wegen dieser Art zu denken waren Emma und ich beste

Freundinnen. Ihr war es egal, weshalb ich mit Rob Schluss gemacht hatte, ihr war nur wichtig, mir das Leben möglichst leicht zu machen, jetzt wo die Tat vollbracht war.

Emma und ich hatten uns jedoch nicht immer so nahegestanden. Als ich damals in der Firma angefangen hatte, war ich mir sicher, dass sie mir am liebsten eine reingehauen hätte. Ich war furchtbar in meinem Job und hatte sie einen wichtigen Kunden gekostet, weil ich ein Projekt, das sie mir gegeben hatte, nicht rechtzeitig fertiggebracht hatte. Ich konnte mich noch so sehr entschuldigen, sie war stinksauer.

Drei Monate später begann sie dann aber letztlich doch, ein wenig aufzutauen. Ich hatte mich an meine neuen Aufgaben gewöhnt und schaffte es schließlich sogar, ein Projekt vor dem angesetzten Termin abzuschließen. Ich ging mit ihr die digitalen Kopien durch und gab ihr alles auf einem USB-Stick, damit sie die Sachen hochladen und dem Kunden mehr als zeitgerecht zuspielen konnte. Sie bekam den Auftrag und dazu noch einen fetten Bonus, danach waren wir Freunde.

„Weißt du noch, Rob und ich wollten ja eigentlich in ein paar Wochen auf unsere große Bergtour gehen. Vielleicht willst du ja stattdessen mit mir kommen? Ich hab schon die ganze Ausrüstung."

„Nein."

„Denk doch mal drüber nach. Wir könnten durch die Wälder wandern. Das ganze Wochenende quatschen und Spaß haben. Das ist das Abenteuer unseres Lebens."

„Ich glaube, deine Vorstellung von Spaß ist etwas anders als meine. Auf keinen Fall bleibe ich nachts irgendwo in der Wildnis. Tut mir leid, aber dafür musst du dir einen anderen Partner suchen."

„Na schön, ich werde mich mal umsehen. Einen Versuch wars wert." Ich lachte bei dem Gedanken, dass Emma jemals für irgendetwas auf ihre High Heels verzichten würde.

„Vielleicht solltest du einfach alleine gehen. Du weißt schon, wie das Mädchen in *Der große Trip*. Hat nicht Reese Witherspoon die Hauptrolle gespielt? Du siehst eh ein bisschen aus wie sie, mit deinen blonden Haaren und den tiefblauen Augen. Du könntest alleine gehen und dein eigenes Abenteuer erleben."

Ich hatte tatsächlich noch nie darüber nachgedacht, alleine wandern zu gehen. Die Idee, ein Wochenende in der Natur zu verbringen, war darauf ausgerichtet gewesen, Rob irgendwie näher zu kommen. Ich hatte gehofft, dass ein wenig Zeit ohne das ganze Drumherum uns irgendwie zusammenschweißen würde. Ich war allerdings keineswegs eine erfahrene Wanderin oder Camperin, hätte mich also bei den meisten Dingen auf ihn verlassen müssen und daher war es mir nicht in den Sinn gekommen, alleine wandern zu gehen.

„Ich finde schon noch jemanden. Vielleicht gehe ich einfach mal zu der Wandergruppe auf Facebook, von der ich dauernd Einladungen kriege. Da sucht doch bestimmt jemand nach einem Partner für ein Wochenende im Freien."

„Klar, klingt gut. Und jetzt gehen wir wieder an die Arbeit, du musst nämlich echt glänzen, damit Rob keinen Grund hat, dich anzuschreien", sagte Emma und ging mit mir zu meinem Platz zurück. Sie sah auf die Aufgabenliste auf meinem Tisch. „Du wirst die ganze Nacht hier verbringen, wenn du nicht bald loslegst."

Sie wollte mich nur veralbern, aber sie hatte recht. Ich hatte eine Menge zu tun und würde heute bestimmt noch lange im Büro sitzen. Meine Gedanken waren allerdings noch immer ziemlich durcheinander nach allem, was zuvor mit Rob passiert war, und ich wusste genau, dass ich das niemals alles rechtzeitig hinkriegen würde.

„Ich kann nicht...", begann ich zu sagen.

„Das ist keine Option. Sieh mich an, Jordan", sagte Emma und packte mein Gesicht. „Jetzt gehts ums Ganze. Du musst die Sache hier schaukeln. Hol dir etwas Koffein, arbeite diese Liste ab und zeig Rob und allen anderen, dass du deinen Platz hier verdient hast. Wenn du auch nur ein bisschen nachlässt, wird Rob das ausnutzen und dich bei Margaret verpetzen. Du weißt doch noch, was letzte Woche mit Ian passiert ist, oder?"

Bei dem Gedanken musste ich schwer schlucken. Natürlich wusste ich noch, was in der Woche zuvor mit Ian passiert war. Er hatte zwei offene Projekte für Margaret und wurde krank. Es war das zweite Mal in einem Monat, dass er sich krankmeldete, und schon sein drittes verspätetes Projekt. Als er am nächsten Tag ins Büro kam, waren all seine Sachen gepackt und die Leute von der Personalabteilung warteten schon an seinem Tisch.

Er war den Tränen nahe, als sie mit ihm in den Konferenzraum gingen und nur fünf Minuten später wieder rauskamen. Er war gefeuert, einfach so. Ich hatte Ian gemocht. Er hatte Frau und Kinder und ich wusste, dass er tatsächlich krank gewesen war. Wenn sie so jemanden feuerten, war es sonnenklar, dass auch ich im Handumdrehen auf der Straße sitzen würde, sobald ich ein bisschen lockerließ. Meine Beziehung mit Rob, oder eigentlich das Ende meiner Beziehung mit Rob, durfte meine Leistung im Job nicht beeinflussen.

„Du hast völlig recht. Ich kriege das hin und gebe alles pünktlich ab!"

„Das wollte ich hören", sagte Emma und umarmte mich, bevor sie sich aufmachte und mich meiner Arbeit überließ.

Kapitel 2

Caleb

„Wow, du wirkst... ähm, entspannt, Brüderchen“, sagte Jeff, als ich zu seinem Tisch in Lou’s Diner kam.

„Ich bin auch entspannt.“

„Du hast doch gesagt, du hättest in der Hütte oben eine Dusche.“

„Ich habe auch eine Dusche.“

„Oh.“

„Jeff, spucks einfach aus. Was willst du mir sagen? Findest du, ich stinke, oder was?”

Mich einmal im Monat mit Jeff zu treffen war meine unliebsamste Beschäftigung überhaupt. Ich schätzte die Ruhe und den Frieden oben in meiner Hütte, deshalb blieb ich normalerweise auch dort. Aber nachdem ich sowieso in die Stadt musste, um Vorräte zu besorgen, sollte ich mir wohl auch die Mühe machen und mich bei meinem Bruder blicken lassen. Zuerst waren die Treffen noch unterhaltsam gewesen und ich hatte mich immer gefreut, ihn zu sehen, aber in letzter Zeit saugte er mir richtig die Energie aus dem Leib.

„Du fängst langsam an, ein bisschen verrückt auszusehen, Cal. Ich meine, dein Bart ist ziemlich lang und deine Haare eigentlich auch. Soll ich mit dir zum Frisör gehen? Ich kann dich gerne einladen.“

„Oh, du würdest gerne für meinen Haarschnitt zahlen?“, fragte ich und lachte los. Jeff wusste, dass ich reichlich Geld hatte und seine Unterstützung wirklich nicht brauchte, um den Frisör zu bezahlen. Es war ulkig, dass er dachte, die paar Kröten könnten mich irgendwie aus der Reserve locken. „Jeff, ich lasse sie wachsen. Das gehört zum Prozess.“

„Welcher Prozess? Was zur Hölle ist los mit dir, Caleb?”, fragte Jeff besorgt. Dass er sich Sorgen machte, merkte man daran, dass er meinen vollen Namen anstatt ‚Cal‘ verwendete, wie er es sonst immer tat.

„Mir gehts gut. Ich bin nicht durchgedreht oder so. Ich arbeite an einem Solarprojekt und genieße die Stille oben in meiner Hütte. Ich verspreche dir, dass ich nicht verrückt werde.“

„Mom und Dad machen sich auch Sorgen um dich. Ich halte sie schon die ganze Zeit hin, aber du wirst sie besuchen müssen. Mom braucht eine Umarmung, sonst glaubt sie mir nie, dass du in Ordnung bist. Kannst du bitte einfach nach Arizona runterfahren und zu ihnen gehen? Ich hab keine Lust mehr, sie anzulügen.“

Jeff und ich hatten vereinbart, dass wir unseren Eltern erzählen würden, ich mache eine Auszeit, um mich selbst zu finden und mit Bedürftigen zu arbeiten. Aus irgendeinem Grund war mein Bruder der Meinung gewesen, sie würden es nicht gut aufnehmen, dass ich meine eigene Hütte bauen und in der Wildnis leben wollte. Mir war das völlig egal. Seitdem Kristen mich verlassen und ich meinen Job als Techniker gekündigt hatte, ließ ich mich treiben. Ich war verloren und ich wusste, dass ich mich erst selbst finden musste. Zum Glück hatte ich die finanziellen Mittel, mir etwas Zeit zu nehmen und genau das zu tun.

„Ich besuche sie im März. Sag ihnen, dass ich am ersten Wochenende vorbeischaue.“

„Danke. Dann werde ich wohl jetzt dein zerzaustes Äußeres ignorieren und diesen Papierkram mit dir durchgehen.“

„Na wunderbar“, sagte ich lachend.

Um Jeff bei Laune zu halten, hatte ich ihm etwas von meinen Bitcoins gegeben, um in neue Kryptowährungen zu investieren. Ich hatte ein paar Dutzend Coins verkauft, nachdem ich meinen Job hinter mir gelassen hatte, sodass ich genug Geld hatte, um davon für den Rest meiner Tage leben zu können, wenn ich das wirklich wollte. Mein bescheidenes 10.000 Dollar Investment in Bitcoin hatte sich über die vergangenen Jahre zu mehreren Millionen vervielfacht und gab mir so die Möglichkeit, mich zur Ruhe zu setzen. Ich hatte eine Handvoll Coins behalten und Jeff mit der Betreuung meines Einkommens und Investitionen in neue

Gelegenheiten betraut.

„Okay, also Cardano ist eine große Sache. Ich habs bei fünf Cent gekauft und jetzt liegt es bei deutlich über einem Dollar. Hier ist die Liste deiner Anteile und der dazugehörigen Profite. Ich hatte gedacht, wir sollten wohl einfach behalten, was da drin ist, und sehen, was dabei noch rauskommt, was meinst du?“

„Jetzt liegen wir bei einer Viertelmillion?“, fragte ich etwas überrascht. „Wie viel hast du gekauft?“

„Nur fünfzehntausend. Es wächst wie verrückt.“

„Hast du die Obergrenze recherchiert? Wie weit geht das?“

„Hab ich, es gibt eine Menge Spekulationen.“

„Gut, wir behalten das einfach fürs Erste. Aber verkauf fünfzehntausend Coins, damit ich mein Geld da raus hab.“

„Klingt gut. Und was ist mit diesen hier?“, fragte Jeff und schob mir noch sechs weitere Blätter herüber.

Ich sah mir die Kryptowährungen durch, die er gekauft hatte, und begutachtete die Zuwächse. Es schien alles gut zu laufen und nachdem es nicht ich war, der die Recherchen gemacht hatte, war ich eher zögerlich, irgendwelche großen Entscheidungen zu treffen. „Ich vertrau da auf dein Gefühl, Jeff. Vielleicht verkaufst du ein bisschen von Ripple? Was meinst du?“

„Ja, das hätte ich auch vorgeschlagen. Aber ich habe einiges in eine Absicherung zur Verlustvermeidung gesteckt und kann auch noch mehr einzahlen, wenn du verhindern willst, dass zu viel verloren geht.“

„Nein, schon gut. Ich glaube, diese Währungen werden ein bisschen auf und ab schwanken. Lass uns das meiste davon behalten. Die Absicherung zur Verlustvermeidung kannst du auflösen. Und wenn sie in den Keller gehen, möchte ich, dass du mehr kaufst, statt zu verkaufen, verstanden?“

„Ja.“

Jeff war gelernter Finanzberater und ich wusste, dass ihm das Nachforschen und Investieren in Kryptowährungen Spaß machte, aber er hatte nicht die Nerven für das Auf und Ab, das sie mit sich brachten. Ich war mir auch nicht ganz sicher, ob er die Technologie dahinter wirklich verstand, denn sonst wüsste er, dass wir gerade auf einer Zukunftswelle ritten. Ich hatte Millionen Dollar mit Bitcoins verdient, aber noch wollte ich nicht mein ganzes Geld aus dem Spiel nehmen.

„Können wir jetzt bestellen? Ich würde gerne was essen“, sagte ich, um die Geschäftsgespräche endlich abzuschließen.

„Klar. Ich hab auch Hunger. Ich will mich aber gesünder ernähren, also werde ich mich auf einen Salat beschränken.“

Jeff winkte die Kellnerin an unseren Tisch. Er war Stammkunde hier in Lou’s Diner in Portland, deshalb wusste die Bedienung, dass sie warten musste, bis er sie herrief, bevor sie zu uns kam. Er war ziemlich versessen darauf, das Geschäftliche vor dem Essen zu erledigen, und wir hatten uns jetzt seit fast zwei Jahren einmal im Monat hier getroffen, immer bei derselben Kellnerin.

„Hey, Doris. Wie gehts dir?“, fragte Jeff in übertrieben freundlichem Tonfall.

„Mir gehts gut, Jeff. Möchtest du einen Burger? Gut durchgebraten?”

„Heute nicht, ich muss mich zusammenreißen und in Form kommen. Ich nehme einen gemischten Salat. Danke.“

„Für mich einen doppelten Cheeseburger mit Speck und Pommes. Und noch einen zweiten zum Mitnehmen, bitte“, sagte ich, ohne auf ihre Frage zu warten.

„Dein Bruder scheint sich weniger Sorgen um seine Linie zu machen“, scherzte Doris und entfernte sich.

„Wie ist es möglich, dass du so viel isst und trotzdem diese Bauchmuskeln hast?“, fragte Jeff.

Ich stand auf und zog mein T-Shirt hoch, um mit meinem perfekten Eightpack anzugeben. Es war nicht einmal mehr nur ein Sixpack. Seitdem ich in den Bergen lebte, waren meine Muskeln definierter als je zuvor. Wer hätte gedacht, dass ich den Körper bekommen würde, um den ich mich jahrelang bemüht hatte, indem ich das Fitnessstudio hinter mir ließ und hinaus in die Wildnis ging?

„Pack die weg.“ Jeff tat so, als würde er seine Augen bedecken. “Komm schon Cal, es sind Kinder hier drin.”

„Kannst du fassen, wie fit ich im letzten Jahr geworden bin? Ich schwöre, jahrelang hab ich versucht, zuzulegen, aber es hat nie geklappt. Ich wurde immer nur dicker, anstatt mehr Muskeln zu bekommen.“

„Stemmst du da oben in deiner Hütte etwa Gewichte oder so?“

„Nein. Ich arbeite nur an meinen Projekten und beschäftige mich viel. Ich esse jede Menge Proteine und Gemüse, ich hab bestimmt zehn Kilo Muskelmasse zugelegt. Schau dir mal diese Kanonen an“, sagte ich grinsend, während ich ihm meine angespannten Arme präsentierte.

„Verflucht, du siehst bald aus wie der Typ aus Game of Thrones, wie heißt der noch?“

„Ich hab keinen Fernseher“, lachte ich. „Keine Ahnung.“

„Jedenfalls bist du ein Tier. Du weißt schon, dass du dich vor Frauen kaum mehr retten könntest, wenn du endlich mal von deinem Berg runterkommen würdest.“

„Du könntest ja auch einfach mal zu mir kommen. Ich bin mir sicher, dass du genug Geld auf dem Konto hast, um ein Jahr oder zwei frei zu nehmen.“ Ich kannte seine Antwort schon, bevor er zu reden begann. Jeff war der vernünftige ältere Bruder. Er würde sein komfortables Leben nicht dafür aufgeben, neue Wege zu gehen. So sehr ihm die Vorstellung auch gefallen mochte.

„Ha, du glaubst, ich würde mich einfach abkapseln und vor meinen Problemen davonrennen so wie du? Nein, ich stell mich dem Leben lieber, als davor zu flüchten.“

„Leck mich“, rief ich so laut, dass alle anderen Gäste zu uns herübersahen. „Du hast keine Ahnung, was ich mache und wieso ich es mache.“

Es passte zu Jeff, dass er dachte, ich würde vor dem Leben davonlaufen, weil ich mir eine Hütte im Wald gebaut hatte.

Natürlich konnte er nicht begreifen, wie wichtig das für mich war und wie ich mir mein Leben zurechtlegte. In seinen Augen flüchtete ich nur vor Problemen. Insbesondere schien er zu denken, dass ich vor dem Kummer davonlief, den mir meine große Liebe bereitet hatte, als sie meine Träume zunichtemachte. Ich hatte für Kristen schon den Ring gekauft gehabt, mit dem ich um ihre Hand anhalten wollte, als sie mich verließ. Es war ohne Vorwarnung gekommen und es schien, als hätte sie nicht einmal mehr darüber nachdenken müssen.

Kristen und ich waren glücklich gewesen. Zumindest hatte ich das gedacht. Alles war perfekt. Ich hatte meinen Job als Ingenieur und sie arbeitete nur ein paar Häuser weiter in einer Anwaltskanzlei. Wir kamen karrieremäßig richtig gut voran, hatten zwei schöne Autos und eine großzügige Wohnung in der Innenstadt. Hätte mir irgendjemand erzählen wollen, dass unser Leben nicht perfekt sei, ich hätte ihn nur ausgelacht. Und dann eines Morgens drehte sich Kristen zu mir um und machte einfach so Schluss. „Ich glaube, wir wollen verschiedene Dinge im Leben", hatte sie gesagt, als ob das ein Grund gewesen wäre, auf einmal alles wegzuwerfen.

Ich hatte die Sache retten wollen. Ich tat alles, was in meiner Macht stand, aber sie wollte einfach nicht mehr mit mir zusammen sein. Ich versuchte, romantisch zu sein, buchte zwei Tickets für einen tropischen Strandurlaub, aber sie weigerte sich. Es half alles nichts, aber ich kämpfte weiter, bis ich eines Tages zu ihr ins Büro ging und sie dabei erwischte, wie sie einen Mann küsste. Sie küssten sich nicht einfach nur, sondern sie waren leidenschaftlich verliebt ineinander, man hatte es in ihren Augen sehen können. Erst in diesem Moment gab ich es auf, sie zurückgewinnen zu wollen.

„Du kannst von mir aus wütend auf mich sein, aber du weißt, dass ich recht habe. Du hast also eine schlimme Trennung durchgemacht, okay. Reiß dich zusammen und komm drüber weg. Hör auf zu schmollen."

„Ich bin nicht wegen meiner Trennung in den Bergen", log ich.

„Wieso denn sonst? Wolltest du wirklich einfach von Hand eine Hütte bauen? Oder hast du dich im Wald verkrochen, nur um einen Körper wie Adonis zu bekommen, ist es das?"

„Jeff, sei kein Arschloch. Viele Leute überdenken ihr Leben und suchen nach etwas Neuem. Tu nicht so, als sei ich ein Sonderling. Ich will nur von diesem ganzen Wahnsinn wegkommen und zu mir selbst finden."

„Du hast Millionen auf dem Konto. Ich verstehe einfach nicht, wieso du in der Wildnis haust. Geh doch nach Tahiti oder so", sagte Jeff gerade, als Doris unser Essen brachte.

„Es wäre dir also lieber, wenn ich vor meinen Problemen davonlaufe, indem ich dafür einen Haufen Kohle ausgebe? Das ist idiotisch."

„Du siehst aus wie ein Höhlenmensch, der nicht mehr unter Leute gehen will. Ich habe nur Angst, dass du zu lange da oben bleibst und nie wieder runterkommen willst. Was ist mit dem Schnee? In ein paar Tagen soll ein gewaltiger Schneesturm kommen. Danach kannst du nicht mehr weg von deinem Berg. Cal, ich mache mir einfach Sorgen um dich."

Ich wusste schon, dass Jeff eigentlich nur so eine Nervensäge war, weil er Angst um mich hatte. Das Problem war nur, dass mir das egal war. Ich hatte es satt, in die Stadt zu kommen und mich mit ihm zu treffen, nur um mir erzählen zu lassen, was ich alles falsch machte.

„Hey, Doris", rief ich. „Pack mir das alles ein. Ich muss los."

„Du könntest wenigstens versuchen, nett zu ihr zu sein."

„Ich war nett", knurrte ich.

„Hier bitte, Caleb", sagte Doris, als sie mir die beiden verpackten Mahlzeiten mitgab.

„Danke", sagte ich knapp, woraufhin sie sich umdrehte und ging. „Besser so?", fragte ich Jeff.

„Weißt du, je länger du da oben in den Bergen bleibst, desto mehr wirst du zu einem echten Scheusal. Vielleicht höre ich damit auf, dein Geld zu verwalten. Du weißt das offensichtlich nicht zu schätzen."

„Ich habe dir das nur überlassen, damit du dich wichtig fühlst. Ich könnte mein Geld auch genauso lassen, wie es ist, und es wäre mir völlig gleich."

„Schön. Dann kümmere dich doch selbst drum", sagte er und warf mir seine Papiere hin. „Ich hab keine Lust mehr, mich mit dir abmühen zu müssen. Wenn du dich für den Rest deines Lebens in den Bergen verstecken willst, dann mach das eben. Aber erwarte nicht, dass ich mich noch weiter um deine Angelegenheiten kümmern werde! Und vor allem erwarte nicht, dass ich weiterhin unsere Eltern für dich anlüge."

So oder so ähnlich waren eigentlich alle unsere Treffen in den vergangenen Monaten verlaufen. Jeff wurde immer wütend auf mich und ich wurde genauso wütend auf ihn. Sich zu treffen war längst nicht mehr schön oder hilfreich, aber dennoch wollte ich mich nicht völlig von meiner Familie trennen, während ich meinen eigenen Lebensweg zu finden versuchte.

„Hör zu, es tut mir leid, dass ich nicht deinen Erwartungen entspreche, aber ich kann dir nicht wieder und immer wieder erklären, wieso ich dort oben sein muss. Ich werde jetzt gehen und wir können es nächsten Monat wieder versuchen."

„Von mir aus. Dann bis zum ersten Sonntag im März."

„Einverstanden.", sagte ich und wandte mich ab, um zu gehen.

„Cal", rief Jeff noch und lief mir nach. „Pass auf dich auf da oben. Das mit dem Sturm hab ich ernst gemeint. Besorg dir genügend Vorräte, okay?"

„Danke, Jeff. Inzwischen weiß ich schon recht gut, wie es läuft", sagte ich und ging.

Glaubte er wirklich, dass ich nach zwei Jahren in der Hütte immer noch nicht wusste, wie man durch den Winter kam? Ich hatte bereits einen hinter mir und im letzten Jahr hatte es besonders viel Schnee gegeben. Das machte mir nichts aus. Die Winter in Oregon waren nicht wie in Colorado oder anderswo und dieses Jahr war ohnehin ungewöhnlich mild. Der letzte Schnee war schon wieder geschmolzen, eine Woche schlechtes Wetter sollte also wirklich kein Problem sein.

Um sicher zu gehen, beschaffte ich mir trotzdem einen neuen Vorrat an allem Lebensnotwendigem bei einem Großhändler. Ich hatte außerdem eine lange Liste an Material, das ich für meinen neuen Schuppen brauchte, und ich benötigte ein paar technische Teile für das Solarsystem, das ich anbringen wollte. Obwohl es Winter war, hatte die Sonne einiges an Kraft und der Strom, den ich generierte, war ziemlich beeindruckend.

Den Rest des Tages verbrachte ich damit, im Ort meine Einkaufsliste abzuarbeiten. Ich wollte vor Einbruch der Dunkelheit wieder in meiner Hütte sein, aber als ich zur Stadt hinausfuhr, ging die Sonne bereits unter und ich musste den Rest der Fahrt bei Dunkelheit zurücklegen.

Normalerweise wäre es keine große Sache gewesen, eine Bergstrecke bei Nacht hinaufzufahren, solange man auf der asphaltierten Straße blieb. Meine Hütte war allerdings weitab der öffentlichen Wege und sobald ich auf den Schotterweg abgebogen war, wusste ich wieder, wieso ich sonst nie bei Dunkelheit fuhr. Es war unmöglich, die Straße zu erkennen, obwohl die Lichter meines Geländewagens ziemlich hell waren. Ich bog irgendwo ab, wo ich die Einfahrt zu meiner Hütte vermutete, musste aber feststellen, dass ich direkt auf eine Baumreihe zufuhr und ging abrupt in die Eisen. Heute Nacht würde ich nicht weiterkommen. Die Straße war zu steil und zu gefährlich, um sie im Finsteren zu befahren, also stellte ich wiederwillig den Motor ab und holte mein Schlafzeug von der Rückbank.

Ich hatte in einen erstklassigen Schlafsack investiert, der mich auch bei eisigen Temperaturen warmhielt. Das war nur einer der Gegenstände, mit denen ich mich vorbereitet hatte, bevor ich mich dazu entschloss, in den Bergen zu leben. In den ersten paar Monaten hatte ich in einem Zelt gelebt, während ich das Grundgerüst für meine Hütte aufbaute. Dann lebte ich für die nächste Zeit in dem spärlich geschützten Gebäude und stellte es nach und nach fertig. Es gab mir so viel Genugtuung, alles selbst gebaut zu haben. Ich hatte versucht, Jeff dieses Gefühl der Schaffenskraft zu erklären, aber er schien es einfach nicht zu begreifen.

Die meisten Leute wären wohl in Panik geraten, wenn sie sich wie ich gerade am Berg verirrt hätten, aber ich wusste es ja besser. Ich würde ein wenig schlafen und dann einfach das Tageslicht nutzen, um an mein Ziel zu gelangen.

Bevor ich hierherkam, hätte ich nie so ruhig bleiben können.

In meinem alten Leben war ich immer auf Achse und hielt niemals inne. Vielleicht war das einer der Gründe gewesen, wieso sich Kristen in jemand anderen verliebt hatte. Mein altes Ich war ständig so besessen vom nächsten großen Ding, dass ich mich kaum je umsah. Ich nahm mir nie die Zeit, mein schönes Leben zu genießen, und als ich mich dann letztlich doch dazu gezwungen sah, war dieses Leben verschwunden.

Jetzt lebte ich in den Bergen und hatte keine Ahnung, wie das perfekte Leben eigentlich aussehen sollte. Ich hatte mehr Geld, als ich brauchte, es gab also keinen Grund, mich jeden Tag zur Arbeit zu schleppen. Ich brauchte eine neue Leidenschaft. Ich musste etwas Neues finden, dem ich meine Existenz widmen konnte, um mein Leben auszufüllen.

Ich schloss die Augen und verfiel schnell in einen tiefen Schlaf. Mein Leben in den Bergen war einfach. Die Stressfaktoren waren begrenzt und ich hatte kaum je Bedarf, bis nach Einbruch der Dunkelheit wach zu bleiben. Es war mir egal, was Jeff oder sonst wer von meinem Lebensstil hielt, mir gefiel es so und ich würde nichts ändern wollen.

***

Die Sonne weckte mich um circa sechs Uhr früh und ich sah gleich, wie knapp davor ich gewesen war, meinen Truck direkt über eine Klippe zu fahren. Die Gegend hier war voller steiler Abhänge wie diesem hier und ich hatte Glück, dass ich früh genug angehalten hatte. Die Bäume vor meiner Nase waren das Einzige, was zwischen meinem Wagen und einem zwanzig Meter langen Absturz stand.

Vorsichtig fuhr ich rückwärts und manövrierte mich bis zu der Schotterstraße, von der ich abgekommen war. Dort erst sah ich, dass ich viel zu früh abgebogen war und noch fast einen Kilometer weiter den Berg hinauf hätte fahren müssen. Genau deshalb war ich nie bei Nacht draußen und brachte immer meine Notfallausrüstung mit, wenn ich die Hütte doch verließ.

Auch wenn Jeff und alle meine Freunde meinten, ich sei

irgendwie verrückt geworden und würde mich nicht mehr um mein eigenes Wohlergehen kümmern, stimmte das keineswegs. Ich achtete gründlich auf meine Sicherheit und half außerdem regelmäßig Wanderern aus der Patsche, die vom rechten Weg abkamen und sich zu meiner Hütte verirrten. Ich war nicht so gesellschaftsfeindlich, wie mein Bruder dachte, und schon gar nicht war ich so dumm, wie er zu glauben schien.

Als ich mich den schmalen Weg zu meiner Hütte hinaufschlängelte, stieß ich auf eine Gruppe Wanderer, die sich offensichtlich verlaufen hatten. Wann immer jemand in meine Nähe kam, musste er vom Weg abgekommen sein, denn mein Heim lag für die Wanderer auf der falschen Seite des Berges. Im Frühling und Sommer war das ja witzig, aber im Winter konnte es schnell gefährlich werden. Selbst ein so milder Winter wie dieses Jahr konnte jemanden das Leben kosten, wenn er oder sie die Nacht irgendwo ungeschützt verbringen musste.

„Der Pfad ist etwa eineinhalb Kilometer in die Richtung da“, sagte ich, nachdem ich das Fenster heruntergelassen hatte.

„Echt? Ich dachte, wir würden drauf stoßen, wenn wir nur weiter hier lang gehen“, meinte ein älterer Mann, während der Rest seiner Gruppe mich ansah.

„Nein. Ihr habt euch verlaufen. Hier kommt ihr zu meinem Haus, aber nicht zum Wanderweg. Der ist da hinten.“, sagte ich und fuhr weiter.

„Wow, was für ein Arschloch“, sagte eine Frau noch, bevor ich mein Fenster schloss.

Mir war nicht wirklich klar, weshalb ich in dieser Situation das Arschloch sein sollte. Ich wollte eigentlich nur helfen und sicherstellen, dass sie bei den kurzen Tagen nicht ihre Zeit verschwendeten, indem sie an der falschen Seite des Berges entlangstiegen. Der Pacific Crest Trail wurde von Wanderern im Frühling, Sommer und Herbst begangen, aber in den Wintermonaten sah ich normalerweise kaum jemanden.

Dieses Jahr war allerdings anders. Die Temperaturen fielen kaum je unter den Gefrierpunkt und es gab fast keinen Schnee. Viele der Wanderer, die normalerweise aufgegeben hätten, versuchten deshalb, den Weg auch zu Ende zu gehen.

Der Weitwanderweg ging von Mexiko den ganzen Weg hinauf bis Kanada und viele Wanderer nahmen ihn sich als Lebensziel vor. Die Leute gaben ihre Jobs auf und verbrachten sechs bis acht Monate auf dem Trail. Man konnte das gut mit dem vergleichen, was ich in meiner Hütte tat. Eine Möglichkeit, eine Pause von der Welt zu machen und herauszufinden, was einem wichtig war. Ich bewunderte die Wanderer und ihre Bereitschaft, eine so große Herausforderung anzunehmen. Anders als mein Bruder und viele meiner Bekannten kannte ich den Wert von Zeit, die man in der Wildnis verbrachte.

Endlich kam ich bei meiner Hütte an und war froh, zu Hause zu sein. Es war nicht viel, aber es gehörte ganz mir. Es war das Haus, das ich mit meinen eigenen zwei Händen errichtet hatte und ich fühlte mich wirklich wohl in meiner bescheidenen Unterkunft.

Meine Solaranlage versorgte mich mit Strom, sodass ich mir Annehmlichkeiten wie einen Kühlschrank und ausreichend elektrisches Licht leisten konnte. Ich hatte sogar eine Regenwasserfassung zustande gebracht und mir eine Dusche gebaut. An der Heizung dafür arbeitete ich allerdings noch und hoffte, dass ich inzwischen alles an Material beisammenhatte, um das in die Tat umzusetzen. Mitten im Winter kalt zu duschen war wirklich kein Spaß.

Ich lud den Truck ab und warf etwas Holz in den Ofen, um das Haus einzuheizen, während ich mich an die Arbeit für meinen neuen Schuppen machte. Ich hatte keinen Zeitplan. Ich wurde nirgendwo sonst gebraucht. Genau das liebte ich so sehr daran, hier oben zu leben. Hier war ich der Chef und ich konnte mir für meine Aufgaben so lange Zeit nehmen, wie ich wollte. Wenn das Leben doch auch in der echten Welt so einfach sein könnte, vielleicht würde ich dann zurückgehen. Aber fürs Erste hielt ich mich an mein Hüttenleben, das ich inzwischen wirklich genoss. Vielleicht würde ich in den kommenden Tagen sogar einmal auf eine kleine Wanderung gehen und mir ansehen, woher der ganze Rummel um den Pacific Crest Trail kam.

Kapitel 3

Jordan

„Auf dieses Teamwochenende hab ich so gar keine Lust", stöhnte ich, während Emma und ich uns unseren morgendlichen Kaffee holten.

„Wieso nicht? Klingt doch eigentlich ganz lustig. Das Hotel am Berg ist ziemlich nobel, da gibts Whirlpools und feines Essen. Ich freu mich drauf."

„Rob und ich wollten nächste Woche wandern gehen. Ich glaube, ich gehe trotzdem. Ich bin gestern noch in den Sportladen gegangen und hab mir mehr Ausrüstung geholt."

„Hast du jemanden, der mitgehen will?", fragte Emma ganz aufgeregt.

„Nein, deshalb solltest du das übernehmen."

„Keine Chance, das hatten wir schon."

„Ich weiß, aber ich will nicht alleine gehen. Bei der meisten Ausrüstung weiß ich nicht mal, wie man das Zeug verwendet. Außerdem würde ich wahrscheinlich von einem Bären verspeist werden."

„Wahrscheinlich", meinte Emma ohne mit der Wimper zu zucken.

Ich wollte ihr eigentlich auch erzählen, wen ich beim Einkaufen getroffen hatte, entschied mich dann aber doch dagegen. Mein Ex, Peter, war ebenfalls in dem Sportladen gewesen. Er interessierte sich für ein Fahrrad, und als ich an ihm vorbeiging, fiel mir sofort wieder ein, wie schrecklich alles zwischen uns gewesen war. Ich drehte mich um und wollte so schnell wie möglich verschwinden, aber es war bereits zu spät gewesen. Er hatte mich schon gesehen.

Zu meiner Überraschung rief er nach mir und winkte mich zu sich. Er lächelte breit und sah tatsächlich so aus, als ginge es ihm richtig gut. Unsere Unterhaltung war kurz und er blieb auf Distanz, was mich beruhigte. Er erzählte, dass er auf Bewährung draußen sei und dass er wegen seiner Depression und der Wutanfälle eine Therapie begonnen hätte. Es war wirklich eine Erleichterung, ihn zu sehen und mit ihm zu reden, ich hatte mir die Begegnung ganz anders vorgestellt. Schließlich hatte dieser Mann einst damit gedroht, mich umzubringen.

Ich wollte Emma später davon erzählen, nachdem ich das Geschehene verarbeitet hatte. Im Moment freute ich mich mit Peter über das neue Leben, das er begonnen hatte. Er plante, sich ein Mountainbike zuzulegen, und er war ganz aufgeregt. So wie er aussah und redete, machte er mir keine Angst mehr, und als ich mich später am Abend ins Bett legte, konnte ich zum ersten Mal seit Wochen wirklich schlafen. Ich hatte gewusst, dass Peter nicht lange im Gefängnis sein würde und hatte schon damit gerechnet, dass er inzwischen wahrscheinlich draußen sein müsste, aber ich war dem nie nachgegangen. Vielleicht war die Vermutung, dass mir jemand folgte, nur meiner eigenen Ängstlichkeit geschuldet, weil ich nicht gewusst hatte, wo sich Peter jetzt herumtrieb? Ich war erleichtert, ihn in so guter Verfassung zu sehen und ich fühlte mich, als könnte es auch für mich jetzt einen Neuanfang geben.

„Jordan... Erde an Jordan“, sagte Emma und fuchtelte mit der Hand vor meinem Gesicht herum. „Wo bist du? Du driftest heute Morgen dauernd ab.“

„Sorry, ich denke nur über diesen Wandertrip nach. Viele Leute machen den Trail auch alleine, weißt du. Es ist ja nur ein verlängertes Wochenende. Vielleicht schaff ich das ja doch?”

„Das glaub ich auch. Hast du die Urlaubstage für nächste Woche noch eingetragen?“

„Ja.“

„Dann geh zu dem Teamausflug am Wochenende mit und danach machst du deine Wanderung. Es wird dir guttun, mal unabhängig zu sein.“

Emma und ich standen da und warteten auf den Aufzug, während ich über die etwas verrückte Idee nachdachte, tatsächlich alleine in die Berge zu gehen. Wenn ich das wirklich wagen wollte, musste ich eine Menge recherchieren und meine Ausrüstung testen. Schon jetzt erfüllte mich das alles mit Sorge und ich wusste nicht, ob ich das wirklich konnte, aber der Gedanke, es einfach zu versuchen, gefiel mir trotzdem. Ich wollte das Leben bei den Hörnern packen und tun, worauf ich Lust hatte.

„Scheiße", sagte ich leise und nahm einen verstohlenen Schluck von meinem Kaffee, als ich Rob mit einer jungen Rothaarigen auf den Fahrstuhl zukommen sah. „Was ist mit Courtney passiert?"

„Ich glaube, sie hat sich die Haare gefärbt", meinte Emma.

„Hey Mädels, schön euch zu sehen", sagte Rob breit grinsend. „Das ist Courtney, meine Freundin."

„Freut mich", sagte Emma höflich.

Ich weigerte mich, sie anzusehen oder irgendetwas zu sagen. Stattdessen nippte ich weiterhin an meinem Kaffee und zog mein Handy heraus, um beschäftigt zu wirken. Rob stellte Courtney zur Schau wie ein Prachtfohlen. Er führte sie herum, als ob es mich im Geringsten interessieren würde, mit wem er zusammen war. Wieso sollte mich das kümmern, ich war es schließlich, die Schluss gemacht hatte. Er konnte von mir aus mit der halben Stadt ausgehen, das war mir egal.

Courtney sah allerdings wirklich gut aus mit ihrer neuen Frisur, und ich wusste, dass Rob auf rote Haare abfuhr. Er hatte ein paarmal versucht, mich dazu zu überreden, sie zu färben, und ich hatte mir sogar überlegt, ihm den Gefallen zu tun. Ich war allerdings nicht mehr dazu gekommen und als wir alle in den Aufzug einstiegen, blieben meine Augen an ihrer langen roten Mähne hängen, mit der sie ziemlich perfekt aussah. Ich wollte darauf pfeifen, mit wem Rob anbandelte. Natürlich sollte er mit jemand anderem glücklich werden, wenn ich ihn schon nicht wollte, aber ich bekam trotzdem ein seltsames Gefühl in der Magengegend. Das Gefühl sagte mir, dass ich es war, mit der etwas nicht stimmte, nicht Rob. Ich tat mich schwer, es zu ignorieren.

Rob und Courtney gingen neben Emma und mir her, während wir uns zum Konferenzraum begaben. Je näher wir kamen, desto mehr wunderte ich mich, was Rob mit diesem Mädchen bei unserer Teamsitzung wollte. Das war schon etwas komisch.

Emma und ich schnappten uns wie immer Stühle in den hinteren Reihen und Rob setzte sich mit seiner neuen Freundin nach vorne zu Margaret und ihrem Mann. Ich sah mich im Raum um und entdeckte jede Menge unbekannter Gesichter.

Margaret stand auf und stellte sich nach vorne, um das Wort zu ergreifen. „Hallo zusammen, Ich freue mich, dass ihr heute Morgen alle gekommen seid. Ich möchte euch nur eine kurze Vorschau auf das kommende Wochenende geben. Es freut mich auch ganz besonders, dass einige von euch ihre Liebsten mitgebracht haben. Falls ihr ihn noch nicht kennt, das ist mein wundervoller Mann, Michael."

„Bitte sag mir jetzt nicht, dass die Leute alle ihre Partner mitbringen?", flüsterte ich zu Emma.

„Doch, es gab deshalb eine Rundmail letzte Woche. Hast du das nicht gelesen?"

„Nein, ich war wohl zu beschäftigt mit richtiger Arbeit. Rob bringt diese Tussi mit? Das ist doch bekloppt", fauchte ich.

„Sie ist eigentlich ein echt nettes Mädchen. Ich dachte, du wolltest ihn loswerden?", fragte Emma etwas verwirrt ob meines plötzlichen Interesses an Robs Partnerwahl.

„Das wollte ich auch, ich meine, das will ich auch. Aber er wird mir nur das ganze Wochenende versauen, wenn er sie überallhin mitschleppt. Ich dachte, hier geht es um Teambildung für die Mitarbeiter?"

„Jordan", hörte ich Margaret sagen und ich schaute auf, um festzustellen, dass mich alle ansahen. „Hast du auch jemanden, den du mitbringen möchtest?", fragte sie mit einem Klemmbrett in der Hand, auf dem sie die Teilnehmerdaten festhielt.

„Oh, es tut mir leid. Ich werde nicht kommen können. Mein Freund und ich wollen einen Teil des Pacific Crest Trail entlangwandern. Ich hab schon vor ein paar Monaten meinen Urlaub eingetragen, als der Mitarbeiterausflug noch gar nicht geplant war." Es war fast unmöglich, mir nichts anmerken zu lassen, als ich Robs schockiertes Gesicht sah. Außerdem spürte ich einen kräftigen Stoß von Emmas Ellbogen in meinen Rippen, während ich versuchte, mein Pokerface zu wahren.

„Schade, du wirst uns fehlen. Aber bitte halte dich für die Veranstaltung im Sommer frei, ich würde zu gern deinen neuen Freund kennenlernen“, sagte Margaret, bevor sie mit dem nächsten Namen auf ihrer Liste weitermachte.

„Ronald?“

„Ja, meine Frau und ich werden dabei sein“, antwortete Ronald aus der Buchhaltung.

Ich konnte Emma nicht in die Augen sehen und richtete den Blick deshalb geradeaus, während Margaret die Teilnehmer für das Wochenende bestätigte und dann die Details erklärte. Es gab noch ein paar andere, die nicht kommen konnten, sodass ich mich zumindest deshalb nicht allzu schlecht fühlen musste. Als Rob dem ganzen Raum verlautbarte, dass er seine neue Freundin Courtney als Begleitung mitbringen würde, kam mir die Galle hoch. Sie hatten sich gerade erst kennengelernt und ich wusste, dass er sich nur mit ihr an mir rächen wollte, aber er genoss es sichtlich, das vor allen zu präsentieren und klarzustellen, dass er und ich kein Thema mehr waren.

Als das Meeting vorbei war, machte ich mich in Richtung meines Arbeitsplatzes davon, bevor Emma mich zu fassen kriegte. Ich wollte wirklich nicht darüber reden, was da gerade passiert war, aber ich war wohl nicht schnell genug, denn als ich mich an meinen Tisch setzte, pflanzte sich Emma direkt vor mir auf, verschränkte die Arme und starrte mich an.

„Du hast einen Freund?“

„Sorry, aber das klang nun mal besser, als zu erzählen, dass ich alleine wandern gehe. Ich weiß ja nicht einmal, ob ich das wirklich mache. Wahrscheinlich verbringe ich die Woche einfach damit, Eis zu essen und vom Bett aus Horrorfilme anzuschauen.“

„Nichts da, du gehst wandern. Keine Widerrede. Das wolltest du schon lange, und jetzt ist dein Moment gekommen. Hast du alles, was du brauchst? Soll ich mit dir nochmal in den Bergladen gehen? Ich will dir helfen. Wenn du mich brauchst, geh ich sogar in dieses schräge Campinggeschäft für dich.“

„Eigentlich war ich da gestern und...“ Ich unterbrach mich, um mir zu überlegen, ob ich die sprichwörtliche Katze nun aus dem Sack lassen wollte.

„Und was?“

„Ich hab Peter gesehen, er wollte ein Mountainbike kaufen.“

„Den Peter? Den Peter, der dich erwürgen wollte, nachdem ihr Schluss gemacht habt? Der Kerl, der verhaftet und ins Gefängnis gesperrt wurde? Ich dachte, der hat fünf Jahre bekommen oder so. Wieso bist du so ruhig bei der ganzen Sache? Folgt er dir? Woher wusste er, dass du da bist?”

„Reg dich ab. Er verfolgt mich nicht, er war schon in dem Laden, als ich da ankam. Und er sah gut aus. Im Sinne von mental stabil, verstehst du?“, sagte ich, um sie zu beruhigen.

Emma war bei der Arbeit die Einzige, der ich die ganze Geschichte mit Peter anvertraut hatte. Sie wusste, wie viel Angst ich gehabt hatte, und dass ich sogar nachdem er eingesperrt worden war noch gefürchtet hatte, dass er hinter mir her sein würde. Sie wusste auch, dass ich immer wieder das Gefühl hatte, mir würde jemand folgen. „Nein, das verstehe ich nicht. Erklär es mir.”

„Er sah zufrieden aus, als würde er auf sich selbst gut aufpassen. Er sagte er habe Arbeit und einen Therapieplatz, und dass ihm alles wirklich leidtue, aber dass er sich nicht bei mir gemeldet habe, um meine Privatsphäre zu achten.“

„Echt?“

„Ja, ich glaube, ich habe mir wegen ihm so viele Sorgen gemacht, dass ich mich selbst paranoid gemacht und mir eingeredet habe, jemand verfolgt mich. Ich war so erleichtert, nachdem ich ihn getroffen hatte. Er war mir überhaupt nicht böse. Es hat ihm leidgetan und ich habe den Eindruck, als wolle er sein Leben echt in den Griff bekommen. Und ich sollte das auch tun.”

„Wow, Jordan, das ist ja super. Ich meine, er war auch wirklich jung, als das alles passiert ist. Es ist wahrscheinlich das Beste, was passieren konnte, dass er etwas Zeit hatte und sich auch helfen lässt."

„Ich habe gestern so gut geschlafen. So gut wie seit Jahren nicht. Es fühlt sich an, als wäre mir eine riesige Last von den Schultern gefallen", sagte ich.

„Bist du auch sicher, dass das echt ist? Ich meine, er ist wegen der Geschichte zwischen euch beiden im Gefängnis gelandet. Er ist jetzt ein verurteilter Straftäter und sein gesamtes Leben hat sich verändert. Ich kann mir irgendwie nicht vorstellen, dass er überhaupt nicht wütend auf dich sein soll."

„Emma, du hättest ihn sehen sollen. Er hatte dieses Hipster-Outfit an, trug lange Haare und sah einfach glücklich aus. Ich glaube nicht, dass er das hätte vorspielen können. Außerdem hätte er unmöglich wissen können, dass ich dort sein würde. Ich bin ja auf ihn gestoßen. Das hätte er nicht planen können."

Ich konnte die Skepsis in ihrem Gesicht deutlich erkennen. Sie wollte nicht so recht glauben, dass der schreckliche Mann, von dem ich ihr in den vergangenen Jahren erzählt hatte, letztlich doch ein anständiger Mensch sein sollte. Ich konnte ihre Vorsicht verstehen. Wenn ich Peter nicht selbst gesehen hätte, würde ich es auch nicht glauben. Statistisch hatte er sich gegen alle Wahrscheinlichkeiten durchgesetzt. Er hatte sich von einem gewalttätigen Freund, der mich lieber tot als in den Armen eines anderen gesehen hätte, zu einem neuen Menschen entwickelt. Ich wollte das Beste für ihn und ihm vergeben, deshalb hoffte ich, dass Emma das akzeptieren würde.

„Okay, schön, Themenwechsel. Du lässt mich also alleine zu dieser Veranstaltung gehen wie eine Verliererin. Schönen Dank auch", scherzte sie und verdrehte die Augen.

„Vielleicht triffst du da ja wen", antwortete ich lachend.

„Oh, klar, das wird bestimmt spitze, wenn ich mit Miguel aus dem Verkauf oder Tom von der IT etwas anfange. Du weißt genau, dass ich die Außenseiterin sein werde. Wieso musstest du sagen, dass du schon am Wochenende gehst statt am Montag?"

„Ich hatte einfach keine Lust, den Valentinstag damit zu verbringen, Rob mit seiner neuen Tussifreundin zuzusehen."

„Am Wochenende ist Valentinstag? Hab ich völlig vergessen!"

„Du könntest dich immer noch davonstehlen und mit mir wandern gehen", bot ich ihr an.

„Ich glaube, da gebe ich mir lieber die Folter des Liebesfestes zwischen den ganzen Paaren. Nichts für ungut."

„Schon in Ordnung. Denkst du wirklich, es ist eine gute Idee, wenn ich alleine gehe?"

„Klar, du hast doch so ein GPS-Dings, oder?

Emma meinte das Ortungsgerät, das ich online gekauft und ihr letzte Woche vorgeführt hatte. In den Listen stand das überall als einer der wichtigsten Ausrüstungsgegenstände für Wanderer. Ich hatte es sogar schon bestellt gehabt, bevor ich wusste, dass ich alleine gehen würde, aber jetzt fühlte es sich umso besser an, das Teil dabeizuhaben.

„Klar, hab ich."

„Was können wir sonst noch tun, um uns zu vergewissern, dass du in Sicherheit bist?", fragte Emma und holte ihr Handy hervor, um ein bisschen nachzuforschen.

„Ich gebe dir die Daten zu meiner Route und eine Einschätzung, wann ich ungefähr wo sein will. Ich werde es wahrscheinlich eh keine ganze Woche aushalten und nach der ersten Nacht umkehren. Aber wir können einen Plan für den Fall machen, dass ich es wirklich schaffe. Du musst mich abholen, weil ich mein Auto zu Hause lassen muss."

„Wie kommst du dann an den Ausgangspunkt?"

„Per Taxi", sagte ich schulterzuckend. „Es sei denn, du willst mich hinbringen."

„Ich kann dich absetzen, bevor ich ins Hotel fahre. Das müssten wir allerdings sehr früh am Samstagmorgen machen, fünf Uhr oder so."

„Perfekt. Ein guter Wanderer startet sowieso frühmorgens."

„Du ziehst das also echt durch, Jordan? Alleine? Wow, ich bin beeindruckt. Du bist echt mutig.”

„Danke”, sagte ich, ohne selbst daran zu glauben.

Ich hatte furchtbare Angst davor, allein unterwegs zu sein. Ich musste auf jeden Fall noch mehr nachlesen und mich auf dieses Abenteuer vorbereiten. Aber wenn ich wirklich eine Woche alleine Wandern gehen und die Sache beenden konnte, hätte mir das bestimmt gutgetan. Es würde mir viel Selbstvertrauen in mich und meine Fähigkeit geben, der Welt ohne Furcht entgegenzutreten. Das war eine großartige Motivation und gab mir Kraft, mich meinen Ängsten zu stellen.

„Ich komme nach der Arbeit vorbei und wir können in den Park gehen, damit du mit dem Zelt und deinem sonstigen Zeug üben kannst. Klingt das gut?“, fragte Emma.

„Ja, das wäre fantastisch. Der tragbare Kocher macht mir am meisten Sorgen. Der ist echt winzig und ich weiß überhaupt nicht, wie er funktioniert.“

„Dann kochen wir uns gleich im Freien unser Abendessen. Für eine Freundin esse ich gerne ein paar pampige Bohnen.“

„Danke, Emma. Ich kann es gar nicht glauben, dass ich das wirklich mache.“

„Ich auch nicht“, lachte sie.

Kapitel 4

Caleb

In den letzten paar Tagen hatte ich morgens nicht einmal Feuer machen müssen. Es war immer noch äußerst warm für die Jahreszeit und das machte auch die Arbeit an meinem neuen Schuppen viel leichter. Mit dem Äußeren war ich beinahe fertig und musste nur noch die Solarplatten auf dem Dach befestigen, bevor ich mich an den Innenraum machen konnte.

Die Solarpaneele waren das Herzstück des Projekts, denn sie sollten den Strom für einige elektronische Geräte liefern, die ich in den Schuppen einbauen wollte. Obwohl ich meinem Bruder gesagt hatte, dass ich mehr als zufrieden mit meiner Hütte war, wurden mir die allgemeinen Bautätigkeiten allmählich zu langweilig, sodass ich an etwas komplexeren Ideen zu arbeiten begonnen hatte. Nachhaltigkeit bedeutete in unserer Zeit mehr, als nur genug Strom und Wasser zum Leben zur Verfügung zu stellen. Man wollte schließlich auch mit der Außenwelt in Verbindung bleiben, deshalb widmete ich mich neuerdings diesem Ziel.

„Entschuldigung“, hörte ich einen Mann von einem nahegelegenen Hügel aus rufen. „Kannst du mir sagen, wo hier der PCT ist?“

Genervt verdrehte ich die Augen. Wie schwer konnte es sein, auf dem verdammten Weg zu bleiben? In den letzten Wochen waren dutzende Wanderer hier vorbeigekommen, ohne zu ahnen, wie weit sie vom Pfad abgekommen waren. Ich wollte mir gar nicht vorstellen, wie viele Leute schon bei dem Versuch draufgegangen sein mussten, diesen unfassbaren Weg zu bewältigen. Aber ich atmete tief durch und versuchte, kein Arsch zu sein.

„Da gehts lang“, ich zeigte zur Straße. „Etwa eineinhalb Kilometer, wenn du dich an die Schotterpiste hältst.“

„Danke“, sagte der Typ ohne Widerworte.

„Kein Problem."

Es war mal etwas Neues, dass man mir gleich beim ersten Mal ohne nachzuhaken glaubte, wenn ich den Weg erklärte. Die meisten wollten es nicht wahrhaben, dass ich mich auskannte. Wie glaubten die, dass ich hier oben überlebte, ohne das Gebiet zu kennen? Es war ziemlich unterhaltsam, aber auch anstrengend, dass die Leute meine Angaben ständig hinterfragten. Sie fragten dann: „Echt? Ich dachte, er ist da drüben", als würde ich mir etwas ausdenken.

„Hey Mann, hast du vielleicht etwas Wasser hier? Ich habe mich schon vor einer Weile verirrt und ich glaube, meine Vorräte gehen aus, bevor ich zur nächsten Quelle komme", sagte der Wanderer, nachdem er sich noch einmal umgedreht hatte.

„Klar, komm rüber, ich hab mehr, als du tragen kannst."

„Da wäre ich echt dankbar", sagte der Mann und streckte mir die Hand hin, als er nahe genug herangekommen war. „Ich will auf der anderen Seite wieder runterkommen, bevor der Schneesturm losgeht. Kennst du den Wetterbericht?"

„Nein", sagte ich ohne weitere Ausführungen.

Ich öffnete meine Regentonne, damit er seine Wasserflaschen füllen konnte. Mit wildfremden Leuten zu reden gehörte nicht gerade zu meinen Lieblingsbeschäftigungen, aber wenn einer Wasser brauchte, konnte ich ihn ja schlecht wegschicken.

„Ich hatte gehört, dass es nächste Woche losgehen soll, aber ein paar Leute, die ich heute früh getroffen habe, meinten, es werde schon morgen schlecht. Deshalb will ich weiterkommen", sagte er und schien auf irgendeine Art von Antwort zu warten.

Er war ein anständig aussehender Kerl mit einem Sweatshirt und Wanderhosen. Er war nicht so dreckig und heruntergekommen wie die meisten anderen, die man auf dem Trail sah. Manchmal machten die Leute ein paar Tage Pause in der Stadt und nahmen sich ein Hotel, um sich für die nächste größere Etappe auszuruhen. Ich vermutete, dass er es so ähnlich gemacht hatte und jetzt wieder unterwegs war, um die Reise seines Lebens zu Ende zu bringen.

„Ja, ist wohl besser so. Es dauert mindestens einen Tag, bis man auf der anderen Seite wieder runterkommt. Sofern das Wetter nicht vorher zuschlägt“, sagte ich sachlich. „Wenn du bis zur Bridge of Gods kommen willst, ist das ein mehr als einwöchiger Marsch durch die Berge. Du solltest auf jeden Fall gefasst sein, wenn der Sturm kommt. Bei einem halben Meter Schnee wird der Weg unpassierbar.“

„Okay, danke für das Wasser und die Tipps. Ich habe vor, in dem kleinen Ort auf der anderen Seite Pause zu machen und das Wetter auszusitzen, bevor ich weitermache. Ich habe gehört, dass es nach dem Sturm noch ein paar Wochen warm bleiben soll“, sagte er und schüttelte mir noch einmal die Hand. „Pass auf dich auf bei dem Wetter. Danke nochmal.“

„Danke auch. Mach ich. Alles Gute”, sagte ich so freundlich wie möglich.

Nett zu den Leuten zu sein strengte mich an. Ich wusste echt nicht, wie die Menschen das die ganze Zeit aushielten. Ich machte mir ein wenig Sorgen, dass das Unwetter losgehen könnte, bevor ich die Solarzellen am Dach befestigen konnte, deshalb holte ich den Wetterfunk heraus und stellte ihn neben mir auf, während ich weiterarbeitete.

Die meisten Berichte sprachen von leichtem Niederschlag in der kommenden Woche. Nichts allzu Furchteinflößendes, was nicht zu dem guten Wetter der letzten Zeit gepasst hätte. Allerdings war es kaum möglich, einen genauen Bericht für meine Gegend zu bekommen, weil die meisten Leute nur interessierte, wie es in der Stadt sein würde. Die Berge waren ihnen ziemlich egal.

Gegen Mittag war ich mit dem Schuppendach fertig und saß im T-Shirt auf der Veranda, um ein Sandwich zu essen und den warmen Nachmittag zu genießen. Es lagen immer noch ein paar Sachen von meinem Ausflug in die Stadt herum, die ich wegräumen musste, was ich nach dem Mittagessen vorhatte. Normalerweise waren meine Tage bis zum Sonnenuntergang gut gefüllt, aber die Schultern taten mir von der Arbeit am Schuppen weh, sodass mir eine kleine Pause jetzt wirklich guttat.

Als ich dann doch begann, die Sachen zu verstauen, fiel mir zuerst der kleine Campingofen in die Hände, den ich in der Stadt gekauft hatte. Es war ein einfacher Miniholzofen, der angeblich genug Hitze abgab, um darauf zu kochen. Das war der kleinste Ofen, den ich je gesehen hatte, deshalb hatte ich nicht widerstehen können, ihn für meine Notfallausrüstung zu kaufen. Ich überlegte mir, in der Nacht auf den Trail zu gehen und meine neuen Sachen auszuprobieren, bevor ich alles einpackte und mich auf den Schnee vorbereitete.

Nachdem ich mich eine Stunde lang mit dem Ding beschäftigt und sichergestellt hatte, dass ich seine Funktionsweise verstand, schnappte ich mir den Rest der Ausrüstung und packte einen Rucksack. Ich hatte mich noch nie gerne auf die faule Haut gelegt, und so war ich im Handumdrehen in Richtung Pacific Crest Trail unterwegs, um meine Campingutensilien einer Feuertaufe zu unterziehen. Ich war letzten Herbst ein paarmal unterwegs gewesen, hatte aber noch nicht alles getestet und das Leichtzelt und der Ofen waren sowieso neu.

Ich weiß nicht, was genau ich auf dem Trail erwartet hatte, aber als sich eine Gruppe junger Männer zu mir gesellte, war ich doch ziemlich überrascht. Es war Februar, aber sie waren ebenfalls noch hier am Wandern. Langsam wurde es lächerlich. Wussten diese Leute denn nicht, dass, selbst wenn sie über meinen Berg kamen, es noch Dutzende weitere gab, bevor sie zur kanadischen Grenze kamen?

„Wunderschönen Nachmittag“, sagte einer der Männer fröhlich. „Dich haben wir auf dem Trail noch nicht gesehen, wir sind das Trio.“

„Welches Trio?“, blaffte ich ihn an.

Er lachte, als hätte ich einen Witz gemacht und mich nicht gerade über seinen dämlichen Teamnamen aufgeregt. Sie sahen eher wie Schuljungen aus, nicht wie richtige Wanderer, aber sie waren hager und dreckig wie alle anderen. „Einfach nur das Trio. Wir sind seit April unterwegs. Vielleicht sollten wir uns auch das Altherrentrio nennen.” Er lachte. „Das Ganze dauert länger, als wir erwartet hatten.“

Alte Herren waren sie bestimmt nicht. Die Gruppe sah eher aus, als dürften sie noch nicht einmal Alkohol trinken. Es war eine Überraschung, dass sie für den Weg so lange brauchten. Nach allem, was ich wusste, beendeten die meisten den PCT in fünf bis sechs Monaten, aber diese Typen waren schon seit über zehn Monaten unterwegs.

Ich nickte nur mit dem Kopf und stellte mich an den Rand, damit sie an mir vorbeikonnten. Auf keinen Fall wollte ich diese Gruppe überdrehter Zwanzigjähriger an der Backe haben. Ich war gekommen, um meine Ausrüstung zu testen, ich wollte mir keine Geschichten über diese Jungs und ihre Abenteuer anhören.

„Du kannst mit uns gehen, wenn du willst", meinte einer der anderen.

„Nein, danke."

„Komm schon, wir beißen nicht", scherzte der Typ von vorhin.

„Ich aber", sagte ich mit bösem Blick, damit sie mich in Ruhe ließen.

„Na schön, dann noch eine gute Wanderung."

Sie verstanden den Wink und gingen weiter, ohne anzuhalten oder nochmal zu mir zurückzublicken. Es war wirklich besser, wenn ich allein blieb. Menschen gingen mir wirklich auf die Nerven. Je länger ich am Berg oben war, desto weniger Geduld hatte ich für bescheuerte Leute. Vielleicht hatte Jeff ja recht, vielleicht würde ich nie wieder in die echte Welt zurückkehren.

Mein Plan war, bis zum Gipfel zu gehen und dort zu kampieren. Der Blick auf den Mount Hood war umwerfend und ich kannte einen schönen Platz da oben. Ich brauchte keine drei Stunden bis an die Spitze meines Berges und kam oben an, als die Sonne gerade unterzugehen begann. Ich konnte es kaum erwarten, mein Zelt aufzubauen, mich zurückzulehnen und die Aussicht zu genießen.

Als ich um die Ecke kam und auf meinen Lieblingsplatz zuging, sah ich, dass dort bereits ein Zelt stand. Es war größer als die üblichen Wanderzelte und es lag überall Campingzeug herum. An der Qualität der Sachen konnte ich erkennen, dass die Bewohner dieses Zeltes keine Erfahrung im Campen hatten. Das Zelt war von einer guten Marke, aber nicht für kalte Winternächte gedacht, und der Schlafsack, der sich immer noch in der Originalverpackung befand, taugte nicht für Minusgrade.

Es nervte mich, dass mein Platz belegt war, denn ich wollte nicht neben jemand anderem schlafen. Ein paar hundert Meter weiter war noch eine gute Stelle, deshalb wollte ich einfach weitergehen.

„Hallo“, hörte ich eine junge Frau sagen. „Hi, ich bin Jordan. Du kannst dein Lager gerne hier bei mir aufschlagen, wenn du möchtest.“

Ich drehte mich in die Richtung, aus der die Stimme gekommen war. Am Waldrand stand eine umwerfend schöne blonde Frau. Sie war ein winziges Ding, kaum größer als einen Meter sechzig und sie konnte nicht mehr als 45 Kilo wiegen. Ihr Anblick inmitten der Wildnis brachte mich aus dem Konzept. Ich hatte schon ein paar Wanderinnen gesehen, aber keine war so schön gewesen wie dieses Mädchen. Sie konnte unmöglich allein hier draußen sein.

„Nein danke, ich bleibe lieber für mich“, sagte ich, winkte ab und ging weiter.

„Ja, ich auch“, sagte sie beleidigt.

Über ihren Ärger und die Tatsache, dass sie allein hier war, musste ich ein wenig kichern.

„Genieß den Sonnenuntergang“, sagte ich, ohne mich umzudrehen.

„Warte, kannst du mir helfen, ein Feuer zu machen? Ich kriege es nicht an und ich muss dringend was zu essen kochen“, fragte sie verlegen.

Sie hielt etwas Zunder in der Hand und deutete auf eine improvisierte Feuerstelle, die sie in der Nähe ihres Zeltes gemacht hatte. Es lag auch ein Kocher daneben, aber es war offensichtlich, dass er nicht richtig zusammengesetzt worden war.

„Willst du essen oder Feuer machen?“, fragte ich.

„Beides wäre schön.“

„Ein Feuer anzuzünden wird schwierig werden. Das ganze Holz ist nass vom geschmolzenen Schnee, aber ich kann dir mit dem Kocher helfen, damit du was zu essen hast.“

„Okay, antwortete sie eifrig. „Ich bin Jordan“, sagte sie noch einmal und hielt mir die Hand hin.

„Ja, ich hab dich vorhin schon gehört.“

„Ähm, okay.”

„Was hast du mit dem Ding angestellt?”, fragte ich, als ich mir den Kocher ansah. „Hast du den getestet, bevor du hier hochgekommen bist?“

„Klar hab ich ihn getestet. Aber als ich ihn aus dem Rucksack genommen hab, ist er mir runtergefallen und ein Teil ist abgebrochen, jetzt krieg ich ihn nicht mehr zum Laufen.“

Ich antwortete nicht. Stattdessen konzentrierte ich mich darauf, den Kocher zu reparieren, damit sie etwas zu essen warm machen konnte. Dem Anschein nach, brauchte sie alles an Nährstoffen, was sie finden konnte. Außerdem wurde es schnell kälter, weil die Sonne unterging, und ich vermutete, dass ihr Zelt und ihr Schlafsack sie in der Nacht nicht besonders warmhalten würden.

Jordan stand dicht neben mir und ich konnte den betörenden Duft ihrer Kokoslotion riechen. Sie gehörte bestimmt nicht zu jenen, die die ganze Strecke zurücklegen wollten. Ich schätzte sie als Stadtmädchen ein, das übers Wochenende rausgefahren war, um so zu tun, als sei sie eine Waldbewohnerin.

„Das wärs“, sagte ich, als ich eine Flamme zustande gebracht und ihren kleinen Topf auf den Kocher gestellt hatte. „Mahlzeit.“

„Glaubst du, ich schaffe es in fünf Tagen bis zur Bridge of Gods?“, fragte Jordan.

„Nein.“

„Wieso nicht? Weil ich ein Mädchen bin? Nur weil ich eine Frau bin, heißt das nicht, dass ich nicht wandern kann. Ich danke dir für die Hilfe mit dem Kocher, aber deswegen bin ich noch lange nicht unfähig.“

„Zu deiner Information, es kommt Schnee diese Woche und ich habe nein gesagt, weil es völlig ausgeschlossen ist, dass du es vorher noch bis zur Brücke schaffst.“

„Oh“, sagte sie und starrte auf den Boden.

„Ich werde jetzt mein Lager für die Nacht aufschlagen gehen.“

„Willst du nicht hierbleiben?“, fragte Jordan und deutete auf die große freie Fläche um uns herum.

„Nein.“

Ich schnappte meinen Rucksack und machte mich wieder auf den Weg. Ich war schon fast außer Hörweite, als ich das Trippeln ihrer Schritte hinter mir hörte.

„Wie heißt du?“

„Cal“, sagte ich, ohne stehenzubleiben.

„Ist das eine Abkürzung für etwas? Das ist irgendwie ein Name für alte Männer, du bist aber kein alter Mann“, schwafelte sie hinter mir.

„Caleb, aber man nennt mich Cal. Gute Nacht. Pass auf die Kojoten auf“, sagte ich grinsend.

„Ja, mach ich. War nett, dich kennenzulernen, Cal. Danke für die Hilfe.”

„Klar.“

Ich ging weiter und drehte mich nicht um. Als ich die nächste Lagerstätte erreicht hatte, war es bestimmt schon zehn Grad kälter geworden und es hatte leicht zu schneien begonnen. Das machte mir allerdings nicht wirklich Sorgen. Ich wollte ja meine Ausrüstung testen, und dies war die perfekte Gelegenheit.

Schnell hatte ich mein Zelt aufgestellt und mich darin zurückgezogen. Die Sonne war verschwunden und die Dunkelheit der Nacht wurde nur von den Schneeflocken erhellt, die im Licht des Mondes glitzerten. Bei dem Gedanken an Jordan und ihre hochmütige Unabhängigkeit musste ich grinsen. Sie würde heute richtig frieren. Die Temperatur lag bereits unter null und würde in der Nacht noch weiter fallen. Sterben würde sie dabei schon nicht, ich konnte mir nicht vorstellen, dass es so viel kälter wurde, höchstens noch ein paar Grad.

Ich holte das Selbsthilfebuch heraus, das ich gerade las. Ich konnte mich gar nicht mehr erinnern, wann ich vor meinem Umzug in die Hütte das letzte Mal ein Buch gelesen hatte. Inzwischen las ich mindestens ein Buch pro Woche. Ich hatte mich zunächst durch eine lange Liste von Büchern gewälzt, die ich schon lange vorgehabt hatte zu lesen, aber jetzt nahm ich einfach wahllos irgendetwas mit, wenn ich in der Stadt war. Ich las aber nicht immer nur Sachbücher, in der Zwischenzeit hatte ich mir eine Menge Klassiker und auch Sachen von weniger bekannten Autoren zu Gemüte geführt.

In diesem speziellen Fall ging es darum, die am besten passende Karriere zu finden. Das Buch enthielt Fragebögen zur Ermittlung der eigenen Fähigkeiten und einige Tests, welche besondere Stärken ermitteln sollten. Ich hatte es im Supermarkt im Vorbeigehen mitgenommen, aber es war faszinierender, als ich gedacht hätte.

Unter dem warmen Licht meiner Hängelaterne verschlang ich vier Kapitel, bevor ich tiefer in meinen Schlafsack schlüpfte und die Augen schloss, um zu schlafen. Obwohl das Ding wirklich gut war, fror ich. Mir lief es kalt den Rücken hinunter, als ich an Jordan dachte und daran, wie sehr sie schlottern musste. Das würde ihr allerdings eine wichtige Lektion sein. In die Berge zu gehen war gefährlich und bestimmt nichts, was ein Mädchen wie sie auf die leichte Schulter nehmen sollte.

Es war eine stille Nacht. Ich konnte sehen, wie sich der Schnee um mein Zelt herum aufhäufte, und ich schätzte, dass wohl um die zwei Zentimeter pro Stunde herunterkamen. Es lagen bereits über zehn Zentimeter und ich wusste schon jetzt, dass es am Morgen schwierig sein würde, zurück zur Hütte zu kommen.

Gegen Mitternacht konnte ich nicht mehr schlafen. Draußen mussten es fast zwanzig Grad minus sein und es schneite immer noch. Ich scherte mich wenig um andere Leute, aber ich konnte Jordan nicht erfrieren lassen. Sie hatte nicht die nötige Ausrüstung für diese Art von Temperaturen und ich musste einfach nach ihr sehen.

Kapitel 5

Jordan

Alles tat mir weh. Sogar meine kleinen Zehen schmerzten von den schlechtsitzenden Schuhen, die ich trug. Ich fühlte mich elend und wollte nichts weiter, als zurückzugehen und mich in meiner Wohnung zu verkriechen.

Bis zu dem Moment, als Caleb bei meinem Zelt vorbeikam, war ich mir sicher, dass ich schnellstmöglich wieder von diesem Berg runter wollte. Leider war ich aber mit meiner Entscheidungsfindung so unschlüssig gewesen, dass es schließlich zu spät war und ich die Nacht über durchhalten musste.

An seinem Blick konnte ich sehen, dass ich mich auf meinen Wandertrip nicht richtig vorbereitet hatte. Ich hatte wirklich gedacht, die richtige Ausrüstung gekauft zu haben, und wenn es wärmer gewesen wäre, hätte ich wohl auch keine Probleme bekommen, aber schon bevor die Sonne untergegangen war, wusste ich, dass es eine ungemütliche Nacht werden würde.

Caleb ragte mindestens zwei Köpfe über mir, als er vor mir stand und ich mich ihm vorzustellen versuchte. Der Gedanke an seinen ungeheuren Körper so nahe bei mir ließ mich erzittern. Es lag eine triebartige Spannung zwischen uns, die ich zuvor noch bei keinem Mann gespürt hatte. Vielleicht waren es seine strammen Muskeln oder sein männlicher Bartwuchs? Vielleicht auch die Tatsache, dass sein Rucksack kaum halb so groß war wie meiner und er trotzdem die Gelassenheit eines Mannes ausstrahlte, der bestens vorbereitet war?

Sein langes braunes Haar war hinter die Ohren gestrichen und zerrauft, so als hätte er den ganzen Tag gearbeitet. Als er mir die Hand gab, stießen mich die Schwielen daran nicht ab, sondern steigerten seine Anziehungskraft sogar noch. Offensichtlich war Caleb ein Mann, der hart anpacken konnte. Er war keiner dieser schnöseligen Bürohengste, die sich in der Wildnis nicht zurechtfanden, nein, Caleb wusste wahrscheinlich mehr übers

Wandern und Campen als alle anderen Männer, die ich kannte.

Nachdem ich meine Haferflocken zum Abendessen verdrückt hatte, reinigte ich mein Zeug und zog mich ins Zelt zurück. Es war größer, als ich gedacht hatte, was mir zunächst als gute Sache erschien. Ich konnte den großen Rucksack mit hineinnehmen und hatte trotzdem noch genug Platz zum Schlafen.

Als der Schnee zu fallen begann, fuhr mir die Angst in die Knochen. Es hätte noch nicht schneien dürfen. Mir sollte eigentlich noch eine ganze Woche bis zu dem großen Schneesturm bleiben, aber ich hatte mir in letzter Zeit auch keine aktualisierten Wetterberichte mehr angesehen. Ich war von der Arbeit zu abgelenkt und das Wetter war so perfekt gewesen, dass ich es nicht für möglich gehalten hatte, dass es diesen Winter noch einmal schneien würde.

Am Nachmittag hatten mich drei Jungs gewarnt, dass Schnee kommen sollte, aber ich hatte sie nicht ernst genommen. Als ich sie getroffen hatte, war es noch 10 Grad warm gewesen. Doch jetzt schneite es tatsächlich.

Ich saß im Zelt und aß die Snacks aus meinem Rucksack, während ich durch eine kleine Öffnung im Eingang den Schneeflocken zusah. Sie fielen schwer und es sah nicht so aus, als ob es bald aufhören würde. So würde ich es bestimmt niemals zur Bridge of Gods schaffen. Ich würde gleich am nächsten Morgen umkehren und den Weg zurückgehen müssen.

Ich schloss den Spalt in der Tür und verkroch mich in den Schlafsack, meine Jacke behielt ich an. Dann hörte ich in der Entfernung Schritte. Ich erstarrte vor Angst, denn irgendein Tier könnte um mein Zelt herumschleichen.

Ich hatte mich über die verbreiteten Tierarten in dieser Gegend schlau gemacht. Es gab Bären, Kojoten und Berglöwen, die auch im Winter aktiv waren. Bei dem warmen Wetter waren die Bären wahrscheinlich aus dem Winterschlaf erwacht und hatten Hunger, da würde ich ihnen als Mahlzeit gerade recht kommen.

Ich öffnete den Reißverschluss des Eingangs und leuchtete mit der Taschenlampe die Umgebung aus, um herauszufinden, woher die Schritte kamen. Ich hatte eine große Dose Bärenspray in der Hand und machte mich darauf gefasst, sie einzusetzen. Aber das Geräusch verstummte, nachdem ich das Licht angemacht hatte. Es verschwand so plötzlich, dass es mir für ein Tier seltsam vorkam.

Meine Gedanken kreisten wieder um mein altbekanntes Gefühl, das Gefühl, dass mir jemand folgte. Aber bestimmt würde mir niemand hier herauf nachschleichen, das konnte nur ein paranoider Streich sein, den mir mein eigener Kopf spielte.

Draußen war es inzwischen ganz schön frostig, ich schätzte, dass die Temperatur schon unter den Gefrierpunkt gefallen sein musste, und immer noch suchte ich die Gegend ab und bereitete mich auf einen Angriff vor. Nach gut zehn Minuten ohne irgendwelche weiteren Geräusche zog ich mich wieder ins Zelt zurück und wickelte mich in den Schlafsack ein. Ich blieb wachsam und lauschte mit geschlossenen Augen in die Nacht hinein, aber es blieb still.

Schließlich senkte sich mein Adrenalinspiegel und das Bedürfnis nach Schlaf übermannte mich. Ich kroch tiefer in den Schlafsack und versuchte, mich auszuruhen. Die Kälte machte es allerdings sehr schwierig, für längere Zeit durchzuschlafen. Ich wurde auch den Gedanken nicht los, dass ich hier draußen im Schnee erfrieren könnte.

Je später die Nacht, desto mehr fror ich. Ich zog mir meine Mütze und die Handschuhe an und rückte sogar meinen Rucksack heran, um mich daran zu kuscheln, aber ich spürte, wie die Körperwärme entwich. Mein Zelt war viel zu groß und ich hatte keine Matte, mit der ich die Kälte hätte abhalten können, die vom gefrorenen Boden durch das Zelt und in meinen Schlafsack kroch.

Erinnerungen aus der Vergangenheit belebten meinen Geist, während ich wachzubleiben versuchte, um nicht im Schlaf zu erfrieren. Die Gedanken an jenem Abend kreisten um all die Fehler, die ich im Leben schon gemacht hatte. Zum Beispiel die Trennung von Rob, denn auch wenn ich sie für das Beste hielt, konnte ich nicht umhin, daran zu denken, wie viel sicherer ich mich jetzt fühlen würde, wenn er bei mir in diesem Zelt wäre. Außerdem hätte mich sein Körper warmgehalten.

Ich erinnerte mich an einen Artikel darüber, wie sich Leute in Notsituationen warmhalten konnten. Darin stand, dass es eine der besten Methoden sei, sich gemeinsam nackt in einen Schlafsack zu zwängen. So konnte sich die Körperwärme beider Personen am besten verbreiten und man hielt sich gegenseitig warm. Natürlich fehlte mir in jenem Moment vor allem seine Wärme, denn ich wollte bestimmt nicht wieder mit Rob zusammen sein.

Während ich schlotternd versuchte, nicht einzuschlafen, musste ich auch an Peter denken und daran, wie gut er bei unserem Zusammentreffen ausgesehen hatte. Jahrelang hatte ich mir vorgestellt, wie er psychisch vor die Hunde ging. Ich nahm an, dass er davon besessen war, seine Rache gegen mich auszuhecken, weil ich ihn verlassen hatte. Aber als er vor mir stand, sah er so normal aus, er erinnerte mich an den Jungen, in den ich mich einst verliebt hatte, und nicht an das Monster, das ins Gefängnis gesperrt wurde.

Ich hatte immer noch Albträume wegen der Kämpfe, die wir im Laufe des Zerfalls unserer Beziehung miteinander hatten. Ich erinnerte mich daran, wie ich die blauen Flecken verbergen musste, die er mir verpasst hatte. Daran, dass ich aus der Not heraus zur Profivisagistin geworden war, weil ich die Wahrheit vor meinen Eltern mit Schminke verstecken musste.

Jetzt als Erwachsene konnte ich es kaum glauben, dass ich damals gedacht hatte, eine solche Beziehung sei normal. Wie dumm es gewesen war, zu denken, dass ich Peter wirklich etwas bedeutete. Ich glaubte ihm, wenn er mir sagte, es sei meine Schuld gewesen, dass er so wütend wurde und mich schlug. Ich hatte versucht, ihm eine bessere Freundin zu sein, nicht mit anderen Männern zu flirten oder am besten gar nicht mit ihnen zu reden. Ich tat alles, was er von mir verlangte, und dennoch tat er mir immer wieder weh. Die Erinnerungen waren immer noch lebhaft und schmerzlich, obwohl all das Jahre her war. Ich hatte Peter so sehr geliebt, dass ich bei ihm blieb und hoffte, dass er sich bessern würde. Ich betete, dass ich ihn nicht mehr wütend machen würde. Manchmal hatten wir auch gute Abende, aber je näher der Schulabschluss kam, desto seltener wurden sie.

Selbst hier, im Schlafsack irgendwo auf einem Berg, konnte ich noch Peters Hände um meinen Hals spüren, als unsere Beziehung letztlich zerbrach. Ein Junge aus der Schule war zu mir in das Restaurant gekommen, in dem ich arbeitete, und wir hatten über einen Test geredet, in dem wir beide gut abgeschnitten hatten. Wir lachten darüber, wie schlecht es den anderen aus der Klasse gegangen war und ich hatte nicht bemerkt, dass Peter draußen Stand und die ganze Unterhaltung beobachtete. Niemals werde ich das Gefühl von Panik vergessen, als ich am Ende meiner Schicht hinausging und den Ausdruck in seinen Augen sah. Er war zugleich verletzt und rasend vor Wut.

Meine Augenlider wurden schwer und ich schob die Gedanken an Peter beiseite, driftete kurz weg und wachte sogleich wieder auf, denn die Kälte schlich sich immer tiefer in meinen Körper. Ich zitterte, konnte mich nicht aufwärmen und kaum noch einen klaren Gedanken fassen. So hatte ich mir meinen Wanderausflug wirklich nicht vorgestellt, ich hätte mich auf das Schlimmste vorbereiten müssen. Die Planung und Ausführung eines solchen Trips gingen über meine Fähigkeiten hinaus und ich hätte diese Sache niemals allein angehen dürfen. Aber so war das eben bei mir. Ich durchdachte die Dinge nie richtig, sondern stürzte mich einfach hinein. Das war bestimmt nicht die beste Herangehensweise im Leben, aber offensichtlich hatte ich meine Lektion noch immer nicht gelernt.

Der Schnee fiel weiter und weiter, während meine Angst wuchs. Wenigstens hörte ich keine Geräusche mehr, dafür konnte ich jetzt nur noch ans Erfrieren denken. Ich war nicht sicher, ob das unter einer Jacke, einem Schlafsack und einem Zelt wirklich möglich war, aber es fühlte sich ganz danach an. Meine Zähne klapperten und mein Körper zitterte unkontrollierbar. Ich wühlte mich tief in meinen Schlafsack und starrte an die Decke des Zeltes. Es war kurz vor Mitternacht und inzwischen war an Schlaf überhaupt nicht mehr zu denken. Die Angst vor dem kalten Wetter und dem Schnee wäre beinahe in Panik umgeschlagen. Logische Überlegungen, wie ich warm bleiben konnte, wechselten sich mit weniger rationalen Ideen ab.

Vielleicht sollte ich einfach meinen Rucksack nehmen und von diesem Berg runterkommen?

Das war nun wirklich keine gute Idee. Ich würde mich im Dunkeln verlaufen und im Freien nur noch leichter erfrieren. In meinem Zelt war es wenigstens um ein paar Grad wärmer als draußen im Schnee. Die sicherste Option war, bis zum Sonnenaufgang zu warten und dann so schnell wie möglich ins Tal zu kommen. Dazu musste ich dann aber noch im Schnee den Weg finden, es zum Ausgangspunkt zurückschaffen und ein Handysignal finden.

Zum Glück hatte ich gleich zu Beginn meiner Wanderung das Telefon ausgeschaltet, um den Akku für den Notfall zu schonen. Emma und ich hatten mein Auto zur Bridge of Gods gebracht, aber ich konnte sie anrufen, falls ich Hilfe brauchte.

Ich schloss die Augen für einen Moment und ließ die Müdigkeit des Tages auf mich wirken. Alle meine Muskeln schmerzten und pulsierten, und wenn es nicht so verdammt kalt gewesen wäre, hätte ich mich bestimmt darüber beklagt. Ich hätte zumindest ein paarmal für einen Tag wandern gehen sollen, bevor ich mich gleich eine ganze Woche mit einem schweren Rucksack in die Berge begab. Das war mir eine Lehre für das nächste Mal, falls es jemals dazu kommen sollte. Nach dieser Nacht war ich mir nicht mehr sicher, ob Wandern wirklich etwas für mich war.

Dann hörte ich von weitem wieder das rhythmische Geräusch von Schritten. Knirsch, knirsch, etwas kam durch den Schnee auf mich zu. Mein Herz schlug schneller und schneller, denn an ihrem Klang waren die Schritte deutlich als Mensch zu erkennen, der den Weg heraufkam.

Vielleicht hielt jemand die Kälte nicht mehr aus und war auf dem Rückweg nach unten. Wahrscheinlich hatte er oder sie den gleichen Gedanken gefasst wie ich zuvor und wollte auf eine wärmere Höhe absteigen. Die Schritte waren bedrohlich nahe. Jetzt waren sie vom Pfad abgebogen und kamen auf mein Zelt zu, da war ich mir sicher. Schließlich hielten sie direkt vor meiner Tür an. Ich spürte die Anwesenheit da draußen, aber ich war vor Angst so gelähmt, dass ich kein Wort herausbrachte. Wenn es einfach nur ein Wanderer war, würde er wohl nur sein Zelt aufschlagen und sich für die Nacht zurückziehen. Wenn es nun aber doch kein Mensch, sondern ein wildes Tier war... Wieder klammerte ich mich an mein Bärenspray und wartete auf den Angriff.

Nichts. Die Schritte waren stehengeblieben, aber ich hörte niemanden, der sich an einem Zelt zu schaffen machte oder sich sonst irgendwie bemerkbar machte. Mein Blick raste umher und ich fürchtete, da draußen könnte wirklich ein Tier auf mich lauern. Vielleicht wartete es nur auf den geeigneten Moment, um zuzuschlagen. Ich stellte mir vor, wie leicht es für einen Bären sein würde, das Plastik meiner Zeltplane zu zerreißen. Im Fall eines Angriffs würden mir keine zehn Sekunden bleiben. Würde ich überhaupt genug Zeit haben, das Tier einzusprühen, bevor es mich mit den Klauen packte und davonzerrte?

Mein Herz hämmerte so laut in meiner Brust, dass ich außer diesem Geräusch gar nichts mehr wahrnehmen konnte. Vielleicht bewegte sich da draußen ja doch etwas und ich konnte es nur über meinen eigenen Herzschlag nicht hören? Ich schluckte schwer und setzte mich auf, wobei ich die Augen starr auf den Eingang meines Zeltes gerichtet hielt. Als ob ein Bär wirklich die Tür nehmen würde, um mich anzugreifen. Das war absurd, und obwohl mir das klar war, starrte ich weiter.

Dann hörte ich etwas. Es war der dumpfe Aufschlag von etwas, das direkt vor meinem Zelt auf dem Boden abgesetzt wurde. Ich sah, dass der Schnee gegen das Zelt gedrückt wurde, weil irgendetwas Großes genau vor der Tür lag. War es der Körper des Bären? Saß das Tier wirklich einfach vor meinem Zelt und wartete auf eine Bewegung von mir, damit es mich angreifen konnte? Ich rührte mich nicht. Ich blieb wie angewurzelt sitzen und wartete, ob das schattenhafte Objekt sich bewegen würde. Vielleicht suchte dieser Bär ja auch nur einen Ort für die Nacht und mein Zelt war ihm wie ein gemütlicher Schlafplatz erschienen. Oder vielleicht ergötzte er sich auch nur am Geruch meines Fleisches und bereitete sich auf seine Mahlzeit vor.

Der Reißverschluss bewegte sich. Das Blut gefror mir in den Adern bei dem unverkennbaren Anblick einer menschlichen Hand, die dabei war, mein Zelt zu öffnen. Was war hier los? Wieso sollte jemand in mein Zelt eindringen wollen? Wurde ich gerade angegriffen?

Obwohl Caleb ein Hüne war, war er mir nicht furchteinflößend vorgekommen. Hinter seinem finsteren Blick hatte ich Freundlichkeit und Güte zu sehen geglaubt, und er hatte mir keine Angst gemacht. Ich glaubte nicht, dass er es sei, der mich hier aufsuchte. Stattdessen raste mein Verstand zu allen anderen Leuten, die ich heute unterwegs getroffen hatte. Ein paar der Kerle hatten ziemlich verwegen ausgesehen, aber sie waren mir trotzdem alle recht liebenswürdig erschienen.

„Ich habe eine Waffe!“, schrie ich der unbekannten Hand entgegen, die mein Zelt aufzog. „Hau ab oder ich schieße!“

Kapitel 6

Caleb

„Ich würde es sehr begrüßen, wenn du nicht auf mich schießen würdest“, sagte ich ruhig und ließ den Reißverschluss von Jordans Zelt los.

„Caleb?“, fragte sie.

Jordan kam mir nicht wie eine Frau vor, die sich mit Waffen auskannte, und ich glaubte nicht wirklich, dass sie eine bei sich trug, aber ich wollte nicht riskieren, erschossen zu werden, deshalb machte ich ein paar Schritte weg von ihrem Zelt. „Ja, ich habe mir Sorgen gemacht. Gehts dir gut?“

„Du hast mich zu Tode erschreckt“, sagte sie und streckte den Kopf zum Zelt heraus. „Was machst du hier?“

„In dem Schlafsack da wirst du dich unmöglich warmhalten können. Ich fürchte, bis zum Morgen wirst du ein Eiszapfen sein und das kann ich ja nicht zulassen. Darf ich reinkommen? Oder willst du immer noch auf mich schießen?“, fragte ich und blickte auf die große Dose Bärenspray in ihrer Hand.

Das Mondlicht fiel auf ihr blondes Haar, das unter der Wollmütze hervorquoll, die sie auf dem Kopf hatte. Sie trug auch noch ihre Jacke und steckte immer noch im Schlafsack, während sie sich vorbeugte, um den restlichen Reißverschluss ihres Zelteinganges zu öffnen.

„Ja, komm rein“, sagte sie.

Ich nahm meinen Schlafsack und ließ meinen Rucksack mit den übrigen Sachen vor der Tür stehen. Das Zelt wäre groß genug für mich und mein Zeug gewesen, aber ich wollte den Schnee draußen lassen, um ihr Lager nicht nass zu machen.

Ich zog meine Schuhe aus, setzte mich in ihr Zelt und versuchte, so viel Schnee wie möglich von mir abzustreifen. Ich leuchtete mit meiner Lampe zu Jordan, der offensichtlich wahnsinnig kalt war. Ihre Zähne klapperten und ihr ganzer Körper schlotterte, obwohl sie im Schlafsack steckte und mehrere Schichten Kleidung trug.

„Die Temperatur ist ziemlich stark gefallen. Wie fühlst du dich?“

„Ich friere. Ich glaube nicht, dass der Schlafsack für diese Art von Wetter gedacht ist.“

Ich unterdrückte das Verlangen, ihr das Etikett auf dem Packsack zu zeigen, wo genau das geschrieben stand. Diese Frau war so schlecht vorbereitet, dass es zum Schieflachen gewesen wäre, hätte sie nicht kurz vor dem Erfrierungstod gestanden.

„Tut mir leid, dass ich dir Angst gemacht habe.“

„Schon okay. Ich hatte eh schon lange vorher Angst“, lachte sie nervös.

Die Enge zwischen uns beiden in dem Zelt machte die Unterhaltung etwas peinlich. Ich hatte mir nicht überlegt, was ich sagen würde, wenn ich zu ihrem Zelt kam, außer, dass ich neben ihr schlafen musste, wenn sie nicht erfrieren wollte. Mir als großem Mann machte die Kälte weniger aus als jemandem, der so schmächtig war wie sie. Um sie die Nacht über warmzuhalten, würde ich mit ihr in den Schlafsack schlüpfen müssen, aber ich hatte nicht darüber nachgedacht, wie ich sie von dieser Idee überzeugen sollte.

„Willst du meinen Schlafsack verwenden und ich nehme deinen? Meiner ist für Minusgrade gemacht, darin hast du es etwas bequemer“, bot ich ihr an.

„Ich glaube nicht, dass du in meinen Schlafsack hineinpassen wirst“, meinte sie lachend, nachdem sie gesehen hatte, wie viel größer das Ding war, das ich neben ihr ausgerollt hatte. „Glaubst du, wir passen beide in deinen?“

„Wenn es dich nicht stört, sehr nahe beieinander zu liegen”, lachte ich etwas verlegen.

„Im Moment ist mir ehrlich gesagt alles egal, solange mir nur warm wird. Wenn es dir nichts ausmacht, sollten wir einfach beide in deinen Schlafsack schlüpfen."

Ich war froh, dass sie das sagte. Ich musste ihr den Plan nicht erst schmackhaft machen. Sie war wohl schlauer, als ich gedacht hatte, denn sie begriff selbst, dass dies die einzige Möglichkeit war, nachts warm zu bleiben. Es wäre natürlich noch besser gewesen, wenn wir nackt nebeneinander geschlafen hätten, aber diesen Vorschlag wollte ich ihr dann doch nicht unterbreiten. Sie hätte mich bestimmt für einen Perversen gehalten. „Okay, ich ziehe aber meine Jacke aus, das solltest du vielleicht auch tun. Dadurch bekommen wir ein bisschen mehr Platz."

„Ja, klingt gut."

„Du hast gar keine Matte?", fragte ich, nachdem sie aus ihrem Schlafsack gekrochen und ich bemerkt hatte, dass er direkt auf dem Boden lag.

„Nein, ich habe vergessen, eine zu kaufen. Hilft es vielleicht, wenn wir auf meinem Rucksack schlafen?"

„Vielleicht", sagte ich eher skeptisch.

Falls nötig konnte ich meine Matte aus dem Rucksack holen, aber sie würde sicher nicht für uns beide reichen und es wäre wahrscheinlich mehr Aufwand gewesen, als es letztlich gebracht hätte. Jordan zitterte so sehr, dass ich sie nicht einen Moment länger darauf warten lassen wollte, in den Schlafsack zu kriechen.

Nachdem ich meine Jacke abgelegt hatte, schlüpfte ich hinein und drückte mich zur Seite, damit sie sich neben mich legen konnte. Es war ziemlich eng und als ich spürte, wie sich ihr Körper an mich drückte, brauchte all meine Willenskraft, um mich selbst davon abzuhalten, vor Aufregung hart zu werden. Es war nicht unbedingt Jordan, die mich geil machte, sondern eher die plötzliche Nähe. Es würde wahrscheinlich eine lange Nacht werden, in der ich über technische Zeichnungen und sonstige trockene Themen nachdenken musste, um zu vergessen, dass ihr Körper sich dicht an meinem rieb.

„Tut mir leid, dass ich so zittere", sagte Jordan. „Ich kann gar nicht aufhören."

„Stört es dich, wenn ich die Arme um dich lege? Das hilft

vielleicht.“

„Mir ist so kalt, ich würde mich auch nackt neben dich legen, wenn mir dadurch wärmer würde“, sagte sie halb im Scherz.

Es war eine gute Idee, aber so wie sie es gesagt hatte, meinte sie es wohl eher nicht wirklich ernst. Außerdem würde ich mich unmöglich zusammenreißen können, wenn wir uns jetzt auch noch auszogen. Nein, es würde besser sein, wenn wir sie irgendwie warm kriegten und dabei unsere Kleider anbehielten.

„Später vielleicht, falls das nichts hilft“, sagte ich belustigt.

Ich rieb zuerst meine Hände über ihre Arme und hielt sie dann eng umschlungen fest. Für einen Augenblick schien sie mit dem Zittern aufzuhören, aber dann ging es gleich wieder los. Mir war wirklich warm in dem Schlafsack mit ihr, aber ich hatte auch 50 Kilo mehr an Muskelmasse, die mich besser isolierten als ihr schmales Gestell.

„Wie lange bist du schon auf dem Weg?”, fragte Jordan.

„Nur heute. Ich habe eine Hütte hier oben.“

„In den Bergen? Eine Skihütte oder so?“, fragte sie etwas verwirrt und drehte sich zu mir um. „Ich wusste nicht, dass man auf dieser Seite des Berges Skifahren kann.“

„Nein, keine Skihütte.“

Jordan drehte sich ganz um, sodass wir mit dem Gesicht zueinander lagen. Unsere Lippen waren nur wenige Zentimeter voneinander entfernt, sie drückte ihre Hände an meine Brust und ich legte meine Arme wieder um sie.

„Geht das so? Ich glaube, so wird mir etwas wärmer“, fragte sie.

„Klar, wenn es dir so besser geht, ist mir das recht. Ich friere kein bisschen.“

„Also es ist keine Skihütte, aber du bist trotzdem im Winter hier oben? Wieso?“, fragte Jordan mit großen Augen und schien sich sehr für meine Hütte im Wald zu interessieren.

„Ich lebe in meiner Hütte. Ich bin das ganze Jahr über dort."

„Echt?"

„Ja", lachte ich. „Ein ganz normales Zuhause. Du weißt schon, wo man wohnt und wartet, dass die Zeit vergeht?"

Jordan hob eine Braue und sah zuerst mich an, dann den wachsenden Schneeberg um den Rand des Zeltes. Ich konnte die Gedanken in ihrem Kopf erraten, sie suchte wohl nach einer logischen Erklärung dafür, wieso jemand wie ich hier oben in den Bergen leben wollte.

„Bist du ein Mörder?", fragte sie, im Scherz zwar, aber auch mit etwas ängstlicher Stimme.

„Nein."

„Du lebst also einfach im Wald. Wie verdienst du dein Geld?"

„Wie wärs, wenn wir die Fragestunde bis zum Morgen verschieben? Du zitterst immer noch, vielleicht solltest du echt ein paar deiner Klamotten ausziehen?" Ich versuchte, bei diesem Vorschlag so sachlich wie möglich zu klingen. Uns auszuziehen war nun mal tatsächlich der beste Weg, Jordan so schnell wie möglich aufzuwärmen.

Sie machte ein Gesicht, als vermutete sie irgendeinen ruchlosen Plan dahinter, dass ich sie ausziehen wollte. „Na schön, aber nur weil mir so kalt ist. Und die Unterwäsche bleibt an", befahl sie.

„Natürlich."

Ich öffnete schnell den Schlafsack und zog mir die Klamotten aus. Jordans Augen fixierten sich auf meinen Bauch, bevor sie eilig wegschaute. Auf den Körper, den ich nach ein paar Jahren Arbeit an meiner Hütte bekommen hatte, war ich durchaus stolz. Ich schmunzelte, als ich bemerkte, dass sie mich aus den Augenwinkeln weiter beobachtete, während sie zuerst ihre Hose, dann ihr T-Shirt auszog. Das Höschen und den BH behielt sie an und drückte sich schnell wieder an mich, bevor ich den Reißverschluss um uns zuzog.

„Keine faulen Tricks! Ich bin nur nackt, weil ich nicht zu Tode frieren will“, warnte sie.

„Wieso glaubst du überhaupt, dass du mein Typ bist?“, entgegnete ich.

„Wie ist denn dein Typ?“, fragte Jordan mit einem Grinsen.

Sie lag an meine Brust gedrückt und hatte endlich zu zittern aufgehört. Ich spürte, dass sie wärmer wurde und war erleichtert darüber, dass es ihr besser zu gehen schien. Aber jetzt, wo die Gefahr vorüber war, wuchs plötzlich die sexuelle Energie zwischen uns. Ich war nur froh, dass sie sich zu mir gedreht hatte und nicht ihren Hintern an mich drückte. Das bisschen Luft zwischen uns war wie eine Sicherheitszone zwischen meinem inzwischen eisernen Ständer und dem dünnen Stoff über ihrer Körpermitte.

„Ich steh auf Brünette. Große Brünette“, log ich sie an und versuchte, nicht auf ihren hübschen Körper zu starren, der sich an mich schmiegte.

„Ich glaube dir zwar nicht, aber lassen wir das halt einfach mal so stehen. Danke, dass du gekommen bist, um mir zu helfen. Ohne dich wäre ich hier wahrscheinlich draufgegangen.“

„Kann gut sein.“

„Na toll, das baut mich echt auf“, lachte sie.

„Ich nenne die Dinge nun mal beim Namen. Was ist eigentlich in dich gefahren, dass du hier alleine hochgekommen bist? Du bist definitiv nicht erfahren genug dafür.“

Sie rückte ihren Kopf zurück und sah zu mir auf. Ich sah, dass ich sie wütend machte, denn ihre Augen verengten sich und der verspielte Gesichtsausdruck wurde ernst. Sie mochte es wohl nicht, wenn man ihr mangelnde Erfahrung vorwarf.

„Ich habe ein Zelt, einen Schlafsack, Essen und alles sonst, was man so braucht. Ich war nur nicht auf den Schnee gefasst. Wäre es nicht so kalt geworden, würde es mir blendend gehen. Und woher willst du überhaupt wissen, dass ich mich mit dem Wandern nicht auskenne?“

Über ihre Frage musste ich lachen. Es gab jede Menge Anzeichen dafür, dass sie keine Ahnung hatte. Der erste Hinweis war ihr riesiger Rucksack. Die Größe und Qualität ihres Zeltes. Die Wärmeklasse ihres Schlafsacks und die Tatsache, dass sie es nicht fertiggebracht hatte, ihren eigenen Campingkocher in Gang zu setzen. Alle diese Dinge hätte ich ihr aufzählen können, aber ich entschied mich dagegen. Ich erinnerte mich an einen Ratschlag meines Vaters, der gemeint hatte, es sei nie eine gute Idee, mit einer schönen Frau zu streiten. Damals meinte er natürlich meine Mutter, aber ich hatte mir den Tipp dennoch hinter die Ohren geschrieben.

„Tut mir leid“, sagte ich und lächelte sie an.

„Sieh mich nicht so an. Ich habe mich durchaus vorbereitet.“

„Ich sagte, es tut mir leid.“

„Du grinst dabei so blöd. Du glaubst, dass ich unvorbereitet war. Du glaubst, ich sei irgendeine Anfängerin, die keine Ahnung von Tuten und Blasen hat. Du hast doch auch nicht gewusst, dass es schneien würde. Jetzt steckst du genauso hier oben fest und solltest dich nicht über mich lustig machen.“

„Du hast recht. Ich hätte nicht gedacht, dass es heute schon schneien würde“, gab ich zu.

Es war lustig, dass ich mich ihr gegenüber wie ein Trottel verhalten wollte. Dabei war es so lang her, dass ich eine Frau in den Armen gehalten hatte, und sie fühlte sich echt gut an. Ihre weiche Haut war jetzt warm unter meinen Fingern und die Farbe war in ihre Wangen zurückgekehrt. So sehr ich sie auch schelten wollte, weil sie ohne Vorbereitung in die Wildnis aufgebrochen war, mit dieser Frau konnte ich mich nicht streiten. Jedenfalls nicht, wenn sie so in meinen Armen lag.

„Was meinst du, wie viel Schnee da noch kommt?“, fragte Jordan, als sie den steigenden Schatten des Schnees um das Zelt herum betrachtete.

„Kann man nicht mit Sicherheit sagen. Wenn es so heftig weitergeht, könnten wir am Morgen über dreißig Zentimeter Neuschnee haben.“

„Schaffe ich es da denn überhaupt noch den Berg hinunter?“

„Vielleicht."

Dann tat Jordan etwas, worauf ich wirklich nicht gefasst war. Ihre großen blauen Augen sahen zu mir auf und brachen plötzlich in Tränen aus. Sie schluchzte haltlos und versuchte zu sprechen, aber ich verstand kein Wort von dem, was sie sagte. Ich rieb ihr den Rücken und sah mich im Zelt nach etwas um, womit sie sich hätte schnäuzen können. Sie schien völlig die Fassung verloren zu haben, aber ich wusste nicht, was auf einmal los war. Wenn sie am nächsten Tag nicht ins Tal konnte, dann würden wir uns eben zu meiner Hütte durchschlagen. Die Welt würde schon nicht untergehen, bei mir war sie ja in Sicherheit.

Sie weinte gut zwanzig Minuten lang, bevor sie sich langsam wieder in den Griff bekam und ich verstehen konnte, was sie mir sagen wollte.

„Ich wollte mir doch nur beweisen, dass ich das alleine schaffe. Mein Freund sollte eigentlich mitkommen, aber wir haben uns getrennt. Dann musste ich so tun, als hätte ich einen neuen Freund, um ihn eifersüchtig zu machen. Dann habe ich allen erzählt, dass ich wandern gehe. Jetzt sehe ich aus wie eine totale Idiotin, die hier oben Schiffbruch erlitten hat, und alle werden erfahren, wie blöd ich bin."

Sie quasselte vor sich hin, nicht alles machte wirklich Sinn, aber ich verstand ungefähr, worauf sie hinauswollte.

„Meine Hütte ist nicht weit von hier. Bis dorthin schaffen wir es morgen. Du musst hier oben nicht sterben", beruhigte ich sie.

„Nichts kriege ich auf die Reihe. Ich kann nicht mal wandern gehen, ohne es zu versauen."

Sie hatte mit dem Weinen aufgehört, aber Jordan war in ihre eigenen Gedanken versunken und hörte mir überhaupt nicht zu. Anstatt ihr zu erklären, dass solche Dinge von einem Fehlschlag zu einer lehrreichen Erfahrung werden konnten, hielt ich sie einfach in den Armen und fühlte, wie sie allmählich müde wurde.

Ich schaute auf die Uhr und stellte fest, dass es schon fast drei Uhr früh war, als Jordan endlich einschlief. Natürlich war sie mein Typ. Vor ihr wollte ich das nicht zugeben, aber wenn ich mir sie so ansah, war ich ziemlich sicher, dass ich mich in einer anderen

Situation bestimmt für sie interessiert hätte.

Kapitel 7

Jordan

Mir war warm. Der erste Gedanke nach dem Aufwachen war, dass ich überhaupt nicht mehr fror. Genau so wollte ich liegen bleiben, in den Armen dieses Fremden, ohne aus dem Zelt steigen zu müssen und mit der eiskalten Realität konfrontiert zu werden.

Ich war eingeschlafen, das Gesicht in seiner Brust vergraben und seine Arme um mich geschlungen, aber der obere Teil seines Körpers war der Kälte ausgesetzt. Caleb hatte den Schlafsack eng um meine Schultern gezogen, damit ich warm blieb, selbst wenn dadurch seine eigene Brust und Schultern schrecklich gefroren haben mussten.

Als ich mich zu bewegen begann, öffnete er seine Augen und ich bemerkte, dass er wohl nicht wirklich geschlafen haben konnte. Sein Blick war benommen und nebelig, so als hätte er lange erfolglos versucht, einzuschlafen.

„Du hast tief geschlafen“, sagte er in seiner heiseren und samtigen Stimme.

Seine Worte ließen meinen Körper erzittern, nicht weil mir kalt war, sondern weil seine Stimme mir bis ins Mark ging. In meiner Mitte regte sich beim Klang seiner Worte gleich etwas und ich wurde ganz kribbelig. Es war nicht zu leugnen, dass mein Körper ein unbändiges Verlangen ausstrahlte, sich mit seinem zu vereinen, aber ich konnte ja schlecht mit diesem völlig fremden Mann Sex haben. Genau genommen machte ich mir eher darum Sorgen, wie ich bei Tageslicht aus dem Schlafsack kommen sollte, ohne dass Caleb meinen großteils nackten Körper zu Gesicht bekam.

„Ich konnte wirklich ein bisschen schlafen, danke.“

„Sieht aus, als hätten wir fast knietiefen Schnee. Du solltest mit in meine Hütte kommen. Ich glaube nicht, dass du so vom Berg runterkommst.“

„Ich würde es zumindest gerne versuchen.“

„Wir sollten uns anziehen und mal nachsehen, wie es draußen ist“, sagte er.

Was er damit sagen wollte, war, dass ich es nicht runterschaffen würde und mir den Trail ansehen sollte, um mich selbst davon zu überzeugen. Ich konnte bereits an dem Schneerand außerhalb der Zeltplane erkennen, dass es ein schwerer Morgen werden würde. Meine Wanderschuhe waren nicht auf Schnee ausgelegt. Ich würde patschnasse Füße haben und einen sechs- bis achtstündigen Marsch mit eiskalten Zehen würde ich nicht aushalten.

„Mach die Augen zu“, ordnete ich an, als ich mich von ihm gelöst hatte, um den Schlafsack zu öffnen.

Er tat, wie ihm geheißen war, und ich spürte sofort die kalte Morgenluft, die jeden Nerv meines Körpers zu betäuben schien. Ich beeilte mich, Hemd und Hose überzuziehen und tippte Caleb dann auf die Schulter, damit er die Augen aufmachte und sich ebenfalls anzog. Meine Kleidungsschichten bestanden nur aus einem Pullover und einer Jacke, dazu ein paar dünne Arbeitshandschuhe. Ich hatte mich tatsächlich furchtbar schlecht vorbereitet, so ungern ich es auch zugab.

Wir sprachen nicht, während wir uns anzogen und die Schuhe schnürten. Ich wusste nicht genau, wie wir aus dem Zelt hinauskommen und all meine Campingausrüstung zusammensammeln sollten. Ich hatte ein paarmal geübt, wie man das Zelt abbaute, aber nicht bei knietiefem Schnee.

Caleb grub den Eingang frei und schaufelte dann seinen Rucksack frei, um den Schlafsack darin zu verstauen. Er hatte ihn sich umgehängt und war schon am Waldrand, noch bevor ich es überhaupt aus dem Zelt geschafft hatte. Ich hatte meinen voluminösen Schlafsack in der Hand und versuchte gerade, ihn an meinem Rucksack zu befestigen, als Caleb sagte: „Lass das, wirf ihn einfach zurück ins Zelt.“

„Was? Wieso?“

„Wir würden das ganze Zeug sowieso nicht richtig zusammengelegt und in deinen Rucksack gepackt bekommen, außerdem gibt es wirklich keinen Grund, das zu tun. Es wäre nur zusätzliches Gewicht und es sind noch etliche Kilometer bis zu meiner Hütte."

„Du meinst, ich soll einfach alles hierlassen?"

„Ja."

Ich sah zwischen Caleb und meinem Zelt hin und her. Er hatte nicht unrecht. Es war zu kalt und es lag viel zu viel Schnee, um sich jetzt mit dem ganzen Zeug abzumühen. Ich warf den Schlafsack ins Zelt und zog sicherheitshalber den Reißverschluss zu. Wenn ich unbedingt wollte, konnte ich nach dem Schneefall immer noch hierher zurückkommen und die Sachen holen, obwohl ich mir nach der vergangenen Nacht nicht vorstellen konnte, allzu bald wieder Lust auf Campen oder Wandern zu haben.

„Wenn deine Hütte so weit weg ist, könnten wir es denn dann nicht in derselben Zeit zum Fuß des Berges schaffen?", fragte ich.

„Nein, die Hütte liegt auf einer Höhe zu uns. Wir müssen nur ein bisschen absteigen und können dann entlang der Schotterstraße und der Baumgrenze zu mir hinübergehen. Ich kenne den Weg und weiß, dass er sicher ist. Eine sichere Strecke vom Berg hinunter kenne ich nicht. Runterzukommen würde den ganzen Tag dauern, bis zur Hütte sind es nur ein paar Stunden."

„Okay."

Es fiel immer noch Schnee, als ich hinter Caleb den Weg hinunterging. Wir waren viel langsamer, als ich erwartet hatte, und bei jedem Schritt füllten sich meine Schuhe mit Schnee. Meine Zehen waren eiskalt, aber ich wollte mich nicht beschweren oder um eine Pause bitten, weil ich wusste, dass es das Beste sein würde, so schnell wie möglich zu seiner Hütte zu kommen. Langsam arbeiteten wir uns den Pfad hinunter. Zum Glück war der Wind nicht stark und die Temperatur war seit der Nacht auf knapp null Grad gestiegen. Caleb sprach nicht, aber er ging so langsam, dass ich mit ihm mithalten konnte. Hin und wieder blieb er stehen und wandte sich um, wobei er zu prüfen schien, wie ich zurechtkam, auch wenn er nicht viel fragte.

Als wir es endlich bis zur Straße geschafft hatten, war mir eindeutig klar, dass wir an jenem Tag niemals bis ins Tal gekommen wären. Schon bis hierher hatten wir zwei volle Stunden gebraucht. Die Schotterstraße sah mehr wie ein weißer Teppich aus, glatt und unberührt, soweit das Auge reichte.

„Wie gehts deinen Zehen?“, fragte Caleb, indem er an mir hinuntersah, bevor er sich wieder dem Weg zuwandte und weiterging.

„Kalt. Wie ist es bei dir?“

„Ja, ich hoffe nur, dass es nicht noch kälter wird und wir Erfrierungen bekommen. Versuch, in meiner Spur zu bleiben, das hilft dir vielleicht ein bisschen.“

Das war eine nette Geste und ich konnte an Calebs Stiefeln sehen, dass er auch ziemlich viel Schnee in die Schuhe bekam. Auf der ebenen Straße konnte ich leichter direkt in seine Fußstapfen treten, sodass ich mir weniger Schnee einfing.

„Wie weit ist es noch auf der Straße?“, fragte ich nach einer leichten Kurve.

„Noch knapp einen Kilometer, dann haben wir es geschafft.“

„Glaubst du, dass es heute auch noch den ganzen Tag weiterschneit?“

„Ich habe keine Ahnung. Ich werde mal in den Wetterfunk hören, sobald wir bei mir sind, damit wir die Vorhersage kennen. Allerdings würde ich den Wetterberichten nicht wirklich trauen, denn es war nie die Rede davon, dass der Schnee schon gestern Nacht losgeht.“

„Verfluchte Wetterleute“, scherzte ich, während wir weiterstapften.

Caleb drehte sich nicht mehr um. Den Rest des Weges bis zu seiner Hütte blieb er still und ich hielt mich dicht hinter ihm, um nicht den Anschluss zu verlieren. Er ging jetzt schneller als vorher, wahrscheinlich weil ihm die kalten Füße inzwischen auch zu schaffen machten.

Ich tat mein Bestes, schrittzuhalten und meine Klagen für mich zu behalten. Wir waren beide erschöpft und froren, es half alles nichts. Wir konnten jetzt nur schnellstmöglich zu dieser Hütte eilen, um uns von den nassen Klamotten zu befreien.

„Da sind wir“, sagte Caleb schließlich und zeigte auf eine niedliche, neu aussehende Hütte in einiger Entfernung. Davor stand ein Pickup und ein paar Schritte daneben gab es noch ein kleineres Gebäude. Das Dach war steil, vermutlich um es widerstandsfähiger gegen Schnee zu machen, denn das meiste davon war direkt abgerutscht. Es war nur ein kleiner Rand oberhalb der Dachrinne hängen geblieben.

„Gottseidank“, sagte ich, und ging hinter Caleb die steile Zufahrt zu seinem Haus hinunter.

„Ich weiß nicht, ob ich drinnen noch genug Brennholz habe. Ich hole noch etwas, aber es könnte ein bisschen dauern, bis wir ein Feuer anzünden können.“

„Schon gut. Ich will nur meine Finger und Zehen warm kriegen, danach sehen wir weiter“, meinte ich. Ich konnte inzwischen an nichts anderes mehr denken, als meine Schuhe und Socken loszuwerden und mir ein warmes Paar Wollstrümpfe überzuziehen. Ein Mann wie Caleb würde bestimmt irgendwo dicke Socken herumliegen haben.

Wir gingen die schneebedeckten Stufen zu seiner Veranda hinauf und ich machte es ihm nach, als er oben angekommen die Stiefel auszog. Dann machte er die schwere Holztür auf und wir traten in unseren nassen Socken ins Haus.

Im Inneren sah es besser aus, als ich es mir in einer alten Hütte im Wald vorgestellt hätte. Allerdings wurde schnell klar, dass sein Heim alles andere als alt war, das Holz sah überall noch ganz frisch aus. Ich stand im Flur und zog mir die durchnässten Socken aus, während Caleb losging und uns Handtücher und Decken holte.

Ich hätte jetzt wirklich eine schöne warme Dusche vertragen können, aber ich fürchtete, dass es hier oben wohl kein fließendes und schon gar kein warmes Wasser geben würde. Ich würde mich wohl mit trockenen Klamotten und einer Decke begnügen müssen.

„Zieh die nassen Sachen aus, dann lass ich dir ein Bad ein.“

„Ein warmes Bad?“, fragte ich etwas verwirrt.

„Klar, die Solaranlage sollte von den Tagen vor dem

Schneesturm noch etwas Saft übrighaben. Viel wird es allerdings nicht sein, so richtig heiß wird das Wasser deshalb wohl eher nicht werden.“

„Vielleicht sollten wir einfach beide die Füße ins Wasser stecken?“, schlug ich vor. „Wie gehts deinen Zehen?“

Wir hatten beide die Socken ausgezogen und unsere Füße waren knallrot. Ich wusste nicht, wie man in so einer Situation am besten vorging, aber die Zehen in heißes Wasser zu stecken hörte sich ziemlich schmerzhaft an.

„Wir wickeln uns am besten einfach mal in warme Decken ein und sehen dann weiter. Bevor wir ins Wasser steigen, sollte zumindest das Gefühl wieder zurück in die Zehen gekommen sein. Spürst du deine Füße?“

„Jetzt, wo du es erwähnst, nicht wirklich.”

„Dann solltest du auf keinen Fall gleich ins Wasser. Das wird gleich ganz schön wehtun, wenn unsere Zehen aufzutauen beginnen. Wir sollten die nassen Sachen ausziehen und uns in Decken wickeln.“

„Bringt es etwas, wenn wir unter dieselbe Decke schlüpfen?“, fragte ich. „Wegen dem ganzen Ding mit der Körperwärme und so?“

„Ja, ist wahrscheinlich am besten.“

In jeder anderen Situation hätte ich vermutet, dass er mich nur nackt haben wollte, um sich an mir zu vergreifen. Dies war aber keine gewöhnliche Situation und wir froren beide fürchterlich. Also zogen wir uns wieder bis auf die Unterwäsche aus und legten uns gemeinsam auf der Couch unter eine Decke.

„Ich reibe dir die Füße“, schlug Caleb vor, nachdem wir uns auf dem Sofa eingerichtet hatten.

Ich griff nach seinen Füßen, während er meine nahm. Wir hatten beide noch die Finger in den Handschuhen, und obwohl meine wirklich nichts Besonderes waren, hatten sie meine Hände zumindest so warmgehalten, dass ich sie noch fühlen konnte.

„Ich sehe, dass deine Hände auf meinen Füßen sind, aber

spüren kann ich sie nicht“, lachte ich.

„Das ist nicht komisch, Jordan. Wenn das Gefühl nicht bald zurückkommt, könnten wir ein paar Zehen verlieren.“

„Tut mir leid, ich mach doch nur Spaß. Kannst du meine Hände auf deinen Zehen spüren?

„Ich hab eine Idee. Du wirst das jetzt vielleicht irgendwie schräg finden, aber vertrau mir einfach, okay?“

„Klar“, antwortete ich etwas misstrauisch, was für eine Idee das wohl sein würde.

„Die zwei wärmsten Regionen des Körpers sind die Lendengegend und die Achselhöhlen. Ich werde deine Zehen unter die Achseln nehmen und sehen, ob sie dadurch schneller auftauen.“ Er wartete nicht auf meine Zustimmung zu seinem neuen Plan, sondern steckte meine Füße gleich unter seine Arme.

Ziemlich schnell spürte ich die Wärme seines Körpers und gleichzeitig begannen sich stechende Schmerzen in meinen Füßen bemerkbar zu machen. Jetzt fühlte es sich an, als stünden meine Füße in Flammen. „Das tut weh“, sagte ich mit zusammengebissenen Zähnen. „Soll ich das bei dir auch versuchen?“

„Ja, bitte“, antwortete Caleb und beugte die Knie, um seine Füße in meine Achseln zu stecken. Ich drückte die Arme fest um seine Zehen, damit sie nicht abrutschten. Im Vergleich zu meinem Oberkörper waren seine Füße riesig, aber ein bisschen Achselwärme war wohl besser als gar nichts.

„Das ist mit Abstand der schrägste Valentinstag, den ich je hatte“, kicherte ich.

„Es ist Valentinstag?“

„Ja.“

„Hmmm, scheint als hätte ich den Kalender in letzter Zeit nicht so genau gelesen.“

„Ich wette, man verliert leicht den Überblick, wenn man hier oben lebt. Ist ja auch egal, welcher Wochentag es ist, wenn man ständig im Urlaub ist.“ Ich lachte schnaubend bei dem Gedanken, dass ich den Valentinstag mit diesem Kerl hier in seiner Hütte verbrachte. Aber zumindest waren wir aus dem Schneesturm raus, dafür war ich sehr dankbar. Und außerdem hatte ich am Valentinstag schon Schlimmeres erlebt, als halbnackt mit einem Typen unter einer Decke zu liegen.

Meine Füße wurden wärmer und der Schmerz wurde schlimmer. Ich schloss die Augen und atmete tief ein, während ich angestrengt versuchte, mich nicht wie ein Baby zu benehmen. Das fiel mir allerdings echt schwer. Ich hätte meine Füße am liebsten herausgezogen und nicht mehr wärmer werden lassen, denn der schneidende Schmerz unter der auftauenden Haut gehörte zum Schmerzhaftesten, was ich je erlebt hatte.

„Die Schmerzen sind ein gutes Zeichen“, meinte Caleb aufmunternd. „Lass mich schnell einen Blick auf deine Zehen werfen.“

Er nahm einen meiner Füße und begutachtete die Zehen, bevor er ihn wieder unter seinen Arm schob. Es war eine bemerkenswert gute Idee gewesen, einander die Füße in die Achselhöhlen zu stecken, und sie funktionierte hervorragend.

„Tun deine Füße weh?“, fragte ich und sah mir seine Zehen an.

„Es geht schon.“

Er zuckte nicht einmal mit der Wimper, als ich seine Zehen anders positionierte, damit auch die kleineren etwas Wärme abbekamen. Er sah wie ein Mann aus, der sich selten über irgendetwas beschwerte.

Seine Augen waren groß und braun und zum ersten Mal bemerkte ich die kleinen Grübchen drum herum. Er schien älter zu sein, als ich bei unserer ersten Begegnung am Wanderweg vermutet hatte. Zuerst hatte ich ihn auf Ende zwanzig geschätzt, aber Caleb sah bei näherer Betrachtung eher wie knapp vierzig aus.

„Wie alt bist du?“, entfuhr es mir, bevor ich mich hätte zurückhalten können. „Sorry, das wollte ich so nicht fragen. Das war unhöflich. Tut mir leid, ignorier mich einfach. Wenn ich nervös bin, plappere ich zu viel.”

„Ich bin siebenunddreißig“, sagte er ohne Zögern.

„Wie lange lebst du schon hier oben?“

„Erst ein paar Jahre. Ich habe das Haus selbst gebaut.“

„Echt? Komplett?“, fragte ich ziemlich überrascht.

„Komplett.“

Ich sah mich in der Hütte um und betrachtete alles im Detail. Jeder einzelne Baumstamm in der Wand schien so ausgeschnitten worden zu sein, dass sie alle perfekt ineinanderpassten. Das konnte er unmöglich ohne fremde Hilfe zuwege gebracht haben. Wie hätte er denn die schweren Stämme überhaupt auftürmen sollen? Wie hätte er die Planken aufs Dach gehoben?

„Ja, ganz alleine“, sagte Caleb, während ich zur Decke blickte.

„Wie hast du das bloß angestellt?“

„Ich erzähl dir später mehr. Wie fühlen sich deine Zehen an? Du scheinst nicht mehr ganz so viele Schmerzen zu haben.“

„Ich glaube, es wird schon langsam. Soll ich ein bisschen Holz von draußen holen, damit wir Feuer machen können?“

„Nein, das mach ich schon.“ Caleb lachte über meinen Vorschlag.

Oh, so eine Art Kerl war er also. Er dachte wohl, ein Mädchen könnte in so einer Situation sowieso nicht hilfreich sein. Natürlich hielt er mich für zu blöd, um Feuerholz zu sammeln. Immerhin hatte ich gerade die ganze Sache mit dem Wandern und Campen vermasselt, also war ich bestimmt auch nicht schlau genug, Holz zu tragen. Ich sah Caleb an und fühlte, wie sich der Ärger aufstaute. Er traute mir tatsächlich nicht zu, Feuerholz zu holen. Für wie dumm hielt der mich? Es schien ihn nicht beeindruckt zu haben, dass ich den ganzen mühsamen Weg durch den Schnee direkt hinter ihm geblieben war und mich kein einziges Mal über meine erfrorenen Füße beschwert hatte. Er hatte offensichtlich noch immer keinen Respekt vor mir.

„Ich bin nicht hilflos!“, sagte ich und stand von der Couch auf. Ich baute mich in Höschen und BH vor ihm auf und stemmte die Hände in die Hüften. „Ich gehe jetzt Holz holen“, verkündete ich.

„Schön, aber...“

„Nein, ich will kein Wort mehr hören. Sei kein Arsch. Lass mich einfach das scheiß Holz holen.” Ich stürmte zu meinem Haufen nasser Klamotten und hob sie auf. Auf keinen Fall konnte ich die jetzt anziehen, ich hatte mich gerade erst wieder aufgewärmt. Ich kochte vor Zorn und wollte nicht zugeben, dass ich Caleb um trockene Kleidung bitten musste.

Wie sollte ich aus dem Haus stürmen und meine Unabhängigkeit unter Beweis stellen, wenn ich ihn gleichzeitig fragen musste, ob er mir etwas zum Anziehen geben konnte? Ich steckte in der Klemme. Ich konnte ja schlecht in der Unterwäsche vor die Tür gehen, aber umdrehen und um Hilfe betteln wollte ich auch nicht. Stattdessen sah ich mich nach dem Schlafzimmer um. Ich sah kurz zu Caleb und verschwand.

„Nichts davon wird dir passen“, rief er mir vom Wohnzimmer aus nach.

Darauf konnte ich nicht wirklich etwas entgegnen, denn natürlich hatte er recht. Seine riesigen T-Shirts würden für mich eher wie Kleider sein, aber das war eigentlich auch nicht wichtig. Ich brauchte nur etwas Trockenes, Warmes, um vor die Tür gehen zu können.

Ich öffnete den Schrank und sah dort zu meiner Überraschung zwei teuer aussehende Anzüge hängen. Die waren hier so deplatziert, dass ich sie einen Moment lang nur anstarrte und mir vorzustellen versuchte, was ein Einsiedler in der Wildnis mit Anzügen anfing, die mehr wert waren als mein Auto. Darüber würde ich Caleb später noch befragen müssen.

Ich holte mir ein Flanellhemd und ein paar lange Unterhosen aus einer der Schubladen. Ideal war das nicht, aber ich krempelte Beine und Ärmel hoch, sodass sie mir passten. Caleb hatte eine französische Matratze im Schlafzimmer. Für einen Mann seiner Größe überraschte es mich, dass er in einem normalen Bett schlief. Ich nahm an, dass seine Füße wohl über den Rand hinaushängen mussten, denn seine ein Meter fünfundneunzig hatten auf dieser

Matratze unmöglich Platz.

Auf dem Bett lagen mehrere Schichten Decken, inklusive einer offensichtlich handgemachten Steppdecke. Ich fragte mich, von wem er die bekommen hatte und was die Person wohl davon hielt, dass er hier oben ganz alleine lebte. War es seine Mutter oder Großmutter gewesen? War sie noch am Leben?

„Falls du mich auszurauben versuchst, der Safe ist in der Küche", sagte Caleb höhnisch vom Wohnzimmer herüber.

„Tu ich nicht", antwortete ich und kam aus dem Schlafzimmer.

„Wow", seine Kinnlade fiel herunter und er starrte mich mit großen Augen an.

„Was? Hab ich irgendwelche Knöpfe nicht zugemacht?", fragte ich und sah schnell an mir hinunter, um mich zu vergewissern, dass ich auch gänzlich bedeckt war.

„Das Hemd hat noch nie so gut ausgesehen."

Ich musste lächeln, bevor mir wieder einfiel, dass ich immer noch sauer auf ihn war. Ohne zu antworten zog ich ein Paar seiner Stiefel an, streifte meine Jacke und Handschuhe über und stapfte zur Tür hinaus.

So leicht würde ich es ihm nicht machen. Ich stand auf der Veranda, betrachtete den Schneehaufen und überlegte, wie ich am besten an das Holz kommen konnte. Ich hatte wirklich keine Lust, die Füße noch einmal in den Schnee zu stecken. Sie waren noch immer nicht ganz wieder aufgetaut. Ich schnappte mir die Schneeschaufel und bahnte mir damit einen Weg zum Holzstapel. Das Feuerholz war an der Wand des kleinen Nebengebäudes aufgeschichtet. Es war zwar vom Dach des Schuppens etwas geschützt, aber dennoch lag eine Menge Schnee darauf.

Nachdem der Verschlag viel niedriger war als die Haupthütte, konnte ich aufs Dach sehen, auf dem anscheinend Solarzellen angebracht waren. Ich sah in der Hütte nach, fand einen Besen und begann, damit die Platten auf dem Dach abzuwischen. Ich konnte mich zwar nicht bis ganz nach oben strecken, aber als ich den Schnee unterhalb weggewischt hatte, rutschte der Rest nach, sodass ich letztlich alles erwischte. Wenn sie Strom liefern sollten, mussten die Platten schließlich dem Sonnenlicht ausgesetzt sein.

Nachdem ich den Besen wieder an seinen Platz gestellt hatte, schaute ich mich kurz in dem Raum um. Er sah nicht aus, wie man sich den Schuppen einer solchen Berghütte vorstellen würde. Anstatt mit Holz und Werkzeug war dieser hier mit Elektronik gefüllt.

„Lebst du noch?“, hörte ich Caleb von der Veranda aus rufen.

Ich blickte zu ihm hinüber und sah, dass er sich angezogen hatte. „Mir gehts blendend, geh wieder hinein, bevor du dir die Zehen abfrierst!“

„Zu Befehl!“, sagte er lachend und zog die Tür zu.

Ich nahm einen Stoß Holz in einen Arm und die Schaufel in den anderen. Dann stellte ich die Schaufel neben die Eingangstür, legte das Holz daneben ab und ging zurück, um noch mehr zu holen. Als ich wieder zum Haus kam, war die erste Ladung verschwunden, also legte ich auch den neuen Stapel dort ab.

Caleb sammelte noch ein paar weitere meiner kleinen Lieferungen ein, bis ich ihn schließlich in der Tür auf mich warten sah.

„Drinnen ist kein Platz mehr. Leg es einfach da drüben ab und komm rein“, sagte er.

Widerwillig tat ich, was er angeordnet hatte. Er ging ins Haus und ich sah mich noch einmal draußen um, bevor ich ihm folgte. Soweit das Auge reichte, gab es nichts als Schnee und Bäume. Selbst wenn es augenblicklich zu schneien aufgehört hätte, nahm ich an, dass es noch etliche Tage dauern würde, bevor ich es vom Berg herunterschaffen konnte. Ich mochte mir gar nicht vorstellen, was für Sorgen sich Emma wohl gerade machte. Wahrscheinlich hatte sie schon bei der Polizei angerufen und mich als vermisst gemeldet.

„Okay, was soll ich sonst noch machen?“, fragte ich, während ich mir Jacke und Stiefel an der Tür auszog.

„Ich finde, du hast deinen Standpunkt bewiesen. Wie wärs, wenn du dich einfach hinsetzt und wir das Spiel jetzt lassen?“

„Spiel? Ernsthaft? Dass ich mich nützlich mache, ist ein Spiel?", fragte ich ganz und gar nicht spielerisch.

„Ja."

Ich konnte meinen Zorn kaum zurückhalten, als ich sein süffisantes Gesicht sah. Er dachte wirklich, dass es bei meiner Geste nur um irgendein Spiel ging. Wie selbstgefällig musste man sein, um etwas so zu verdrehen?

Kapitel 8

Caleb

Sie wollte mir also ihre Unabhängigkeit beweisen. Gerade noch wäre sie ohne mich um ein Haar draufgegangen, aber nun wollte sie unabhängig sein.

„Vielleicht lass ich dich einfach alles machen", sagte sie mit den Händen in den Hüften. „So mögen es große starke Männer doch am liebsten, oder? Bloß das arme hilflose Mädchen nichts anfassen lassen."

„Wow, du bist ganz schön eingeschnappt für jemanden, der gerade beinahe erfroren wäre."

„Ich wäre überhaupt nicht erfroren", kreischte sie mich an.

„Klar, red dir das nur ein. Du musst mir auch gar nicht danken, weil ich dich da oben vor dem Tod bewahrt habe und dich jetzt in meiner Hütte aufnehme."

„Danke!", rief Jordan und stürmte wieder ins Schlafzimmer, wo sie die Tür hinter sich zuknallte, sie dann aber noch einmal aufriss. „Außerdem habe ich dir heute früh schon gedankt."

Sie knallte die Tür wieder zu, aber diesmal blieb sie geschlossen und ich hörte, wie sich der Schlüssel im Schloss umdrehte. Frauen waren so verdammt emotional. Nicht einen weiteren Tag würde ich mit diesem Mädchen in der Hütte aushalten, aber dem Schnee nach zu urteilen, der draußen immer noch vom Himmel fiel, saß sie hier noch länger fest.

Ich war ein Arschloch. Ich wusste es, und in der Stille nach unserer Auseinandersetzung bereute ich, dass ich mich ihr gegenüber so verhalten hatte. Meine Füße brachten mich um und es wurmte mich, dass sie zu glauben schien, sich um mich kümmern zu müssen. Niemand musste sich um mich kümmern. Offensichtlich hatte sie ähnliche Ansichten, was sie mit ihrer übertriebenen Zurschaustellung von Unabhängig deutlich gezeigt hatte.

Der Morgen ging langsam zu Ende und ich überlegte mir, wie ich mich bei Jordan entschuldigen konnte, sobald sie aus dem Schlafzimmer kam. Das würde mir nicht leichtfallen. Aber ich würde meinen Stolz hinunterschlucken und die Sache bereinigen. Ich entschuldigte mich ungern, besonders wenn ich wusste, dass ich zumindest teilweise recht hatte. Aber wenn wir diese Situation gemeinsam aushalten wollten, musste ich mich wenigstens ein bisschen anstrengen.

Vor dem Wohnzimmerfenster war alles nur noch weiß. Es fiel zwar jetzt weniger Schnee, aber der Wind wirbelte alles auf, sodass ich nicht einmal mehr den Schuppen erkennen konnte. Der Schmerz in meinen Füßen ließ langsam nach und es sah gottseidank so aus, als hätte ich keine bleibenden Schäden davongetragen. Ich hatte mir ernsthaft Sorgen um meine kleinen Zehen gemacht, nachdem ich die weiße Haut gesehen hatte und sie nicht hatte spüren können, aber jetzt war ich wieder vollständig aufgetaut und konnte alle meine Zehen bewegen.

Um zwei Uhr nachmittags begann ich mich zu fragen, ob Jordan überhaupt je herauskommen würde. Ich hörte, wie sie drinnen auf und ab ging, machte mir also keine Sorgen, dass ihr etwas geschehen sein könnte. Aber irgendwann würde sie ja wohl auch mal auf die Toilette müssen. Ich vermutete, dass es nicht mehr allzu lange dauern konnte und begann inzwischen, etwas zu essen zu machen.

Als ich in der Stadt gelebt und Vollzeit gearbeitet hatte, kam ich kaum je zum Kochen. Ich aß fast jede Mahlzeit auswärts und naschte dazwischen Chips und sonstigen Müll. Hier oben hatte ich meine Ernährung umstellen müssen. Ein normaler Ofen oder eine Mikrowelle verbrauchten zu viel Strom, deshalb hatte ich einen Holzofen besorgt. Damit kochte ich mir meine Mahlzeiten und heizte gleichzeitig das Haus. Es gab ein Fach zum Backen und eine Oberfläche zum Wasserkochen und Aufwärmen.

In den Wintermonaten aß ich trotzdem alles andere als gesund. Ich lebte von Dosenfutter und getrocknetem Fleisch. Ich hatte mir allerdings beigebracht, wie man Brot backt, deshalb wollte ich an diesem Nachmittag mit meinen Backkünsten glänzen. Ganz in der Hoffnung, dass sich Jordan von dem Geruch aus dem Schlafzimmer locken lassen würde.

Ich öffnete eine Dose Suppe und legte ein paar kleinere Laibe Brot, die ich eingefroren hatte, in den Ofen. Zwanzig Minuten später war die Hütte erfüllt von dem köstlichen Duft frischgebackenen Brotes, und während ich den Ofen öffnete, behielt ich die Tür zum Schlafzimmer im Blick.

Sie kam nicht heraus.

Eine weitere Stunde verging, die Suppe war kalt und das Brot begann schon wieder hart zu werden. Das war wirklich lächerlich. Ich hielt es nicht länger aus. „Kommst du jemals wieder da raus?“, fragte ich laut und pochte gegen die Schlafzimmertür.

„Nein“, rief sie zurück.

„Ich habe Suppe und Brot gemacht, falls du Hunger hast“, sagte ich und versuchte dabei, so ruhig wie möglich zu bleiben.

„Ich will dein Essen nicht. Du willst mich nur vergiften und mich dann zu einer Entschuldigung zwingen, während ich mich übergebe.“

„Wow, das ist ein bisschen melodramatisch“, lachte ich.

Jordan riss die Schlafzimmertür auf und stand vor mir in meinem halb aufgeknöpften Flanellhemd und nichts drunter. Man konnte die Form ihrer Brüste erkennen und ich schaffte es nicht, wegzuschauen. Das Hemd hatte wirklich noch nie so gut ausgesehen.

Aber sie rauchte immer noch vor Wut. Ich hörte zu lachen auf, weil ich von ihrem perfekten Körper viel zu abgelenkt war. Selbst im zornigen Zustand war sie eine der schönsten Frauen, die ich je zu Gesicht bekommen hatte. Ihre blonden Haare trug sie zusammengebunden und ihre Wangen waren rosig. Sie sah umwerfend aus.

„Wirklich? Du lachst mich aus? Bist du immer so unverschämt, wenn du Frauen in deiner Hütte hast?”

„Ja“, sagte ich aufrichtig.

„Was? Wieso sagst du das und wieso bringst du überhaupt Frauen hier her, um dann gemein zu ihnen zu sein?“, fragte sie, offensichtlich etwas verwirrt über meine Antwort.

„Naja, du bist die einzige Frau, die je hier gewesen ist. Deshalb bin ich wohl zu allen Frauen unverschämt, die hierherkommen“, sagte ich schulterzuckend und deutete zu der kalten Suppe auf dem Tisch. „Soll ich die Suppe vielleicht wieder warm machen? Du musst doch Hunger haben.“

Sie sah mich skeptisch an, bevor sie zustimmend nickte. Ich genehmigte mir noch einen letzten Blick auf ihren Prachtkörper und wandte mich dann wieder dem Ofen zu, um die Suppe in den Topf zu gießen, mit dem ich sie zuvor schon aufgewärmt hatte.

„Hast du das Brot gebacken?“, fragte mich Jordan vom Tisch hinter mir.

„Ja.“

„Das ist wirklich gut“, sagte sie mit vollem Mund.

„Wenn du magst, kannst du das Weiche aus der Mitte holen und ich gebe die Suppe da rein.“

„Nein danke. Ich esse es einfach so, solange ich warte“, sagte sie immer noch kauend. „Echt gut. Ich glaube, ich habe noch nie einen Mann getroffen, der selber Brot backen konnte.“

Ich lächelte, ohne mich umzudrehen. Das klang schon besser. Ich wollte nicht mit ihr streiten. Meine Gereiztheit war überzogen gewesen. Auch wenn sie sich etwas eigenwillig aufführte, war ich eigentlich von meinen Freunden und meinem Bruder viel Schlimmeres gewohnt.

„Tut mir leid, dass ich vorher so ein Arsch gewesen bin. Ich hatte Schmerzen, aber das hätte ich nicht an dir auslassen dürfen.“

„Ich war auch nicht viel besser.“

„Ja, da hast du recht.“ Ich lachte und drehte mich um, wo sie über den Tisch gebeugt dasaß.

Ihre perfekten Brüste quollen aus dem Hemd hervor und mein Körper stand bei ihrem Anblick sofort stramm. Allein hier oben zu leben war eine meiner besten Ideen überhaupt gewesen und half mir, mich wieder zu fokussieren und mein Leben in den

Griff zu kriegen. Aber in jenem Moment wollte ich nichts weiter, als diese Frau ins Bett zu schaffen. Das Verlangen, in sie einzudringen, war überwältigend, sodass ich mich wieder zum Ofen umdrehen musste. Wie war es möglich gewesen, dass ich ein ganzes Jahr lang keinen Sex gehabt hatte?

Mich überkamen Erinnerungen an jenen One-Night-Stand, den ich in der Bar unten am Fuß des Berges klargemacht hatte. Das war ungefähr vor einem Jahr gewesen, aber ansonsten war ich in letzter Zeit ganz allein gewesen. Welcher echte Mann kann denn so lange ohne weibliche Gesellschaft überleben?

„Kann ich dir irgendwie behilflich sein?", fragte Jordan, die sich hinter mich gestellt hatte.

Ihre Nähe ließ mich erstarren. Hätte ich mich umgedreht, hätte sie gleich gesehen, wie sehr mich ihre Anwesenheit erregte. So gerne ich ihr auch meinen eisernen Ständer gezeigt hätte, glaubte ich nicht, dass dies der ideale Zeitpunkt war, um sie in mein Geheimnis einzuweihen. Wenn ich ihr jetzt meine Erektion zeigte, wäre sie wohl eher vor den Kopf gestoßen gewesen, als dass sie meine Erregung geteilt hätte. Sicherheitshalber drehte ich mich also nicht um.

„Alles gut", sagte ich und nickte wohlwollend. „Wie gehts deinen Füßen?"

„Sind wie neu", sagte sie und sah lachend auf meine gigantischen Wollsocken an ihren Füßen hinab. „Die Dinger sind der Wahnsinn."

„Die sehen umwerfend an dir aus", lachte ich.

Jordan lächelte mich an. Unsere Augen trafen sich für einen kurzen Moment, in dem ich glaubte, etwas wie Verlangen bei ihr zu erkennen, aber ich war mir nicht sicher. Ich blickte schnell zum Fenster, vor dem immer noch Schneetreiben herrschte.

„Der Schnee lässt aber auch kein bisschen locker", sagte Jordan, die meinem Blick gefolgt war.

„Außerdem ist der Wind sehr stark. Alles wird aufgewirbelt. Ich habe einen Empfänger für den Wetterfunk, aber ich glaube, ich hab ihn auf dem Dach des Schuppens vergessen. Ich hole ihn mal, nachdem wir gegessen haben.“

„Vielleicht solltest du den Schnee besser meiden, damit sich deine Füße erholen. Die sehen noch nicht wirklich gut aus.”

„So sehen die immer aus”, antwortete ich lachend und zeigte auf die gescheckten rot-weißen Flecken auf meinen Füßen. „Ich mach nur Spaß, du hast recht. Ich werde mir dicke Socken anziehen und im Warmen bleiben. Das Funkgerät kann ich morgen auch holen.“

„Ich würde ja anbieten, es zu holen, aber es war echt kalt da draußen und ich habe schreckliche Höhenangst. Du darfst es morgen selbst holen gehen“, sagte Jordan und lächelte verschmitzt. „Tut mir echt leid, dass ich vorher so schnippisch war. Manchmal reagiere ich allergisch auf Stress.”

Es war eine ernstgemeinte Entschuldigung und ich nahm sie gerne an. Vor allem, weil ich es ja gewesen war, der das Ganze angestiftet hatte. Diese Situation war so weitab von meinem üblichen Alltag, dass ich nicht wirklich damit umzugehen wusste. Hätte ich alleine hier oben im Schneesturm festgesessen, es hätte mir nicht das Geringste ausgemacht. Ich hätte die Hausarbeit erledigt, hätte dafür gesorgt, dass ich nicht eingeschneit wurde, hätte saubergemacht und mich vielleicht sogar ein wenig mit einem guten Buch entspannt. Aber Jordans Anwesenheit machte mich unerwartet unruhig. Ich war es nicht gewohnt, auf jemand anderes Rücksicht zu nehmen.

„Ich denke, wir sollten einfach nochmal von vorne anfangen. Es ist immerhin Valentinstag“, sagte ich lächelnd.

„Ja“, sagte sie und machte eine Grimasse. „Ich bin eigentlich ziemlich froh, dass ich mich damit nicht herumschlagen muss.“

„Ach, komm schon! Du bist eine schöne Frau. Ich sehe nicht ein, wieso du ein Problem mit diesem erfundenen Feiertag haben solltest.“

„Ich bin in die Berge gegangen, um vor diesem Feiertag zu flüchten. Jeder will mich verkuppeln, weil ich Single bin. Gott bewahre, wenn eine junge Frau keinen Mann hat.“

„Deine Freunde wollen dich verkuppeln?“

„Sie wollen mich in Clubs schleifen, damit ich mir da einen neuen Freund suche“, sagte sie und verdrehte die Augen. „Wann ist es zur gesellschaftlichen Norm geworden, dass eine Frau einen Freund haben muss? Mir gehts auch alleine wunderbar.“

Ich gab ihr einen vielsagenden Blick. Ich meine, in der Stadt kam sie wahrscheinlich bestens alleine zurecht, aber in den Bergen brauchte sie definitiv noch etwas Hilfe. „Naja, vielleicht brauchst du ein *bisschen* Unterstützung“, sagte ich mit einem Augenzwinkern und in der Hoffnung, dass sie das nicht in den falschen Hals bekommen würde.

„Ja, bei dem Sauwetter am Berg habe ich deine Hilfe gebraucht. Aber zu Hause lebe ich ohne Probleme alleine, zahle meine Rechnungen und mir gehts gut. Ich brauche keinen Mann und dieser Feiertag ist einfach nur nervig.“

„Klingt, als müsstest du dich ein bisschen selbst von alledem überzeugen.“

„Kann schon sein“, gab Jordan zu.

Ich brachte die Suppe zum Tisch und wir saßen ein paar Minuten schweigend da, während wir aßen. Kartoffelsuppe aus der Dose war eines meiner Grundnahrungsmittel im Winter, aber an ihrem Gesichtsausdruck konnte man ablesen, dass Jordan nicht gerade begeistert war.

„Nicht dein neues Leibgericht?“, fragte ich.

„Ich habe nur gerade gemerkt, dass ich im Grunde nichts als Kohlenhydrate esse.“

„Im Winter sind Kohlenhydrate dein Verbündeter.“

„Gottseidank habe ich keine Hosen an, denn nach dem hier würden sie mir sowieso nicht mehr passen.“

„Das wage ich zu bezweifeln.“

„Ernsthaft, wenn ich Kohlenhydrate auch nur ansehe, wird mein Arsch schon fetter“, lachte sie und aß weiter ihre Suppe mit Brot.

„An ein paar Kurven da unten ist auch nichts auszusetzen", sagte ich schmunzelnd.

Jordan schüttelte nur den Kopf und lachte über mich. Wie so viele andere Frauen schien sie von ihrer Linie besessen zu sein. Mir wäre es ehrlich gesagt viel lieber gewesen, wenn sich die Frauen darüber nicht so viele Gedanken machen würden. Die meisten Typen sahen sowieso keinen Unterschied zwischen Größe 34 und Größe 36.

„Aha, du stehst also auf stämmige Weibsbilder?"

„Naja, ihre Kleidergröße steht jedenfalls ziemlich weit unten auf der Prioritätenliste, wenn ich eine Frau kennenlerne."

„Sagt der Einsiedler, der seit einem Jahr keine Frau mehr im Bett hatte."

„Jetzt mach mal halblang", knurrte ich. „Ich bring eben nicht wahllos Frauen hierher. Das ist mein geheimer Rückzugsort."

„Du hast gesagt, du bist schon lange hier."

„Ja, etwa zwei Jahre."

„Dann ist es nicht wirklich nur ein Rückzugsort", meinte sie.

Ich hatte wirklich keine Lust, über die Details hinter meinem Aussteigerdasein in den Bergen zu reden. Jordan wollte bestimmt auch nichts von meinem gebrochenen Herzen und meiner Suche nach mir selbst wissen. Schon der Gedanke daran fühlte sich unbehaglich an.

Jeff kannte mich schon ein Leben lang und dennoch fiel es ihm schwer, die Gründe für meinen Rückzug zu verstehen. Es war sehr unwahrscheinlich, dass Jordan meine Beweggründe würde nachvollziehen können. Deshalb wollte ich gar nicht erst anfangen, meine Abkehr von der übrigen Gesellschaft zu erklären.

„Ich habe früher in der Stadt gelebt. Ich bin hergekommen, um eine Pause zu machen", sagte ich nur.

„Eine ordentliche Pause. Wie überlebst du hier überhaupt? Hast du Internet?"

„Nein”, lachte ich.

„Handy auch nicht?”

„Nein“, kicherte ich weiter. „Ich hab zwar eins, aber es funktioniert nur, wenn ich in die Stadt fahre. Das mach ich in der Regel einmal pro Monat.“

„Einmal im Monat?“, fragte sie schockiert. „Du bleibst jeweils einen ganzen Monat hier? Wie bleibst du mit deiner Familie in Kontakt? Kommt die Post hier rauf?“

„Ganz schön viele Fragen. Vielleicht reden wir ja morgen weiter über die Details meines mitleiderregenden Lebens“, lachte ich.

„Tut mir leid, so wars nicht gemeint. Es steht mir auch nicht zu, zu urteilen. Ich kann den Reiz des Lebens hier oben schon nachvollziehen. Mal von den ganzen Ansprüchen wegkommen, die alle immer stellen. Aber ich glaube nicht, dass ich mich mehr als ein paar Wochen von der ganzen Welt abkapseln könnte.“

„Viel länger wirst du wohl auch nicht hierbleiben müssen“, sagte ich und zuckte mit den Achseln.

„Ernsthaft? Was? Ein paar Wochen!”

Sie sah extrem überrascht aus, als ich das sagte. Der Grund dafür war mir allerdings ziemlich schleierhaft. Es lag bereits jetzt deutlich über ein halber Meter Schnee. Draußen lag die Sichtweite bei etwa zwei Metern und es schneite weiter heftig. Bei diesen Bedingungen wäre es wirklich nicht sicher gewesen, das Haus zu verlassen. Darüber hinaus hatten wir uns beide bereits beinahe die Zehen abgefroren, als wir am Morgen vom Zeltplatz heruntergekommen waren.

Es war absolut ausgeschlossen, dass wir uns in absehbarer Zeit hinauswagen konnten. Ich hatte genügend Wasser und Nahrung. Die Hütte reichte locker für uns beide und ich würde gewiss nicht mein Leben riskieren, nur um sie zurück in die Zivilisation zu bringen.

„Ja“, sagte ich, ohne ihr die Details zu erläutern.

Ich hätte erwartet, dass Jordan mit mir diskutieren würde. Sie war eine Giftnudel und ich vermutete, dass ihr schon irgendein Grund einfallen würde, wieso ich Kopf und Kragen riskieren sollte, um sie vom Berg hinunter zu bringen. Womit ich wiederum nicht gerechnet hatte, war der Sturzbach von Tränen, der nun zu fließen begann.

Eine weinende Frau ist wie eine tickende Bombe. Man würde sie zu gern zum Aufhören bringen, aber sich zu nähern ist keine besonders verlockende Vorstellung. Ich saß also nur da, schaute sie an und fragte mich, was ich tun sollte. Wir kannten uns nicht gut genug, als dass ich hätte verstehen können, wieso sie weinte, aber nachdem ich gerade gesagt hatte, dass sie noch ein paar Wochen würde bleiben müssen, nahm ich an, dass sie wohl wirklich nicht hier sein wollte.

„Ich bin nicht immer so griesgrämig", sagte ich. „Ich kann mich bemühen, dann ist es bestimmt leichter, mit mir zusammenzuleben."

„Es ist nicht wegen dir", sagte sie unter Tränen. „Die Leute werden glauben, dass ich tot bin."

Ich erschrak, als ich begriff, dass sie recht hatte. Wenn ihre Familie und Freunde wussten, dass sie alleine in die Berge gegangen war und sie nach dem Schneesturm nicht zurückkam, würde man mit Sicherheit nach ihr suchen.

„Immerhin bist du nicht wirklich tot", sagte ich, um die Stimmung zu heben.

„Sie werden sich solche Sorgen machen. Meine Freundin Emma kriegt einen Herzinfarkt. Gott, ich kann nicht glauben, dass ich so blöd war, allein hier hoch zu kommen."

„So blöd ist das nicht. Alleine Wandern und Zelten kann sehr befreiend sein. Es war nur nicht das richtige Wochenende dafür."

„Kurz gesagt, ich bin dämlich."

„Komm schon, ich wusste selbst auch nicht, dass der Schneefall so heftig sein würde. Heißt das, ich bin auch dämlich?", fragte ich, verschränkte die Arme und wartete auf ihre Antwort.

„Nein."

„Gut, dann lassen wir das mit der Selbstgeißelung doch einfach. Ich wollte eigentlich schon lange ein Notfalltelefon besorgen, habe mich aber nie darum gekümmert. Das war auch nicht gerade schlau von mir. Wir hätten beide andere Entscheidungen treffen können, aber nun ist es eben, wie es ist. Und wir sind am Leben und es wird uns an nichts fehlen, solange wir einfach in der Hütte bleiben."

„Du willst nicht, dass ich nochmal rausgehe und Holz hole?", fragte Jordan.

„Naja, wir sollten schon etwas Holz holen gehen, es auf die Veranda legen und abdecken, damit es ein wenig trocknen kann. Aber keinesfalls lasse ich dich alleine gehen. Es ist zu gefährlich."

„Zu gefährlich, in den Schuppen zu gehen und Holz zu holen?", lachte sie.

„Ja, hier gibt es eine Menge Klippen und wenn du zu weit vom Haus weggehst, fällst du vielleicht irgendwo runter. Dann würdest du sterben und die Sorge deiner Verwandten und Freunde wäre berechtigt."

„Wow, das ist ein bisschen heftig."

„Dieses Wetter ist brutal. Wenn wir hierbleiben, wird alles gut. Ich habe genug zu essen und es ist warm hier. Auch wenn die Solarzellen nicht mehr arbeiten können, haben wir noch Holz zum Heizen. Es wird vielleicht ein bisschen dunkel, aber wir werden immerhin am Leben bleiben, bis der Sturm vorüber ist. Versprich mir, dass du nicht alleine hinausgehst." Mir war es todernst. Jordan hatte schon einmal bewiesen, dass sie es mit der Unabhängigkeit bisweilen ein wenig übertrieb. Ich konnte es wirklich nicht gebrauchen, dass sie sich in den Kopf setzte, sie könnte es alleine ins Tal schaffen. Selbst wenn der Schneefall einmal kurz nachlassen sollte, hieß das noch lange nicht, dass der Weg hinunter sicher war.

„Versprochen."

„Ich meine es ernst. Wenn der Schneefall aufhört, sieht das Wetter gleich freundlicher aus, aber so viel Schnee ist an sich schon gefährlich. Er verdeckt Dinge, die man normalerweise sehen kann. Wir können nicht vom Berg hinunter, bevor es nicht ganz sicher ungefährlich ist."

„Schon gut. Ich hab gesagt, ich verspreche es."

„Okay, aber irgendwie machen mich deine Versprechen immer noch nervös."

„Ha, ich habe keine Ahnung, was du meinst."

„Wie auch immer, fröhlichen Valentinstag", sagte ich und hob mein Glas zum Anstoßen.

Jordan lächelte strahlend und in jenem Moment konnte ich es überhaupt nicht begreifen, dass irgendein Mann je mit ihr hätte Schluss machen können. Es musste eindeutig sie gewesen sein, die die Sache beendet hatte.

„Fröhlichen Valentinstag", antwortete sie und stieß ihr Glas gegen meines. „Mögen alle unsere Verflossenen einen schlechteren Tag haben als wir."

„Amen", lachte ich.

„Oh, dann hat es da tatsächlich mal jemanden gegeben?"

„Ich habe nie etwas anderes behauptet, sondern nur, dass ich niemanden mit in diese Hütte nehmen will."

„Danke, dass du mich gestern gerettet hast. Ich weiß, dass ich mich dumm verhalten habe. Ich habe das beim ersten Mal nicht genug betont, aber ich bin dir wirklich sehr dankbar. Ich wäre vielleicht echt erfroren ohne dich. Ich meine, gestorben wäre ich vielleicht auch wieder nicht, aber es wäre eine verflucht schlimme Nacht geworden. Danke, dass du zurückgekommen bist und danke, dass du mich mit in deine Hütte genommen hast. Ich schlaf sogar freiwillig auf der Couch", sagte sie mit einem verspielten Augenzwinkern.

„Oh, ich hatte nie vor, mein Bett aufzugeben. Du darfst von mir aus mit mir darin schlafen." Sobald die Worte meinen Mund verlassen hatten, fühlte ich, wie sich eine sexuelle Spannung in unserer Unterhaltung aufbaute. Ich hatte nicht vorgehabt, ihr etwas Unanständiges anzubieten, aber an ihrem Lächeln und der Röte, die sie plötzlich im Gesicht bekam, war klar zu erkennen, dass sie es so verstanden hatte.

„Ich schlafe nicht mit dir."

„Das Bett ist gemütlicher als die Couch, das hab ich gemeint. Wir sind zwei Erwachsene. Wir können ja wohl ein Bett teilen. Wir haben letzte Nacht einen winzigen Schlafsack geteilt."

„Ich schlafe auf der Couch", sagte Jordan und trank ihr Wasser.

„Nein, nein, das ist doch idiotisch. Du nimmst das Bett und ich schlafe auf der Couch. Tut mir leid. Ich wollte nicht komisch rüberkommen."

„Nein, schon gut."

Das Mädchen trieb mich in den Wahnsinn. Jetzt war ich schon bereit, mein eigenes Bett für sie aufzugeben und sie lehnte ab. Was für eine Frau wollte denn lieber auf einer abgewetzten alten Couch schlafen als in einem komfortablen Bett?

„Ich bestehe darauf. Du nimmst das Bett."

„Hör zu, ich habe bereits nein gesagt. Und ich bestehe darauf, dass du mir nicht sagst, wo ich zu schlafen habe", sie lächelte, aber ich spürte, dass die Stimmung wieder zu kippen drohte.

„Du kannst schlafen, wo du willst, aber ich schlafe auf der Couch", sagte ich hartnäckig.

„Echt jetzt? Ich will nur nett sein und du führst dich schon wieder auf wie ein Idiot", schnaubte sie.

„Ich bin es, der nett ist, und du bist unhöflich."

„Jetzt verstehe ich schon besser, wieso du alleine im Wald lebst." Jordan sprang auf und das Kreischen ihrer Stimme hallte durch die Hütte.

„Was soll das nun wieder heißen", rief ich.

„Dass niemand es mit dir aushalten kann!" Sie wirbelte herum und stolzierte zur Couch.

Dort verschränkte sie die Arme und weigerte sich, mich anzusehen. Ich lachte über ihren Schmollmund und darüber, dass sie ernsthaft wütend auf mich war, weil ich angeboten hatte, auf der Couch zu schlafen und ihr das Bett zu überlassen. „Vielleicht warst es auch doch nicht du, die mit dem Typen Schluss gemacht hat“, sagte ich durch die Zähne.

„Was hast du gesagt?“ Jordans Augen waren so groß wie nie, als sie sich mir zuwandte und mich anstarrte.

„Nichts“, log ich.

Kapitel 9

Jordan

Ich war auf der Couch und da würde ich auch bleiben. Ich wollte ihm nichts schuldig sein. Wenn er sein Bett aufgab, würde er denken, dass ich dadurch in seiner Schuld stünde, aber das konnte er sich getrost abschminken. Nein, ich würde auf der Couch schlafen.

Caleb tat eine Weile so, als würde er die Küche putzen, dann stand er nur da und beobachtete mich, wie ich auf der Couch lag. Für einen Moment glaubte ich, er wolle mich aufheben und ins Bett bringen. Stark genug dafür wäre er gewesen, ich hätte mich nicht wirklich wehren können. Gut, wehren hätte ich mich schon können, den darauffolgenden Machtkampf hätte er aber mit Sicherheit für sich entschieden.

Zum Glück sah er mich nur höhnisch an und ging dann in sein Schlafzimmer. Ich lächelte, weil ich das kleine Spielchen gewonnen hatte. Ein etwas seltsamer Kampf war das zwar schon. Er wollte sein Bett hergeben und ich wehrte mich dagegen, aber es ging ums Prinzip. Das Abendessen war gut gewesen und ich mochte Caleb auch. Er schien ein netter Kerl zu sein, abgesehen von der Tatsache, dass er immer recht haben wollte. Andererseits war ich auch ein bisschen so, deshalb konnte ich seinen starrsinnigen Charakter gut verstehen. Wir würden wohl ziemlich oft streiten, solange ich hierbleiben musste, aber zumindest war er kein Mörder.

Schließlich wurde es draußen dunkel und ich konnte nicht umhin, über Emma und meine Familie nachzudenken. Mom und Dad hatte ich nicht einmal etwas davon erzählt, dass ich zum Wandern gehen wollte, sie würden sich also nur Sorgen machen, wenn Emma plauderte. Und Emma würde sicher plaudern. Wahrscheinlich hatte sie die Polizei schon informiert und die wiederum hatte meine Eltern kontaktiert. Ich wettete, dass die Polizisten auch zu dem Arbeitstreffen gegangen waren und Rob wegen mir auseinandernahmen. Ich fühlte mich schlecht, weil sich vermutlich alle Sorgen um mich machten, aber ich konnte absolut nichts dagegen tun.

„Die Lichter müssen aus sein, sonst haben wir morgen keinen Strom mehr. Die Solarzellen können sich nicht aufladen", sagte Caleb, stampfte durchs Haus und drehte alle Lichter ab, bevor er wieder in seinem Zimmer verschwand.

Mir war es egal. Ich war erschöpft. Jeder Zentimeter meines Körpers tat weh, ich war nur froh, dass ich in einer schönen warmen Hütte war, anstatt im Schnee zu frieren. Tatsächlich verdankte ich Caleb mein Leben, aber das hatte ich ihm bereits gesagt, mehr bekam er nicht von mir. Ich würde ihm nicht zu Füßen liegen, nur weil er ein anständiger Kerl war. Ich musste ihm klar machen, dass ich nicht auf Männer angewiesen war.

Gut, vielleicht hatte ich den Großteil der letzten Jahre mit dem Gefühl verbracht, tatsächlich einen Kerl zu brauchen. Aber ich hatte mich verändert. Ich fühlte mich ganz anders und viel unabhängiger als zuvor. Ich wollte mich von dieser Notfallsituation nicht in meine alten Muster zurückwerfen lassen. Ich brauchte keinen Mann.

Als ich mich auf der Couch zusammenrollte, musste ich feststellen, dass ich Caleb um ein paar zusätzliche Decken hätte bitten sollen. Trotz des Holzofens wurde mir allmählich kalt, je später am Abend es wurde. Ich hatte nur eine Decke, deshalb kuschelte ich mich darin so klein wie möglich ein. Ich war viel zu stolz, als dass ich jetzt um eine Decke gebettelt hätte.

***

Ich erwachte, als die Sonne gerade aufging. Das war viel früher, als ich normalerweise zu Hause aufwachte. Mir war kalt, aber es war nicht allzu schlimm. Die Temperatur in der Hütte war wohl auf etwa zehn Grad gesunken, sodass ich mir schnell meine Klamotten überzog, die ich über das Ofenrohr gehängt hatte.

Als ich so vor dem Ofen stand, dachte ich mir, dass ich wohl etwas Holz nachlegen sollte. Ich hatte das bei so einem Ofen noch nie gemacht, aber ich vermutete, dass es wohl keine Hexerei sein konnte. Aber als ich den Metallgriff anfasste, kreischte ich laut auf und zog die Hand vor der Hitze zurück.

„Scheiße“, stöhnte ich und umklammerte meine Finger.

„Es ist Metall, es ist ein Ofen, er ist heiß, fass ihn nicht an“, sagte Caleb von seiner Zimmertür aus.

Ich musste ihn mit meinem Geschrei geweckt haben. Seine Augen waren noch halb geschlossen, als er zum Ofen torkelte, nach einem großen Handschuh langte und die Klappe aufmachte. Er nahm sich ein paar Scheite und warf sie hinein. Caleb trug ein paar Pyjamahosen, sonst nichts. Mein Puls begann bei seinem Anblick zu rasen. Es war anders, als ich mich neben ihm in meinem Zelt gefühlt hatte. Dort hatte ich geglaubt, sterben zu müssen, und Caleb war für mich nichts weiter als ein Mensch gewesen, der mich retten wollte.

Jetzt aber nahm ich jeden wohlgeformten Muskel an seinem Torso wahr und wollte meine Hände an ihm auf und nieder reiben. Ich biss mir vor Verlangen auf die Lippen. Er war ein ansehnliches Mannsbild. Sogar mit seinem dichten Bart und den langen Haaren war offensichtlich, dass er sehr gutaussehend war. Er wollte das mit seinem derzeitigen Auftreten wohl verstecken, aber es gelang ihm nicht. Er war wie einer dieser Fernsehstars, die ihr gutes Aussehen gar nicht verbergen konnten, selbst wenn sie sich nicht duschten oder rasierten.

„Guten Morgen“, sagte ich verlegen.

„Morgen. Sorry, dass ich kein Holz mehr nachgelegt hab. Ich hoffe, dir war nicht allzu kalt. Ich geh noch ein paar Stunden ins Bett. Tu dir nicht weh.“

„Okay. Danke.” Ich sah zu, wie Caleb oben ohne in sein Zimmer ging. „Ähm, warte. Hast du Kaffee?“

„In dem Schrank da. Kannst du ihn auf dem Ofen heiß machen?”

Er wusste die Antwort schon, bevor er die Frage fertig ausgesprochen hatte, deshalb machte er kehrt, um mir zu helfen. Ich sah zu, wie er eine kleine Teekanne nahm und sie mit Wasser vom Waschbecken füllte. Erst da begriff ich, dass es in seiner Hütte fließendes Wasser gab. Klar, er hatte mir das auch schon gestern erzählt, aber meine Füße taten so weh, dass ich ihm wohl nicht richtig zugehört hatte. Diese Hütte war meilenweit von jeglicher Zivilisation abgeschieden und ich war mir sicher, dass er hier keinen Brunnen hatte.

„Du hast gestern was von Solarzellen erzählt, die das Wasser aufheizen, aber wo bekommst du das Wasser überhaupt her?“

„Ich habe eine Anlage, die Regenwasser auffängt. Oder Schmelzwasser nach solchen Schneestürmen wie gestern. Hinter dem Haus sind ein paar Tonnen, in die es fließt. Ich habe ein System von Rohren entwickelt, mit denen es im Haus verteilt wird. Es ist eigentlich wie eine normale Wasserleitung, nur kann es manchmal ziemlich kalt werden.“

„Du hast dir das ausgedacht?“

„Ja, ich war Ingenieur in meinem alten Leben, bevor ich hier hochgekommen bin.“

„Und die Solarzellen betreiben alle Lichter und können auch noch das Wasser aufheizen?“, fragte ich ganz überwältigt von der Komplexität seines Systems.

„Naja, allzu lange bleiben die Lichter nicht mehr an, wenn ich nicht den Schnee vom Dach räume, aber ja, normalerweise funktionieren sie hervorragend. Sogar an bewölkten und regnerischen Tagen hatte ich bisher keine Probleme mit dem Licht oder dem Warmwasser. Es sind genug Paneele auf dem Dach für etliche Tage ohne viel Sonnenlicht.“

„Das ist fantastisch, Caleb. Echt, ich bin ziemlich beeindruckt“, sagte ich mit aufrichtigem Respekt. „Ich schaff es nicht mal, meinen Toaster auf die richtige Stufe einzustellen. Das alles ist richtig cool.“

Caleb nickte mit dem Kopf und lächelte ein wenig. Er war ein verschlossener Typ. Definitiv nicht daran interessiert, mir seine Lebensgeschichte zu erzählen. Ich wollte ihm noch ein Dutzend weiterer Fragen stellen, aber er wollte ganz offensichtlich nicht unbedingt reden. Ich entschied, dass es besser war, mich zurückzuhalten, meinen Kaffee zu trinken und ihn weiterschlafen zu lassen.

„Wenn das Wasser kocht“, sagte er und zeigte auf die Teekanne, „dann schütte es über den Pulverkaffee. Nimm einen Topflappen, damit du dich nicht verbrennst“, fügte er hinzu. Seine Stimme war trocken und matt, er sah mich kaum an, bevor er in sein Zimmer zurücktrottete.

Ich wollte fragen, was er zu essen dahatte und ob ich etwas auf dem Ofen zu kochen versuchen durfte, aber ich wollte es nicht übertreiben und entschied mich dagegen. Wir hatten uns an diesem Morgen bisher gut vertragen und vielleicht konnte ich mich soweit zusammenreißen, dass wir einen guten Tag miteinander verbringen würden. Natürlich würde das auch davon abhängen, wie sehr Caleb den Macho markieren wollte, aber nach einer guten Mütze voll Schlaf gab es durchaus Anlass zum Optimismus bezüglich des neuen Tages.

Als das Wasser zu kochen begann, war ich bereit und wartete schon, damit die Teekanne nicht zu viel Krach machte. Ich hatte den Topflappen in der Hand und nahm die Kanne schnell vom Ofen, um das kochende Wasser in meine Kaffeetasse zu gießen.

„Haferflocken“, sagte ich zu mir selbst, während ich die Schränke durchsuchte, um zu sehen, ob er welche dahatte. „Ich könnte Haferflocken machen.“

Tatsächlich hatte er einen großen Plastikbehälter voll davon. Es dauerte nicht lange, da hatte ich mir etwas davon in eine Schale geschüttet und mich an den Tisch gesetzt, wo ich mir eine ordentliche Portion gönnte und dazu an meinem Kaffee nippte. Es war nicht aufregend, aber dieses Frühstück tat mir trotzdem so gut wie schon lange nicht mehr.

Und wieder Kohlenhydrate. Ich begann zu verstehen, dass die einzigen beiden Möglichkeiten der Nahrungsaufnahme in Calebs Hütte aus Proteinen und Kohlenhydraten bestanden. Ich konnte mir nicht vorstellen, dass er Dosenobst oder so etwas in der Art im Haus hatte, dabei hätte ich jetzt zu gern ein paar eingelegte Äpfel oder Pfirsiche gehabt.

Nach dem Frühstück räumte ich meinen Saustall auf und goss mir noch eine Tasse Kaffee nach, bevor das Wasser zu kalt wurde. Instantkaffee war sonst auch nicht gerade mein Ding, aber an jenem Morgen schmeckte er einfach herrlich.

Ich stand da, schaute zum Schuppen hinaus und trank meinen schwarzen Kaffee, während die Sonne am Himmel emporstieg. Es sah nach einem schönen Tag aus. Es waren keine Wolken in Sicht und die Sonne würde bald einiges an Schnee schmelzen. Vielleicht lag Caleb ja falsch und ich könnte es doch noch vom Berg hinunterschaffen.

Es war schon fast Mittag, als ich mich letztlich entschied, meine Stiefel und die Jacke anzuziehen und nach draußen zu gehen. Ich hatte das ganze Haus geputzt, obwohl es gar nicht wirklich dreckig gewesen war, und alle Zeitschriften durchgelesen, die er besaß. Es gab ein großes Bücherregal in der Ecke und ich wollte mir eigentlich gerade ein Buch schnappen, überlegte es mir dann aber anders und schickte mich an, einen Weg zum Schuppen freizuschaufeln und etwas Holz auf die Veranda zu schleppen.

Als ich vor die Tür trat, fühlte ich sogleich die Wärme der Sonne. Es fühlte sich großartig an und all die Beklemmung darüber, für Wochen hier gestrandet zu sein, fiel einfach von mir ab. Es würde nur einen oder zwei Tage dieses warmen Wetters brauchen und schon würde ich ins Tal kommen, da war ich mir sicher.

Ich schaufelte den Weg zum Schuppen wieder aus und machte auch eine schöne Fläche um den Holzstapel herum frei. Ich säuberte die Veranda vom Schnee und trug bestimmt zehn Ladungen Holz herbei, um es säuberlich vor der Tür aufzuschichten. Womit Caleb die Scheite abdecken wollte, wusste ich jedoch nicht, also beließ ich es dabei und ging zurück zum Schuppen.

Bei Tageslicht und ohne die Schmerzen der halb erfrorenen Zehen konnte ich Calebs Hütte und den anliegenden Schuppen erst so richtig bewundern. Ich konnte es immer noch kaum glauben, dass er das alles alleine gebaut hatte und unterstellte ihm, dass er dabei zumindest dann und wann Hilfe benötigt haben musste. Wie sonst hätte er denn das ganze schwere Material an Ort und Stelle bringen sollen? Ich versuchte den Schuppen zu öffnen, aber es schien, als sei etwas verklemmt. Der Türgriff drehte sich, aber die Tür gab kein bisschen nach. Das erschien mir komisch, aber nachdem ich es mit dem ganzen Gewicht versucht hatte und die Tür immer noch nicht aufkriegte, entschloss ich, mich eben auf dem Rest des Grundstücks ein wenig umzusehen.

Genau genommen hatte ich keine Ahnung, wo Calebs Grundstück aufhörte und ab wo einfach nur Wildnis war, aber ich wollte einfach mal ein bisschen herumgehen und mir die Umgebung ansehen. Vielleicht konnte ich ja sogar die Straße oder sonst einen Weg ins Tal finden.

Zuerst ging ich ein wenig den Hügel hinunter, aber bald schon bekam ich wieder Schnee in die Schuhe und ich hatte das Gefühl, jeden Moment den Halt verlieren zu können. Deshalb ging ich jetzt quer zum Hang weiter. Es wurde recht steil und ich konnte nicht sehen, was unter mir war. Manchmal tat ich einen Schritt und spürte einen umgestürzten Baum unter den Füßen, einmal trat ich auch in ein Loch, sodass ich bis zu den Schenkeln im Schnee versank.

Die Sonne machte meinen Ausflug dennoch ziemlich erträglich. Auch trotz des Schnees in den Schuhen war mir nicht allzu kalt. Der daunenartige weiße Schnee war leicht und schön anzuschauen. Hätte ich nicht hier oben festgesessen, wäre ich in diesem Pulverschnee zu gerne Skifahren gegangen.

Ich drehte mich um, um zu sehen, ob ich meine Fußspuren und die Hütte auch immer noch sehen konnte. Ich wollte mich auf keinen Fall im Wald verirren, nachdem ich gerade erst gerettet worden war. Das Haus war in weite Ferne gerückt, aber ich konnte es noch sehen, also ging ich weiter. Um mich herum gab es weit und breit nur Bäume und Schnee, es sah nicht so aus, als würde ich die Straße finden können, die nach unten führte.

Als ich meine Suche letztlich aufgab und mich umwandte, um zum Haus zurückzugehen, stockte mir der Atem. Ich blieb wie angewurzelt stehen, als stünde der Teufel persönlich vor mir und starrte mich an. In der Nähe des Schuppens stand ein Mann. Er war weit weg und ich konnte ihn nicht wirklich erkennen, aber auf den ersten Blick hätte ich schwören können, dass es Peter war. Sein Haar war kurz und er hatte keinen Bart, aber für einen kurzen Moment fürchtete ich tatsächlich, dass er mir gefolgt sein könnte.

Ich rieb mir die Augen und sah genauer hin in der Hoffnung, dass ich mir das nur vorgestellt hatte und tatsächlich niemand da war. Wieso sollte Peter auch hier oben in den Bergen sein? Und wieso fürchtete ich mich so? Bei unserer letzten Begegnung war er nett zu mir gewesen. Ich war ja so erleichtert gewesen, dass es ihm gut zu gehen schien. Es gab absolut keinen Grund für meine Angst vor ihm. Ich hatte mir da etwas eingebildet.

„Wow, Jordan, reiß dich mal zusammen“, sagte ich lachend zu mir selbst.

Vielleicht war ich einfach nur etwas von der Rolle. Ich hüpfte ein bisschen auf und ab und machte ein paar Übungen, um aufzuwachen, auch wenn ich mich eigentlich nicht besonders müde fühlte. Dann plötzlich, als meine Füße wieder den Boden berührten, fühlte ich den Schnee unter mir abrutschen.

Alles um mich herum kam in Bewegung. Alles glitt den Hang hinunter und riss mich mit. Ich konnte nicht das Geringste dagegen tun. Ich wollte nach einem Baum greifen, aber er raste an mir vorbei. Ich versuchte es beim nächsten und dann noch einmal, aber ich konnte sie nicht schnell genug zu fassen kriegen.

Während mein Körper noch den Hang hinunterrutsche, begann der Schnee mich zu verschlucken und ich fürchtete, sterben zu müssen. Der kleine Fleck Schnee wuchs immer weiter an, während er sich den Berg hinunterwälzte. Ich steckte mitten in einer Lawine.

„Hilfe!“, schrie ich in der Hoffnung, dass Caleb aufgewacht war und mich hören konnte. Ich war bereits viel zu weit von der Hütte weg und entfernte mich von Sekunde zu Sekunde noch mehr.

Ich hatte das Glück, nicht bis ganz nach unten zu rutschen. Stattdessen fühlte ich den Schnee unter mir nachgeben und für einen Moment hing ich in der Luft. Ich griff um mich und suchte nach irgendetwas zum Festhalten, aber da prallte ich auch schon hart auf.

Ich war gelandet. Ich bewegte mich nicht mehr.

Ich war völlig von Schnee bedeckt und begann, mit Armen und Beinen zu fuchteln, um zu sehen, ob ich verletzt war. Der Schock des Geschehenen machte mich so benommen, dass ich nicht atmen konnte, oder vielleicht hatte ich mir auch eine Rippe gebrochen? Ich hatte wirklich keine Ahnung.

Ich bewegte weiter meine Arme, hielt aber plötzlich inne, als ich einen Absatz spürte. Schnell setzte ich mich auf und versuchte zu erfassen, wo ich war. Ich blickte nach oben und sah die Kante, über die ich gerade gestürzt war. Sie war nur gut zwei Meter über mir, aber es hätten genauso gut hundert sein können, denn ich sah absolut keine Möglichkeit, da hochzukommen.

Ich lag auf einem kleinen Absatz mit etwa drei Meter Breite. Er hatte mich davor bewahrt, den Rest der Klippe hinunterzufallen, die noch gut zehn oder fünfzehn Meter höher war.

Mein Herz schlug so schwer in meiner Brust, dass ich glaubte, ich würde jeden Moment in Ohnmacht fallen. Ich war wahrscheinlich viel zu weit gegangen, als dass Caleb mich hier je würde finden können. Ich war mindestens fünfzehn Minuten unterwegs gewesen und dann noch weiß Gott wie weit abgerutscht.

„Caleb! Hilfe!“, schrie ich, um ihn auf mich aufmerksam zu machen.

Ich schrie weiter. Zum Glück schien immer noch die Sonne und ich gab mir Mühe, den Schnee von meiner Kleidung und meinen Schuhen zu wischen, aber mir war dennoch kalt. Schnee wurde von der Sonne nun mal auch nicht warm.

Fast eine Stunde verging, bevor mir klar wurde, dass ich versuchen musste, über die Kante zu klettern. Sie bestand nur aus Dreck, aber der war gefroren, also würde ich vielleicht ein wenig Halt finden und es bis nach oben schaffen können.

Für den ersten Schritt hatte ich einen guten Stein zum Festhalten und konnte meinen Fuß gerade richtig platzieren, um weiterzugreifen. Ich schaffte noch einen weiteren schnellen Schritt und konnte dann mit den Fingern bereits an die Kante fassen, aber dort war kein Griff zu finden, sodass ich schnell den Halt verlor und auf den Absatz zurückfiel, von dem ich gekommen war.

Ich rutschte nicht nur ab, sondern verlor dabei so sehr die Kontrolle, dass ich beinahe auch noch über den Absatz hinabgestürzt wäre. Danach hatte ich jeden Mut verloren, den Aufstieg noch einmal zu versuchen.

„Caleb!“, schrie ich wieder und begann langsam zu

verzweifeln.

Ich war ja so blöd. Er hatte mir verboten, die Hütte zu verlassen, doch kaum war ich etwas gelangweilt, ignorierte ich all seine Warnungen. Jetzt war ich hier unter dieser Klippe gefangen und konnte mich nicht retten. Wenn Caleb mich nicht bald fand, würde ich wieder mit erfrorenen Zehen zu kämpfen haben, und diese Tortur wollte ich wirklich nicht noch einmal mitmachen. Außerdem würde es früher oder später dunkel werden. Ich konnte unmöglich ungeschützt im Schnee die Nacht überleben. Das war ausgeschlossen. Wenn ich nicht irgendwann abrutschte und ins Bodenlose stürzte, würde ich mit Sicherheit zu Tode frieren.

„Caleb! Hilfe!", schrie ich erneut. "Caleb, bitte. Oh, bitte wach auf!", brüllte ich wieder und wieder. Auch als meine Stimme rau wurde und ich kaum noch schreien konnte, machte ich weiter. Es war meine einzige Hoffnung. Caleb war meine einzige Hoffnung.

Er musste irgendwann aufwachen und meine Abwesenheit bemerken. Dann würde er draußen nach mir sehen und meine Fußspuren finden, es konnte gar nicht anders sein. Doch dann kam mir ein anderer Gedanke. Es war eine beklemmende Vorstellung und Panik kam in mir auf. Was, wenn Caleb denken würde, dass ich abgehauen war, um ins Tal zu gehen? Er würde rausgehen, meinen Holzstapel auf der Veranda finden, ihn vielleicht für eine Art Friedensangebot halten und annehmen, dass ich mich entschlossen hätte, es alleine den Berg hinunter zu versuchen. Konnte das sein? Wäre es möglich, dass er dachte, ich sei ohne Ankündigung oder Abschiedsgruß fortgegangen?

Ich kannte Caleb nicht gut genug, um mir seine Gedanken vorstellen zu können, aber ich hatte ihm während unserer gemeinsamen Zeit bereits ziemlich viel Ärger bereitet. Es war nicht ausgeschlossen, dass er nach dem Aufwachen nur froh war, mich los zu sein.

Kapitel 10

Caleb

Einen Gast im Haus zu haben war alles andere als cool. Ich ging zurück ins Bett und blieb dort absichtlich solange wie möglich, um weitere Reibereien mit Jordan tunlichst zu vermeiden. Unsere kurze Morgenunterhaltung war einigermaßen glatt verlaufen, aber das hieß bei diesem Mädchen noch nicht viel. Es würde nicht lange dauern, bis sie sich wieder in den Kopf setzte, dass ich der größte Arsch aller Zeiten war.

„Hey, falls du Hunger hast…“, begann ich, bevor ich bemerkte, dass sie nicht im Wohnzimmer war. Ich schaute ins Bad und sah, dass die Tür weit offenstand, dann erst fiel mein Blick zur Haustür und ich stellte fest, dass alle ihre Winterkleidung fehlte. Natürlich hatte sie meine Anweisungen ignoriert und war ohne mich nach draußen gegangen. Sie war ganz offensichtlich unfähig, sich an Regeln zu halten.

Draußen war es nicht nur wegen dem vielen Schnee gefährlich, sondern es war außerdem gut möglich, dass die Tiere des Waldes in die Nähe meiner Hütte kamen. Die meisten von ihnen waren wohl in wärmere Gefilde abgestiegen, aber nachdem es in letzter Zeit so ungewöhnlich mild gewesen war, konnte es gut sein, dass man in der Umgebung auf Berglöwen oder Bären traf.

„Jordan“, rief ich von der Tür aus ins Freie. Es lag ein Stapel Holz auf der Terrasse und ein frisch geschaufelter Weg führte zum Schuppen. Dessen Tür war halboffen und ich vermutete, dass sie wohl meinen Schrotthaufen gefunden und sich gewundert hatte, wofür zur Hölle ich das ganze Material brauchte.

Ich ließ sie ein paar Minuten mit ihrer Schnüffelei alleine und aß ein wenig Dörrfleisch, während ich frisches Wasser für den Kaffee kochte. Aber als der Kaffee schon fertig war, begann ich mir Sorgen zu machen. Wenn Jordan im Schuppen war, verbrachte sie verdammt viel Zeit damit, sich mein Zeug anzusehen.

Widerwillig zog ich mich an und ging zum Schuppen hinaus. Ich erwartete, Jordan dort zu finden, aber in dem Raum war nur das übliche Chaos, sonst nichts.

„Jordan?“, sagte ich laut und ging um den Verschlag herum.

Ich konnte mehrere Fußspuren erkennen, die von der Hütte wegführten, und wusste nicht, welchen ich folgen sollte. Eine Spur ging den Berg hinunter, eine hinauf. Ich blickte in beide Richtungen, aber sie war nirgends zu sehen.

Hätte ich raten müssen, hätte ich vermutet, dass Jordan zunächst den Hügel hinaufgegangen und dann wieder heruntergekommen war, als sie festgestellt hatte, dass dort oben nichts ist. Deshalb folgte ich schließlich der Fußspur, die von der Hütte weg nach unten führte.

Als ich etwa dreißig Meter gegangen war, fiel mir auf, dass es eine Spur gab, die zur Straße hinauf, aber nicht wieder zurück zur Hütte ging. Eine zweite Spur ging den Hang hinunter, aber auch sie führte nicht zurück. Ich hatte keine Ahnung, wie Jordan das hingekriegt hatte, aber vielleicht spielte sie mir ja einfach nur einen Streich.

Ihre Schritte waren so kurz, dass ich immer zwei davon auf einmal nehmen konnte. Nachdem sie eine Weile lang abwärts gegangen war, drehte die Spur ab und querte dann den Hang. Ich fühlte meinen Puls ansteigen, während ich zu entschlüsseln versuchte, was hier los war und wieso Jordan nicht auf mich gehört hatte. Sie musste doch wissen, dass es hier draußen nicht sicher war.

Ich hatte ihr gesagt, dass sie das Haus nicht ohne mich verlassen sollte, aber sie hatte sich nicht daran gehalten. Und sie war nicht nur einfach vor die Tür gegangen, sondern sie hatte sich weit von der Hütte entfernt. Zum Glück war das Wetter schön und ihr würde nicht gleich kalt werden, wohin auch immer sie gegangen war. Ich würde einfach ihren Spuren folgen, früher oder später musste ich sie ja einholen.

Nach einer Weile kam ich zu einem Platz, wo die Fußstapfen kreuz und quer durcheinanderliefen. Es sah aus, als wäre sie im Kreis gelaufen, aber dann verschwanden die Schritte einfach. Ich erschrak, als ich begriff, dass der Schnee hier abgerutscht war. Es gab eine deutlich sichtbare Gleitspur, wo sich eine Schicht ihren Weg nach unten gebahnt hatte.

„Jordan!“, schrie ich sofort und folgte der Lawine den Hang hinab.

Die Zuversicht verließ mich zusehends, je weiter ich den Berg hinunterrannte, um herauszufinden, wo die Schneemassen letztlich zum Stehen gekommen waren. Sie war tot, es konnte gar nicht anders sein. Genau deshalb hatte ich nicht gewollt, dass sie hier draußen alleine herumläuft. Bei so viel Schnee wusste man nie, ob ein Hang sicher begangen werden konnte. Außerdem kannte Jordan die Gegend nicht und hatte keine Ahnung, wo sich die ganzen Klippen und Felsabbrüche befanden. Klar war das Wetter warm, aber das würde ihr nichts nützen, wenn sie vom Schnee begraben oder eine Klippe hinuntergespült worden war.

Das Herz schlug mir bis zum Hals, sodass ich kaum klar denken konnte. Doch dann meinte ich plötzlich, ganz schwach Jordans Stimme zu hören. Ich sah hinauf in die schneebedeckten Bäume, doch sie war nirgends zu sehen. Ich weiß nicht, wieso ich das tat. Die Vorstellung, sie wäre einen Baum hinaufgeklettert, war geradezu lächerlich. Es sei denn, sie hatte einen Bären oder einen Puma gesehen. Ich drehte mich um und sah hinter mich, blickte zurück zur Hütte, doch Jordan war nicht da.

„Jordan!“, schrie ich. „Wo bist du?“

Ich erwartete keine Antwort, doch dann hörte ich sie tatsächlich wie aus großer Entfernung. Sie war weit weg, aber doch in Hörweite.

„Jordan?“, rief ich wieder.

„Ich bin hier unten“, antwortete sie und diesmal wusste ich, woher die Stimme kam.

Ich eilte weiter den Hang hinunter und blickte über die Kante der Klippe. Zu meinem Erstaunen sah ich dort Jordan, die nur etwa drei Meter weiter unten auf einem Felsvorsprung stand. Sie hatte unglaubliches Glück, noch am Leben zu sein. Die Schneemassen hätten sie um ein Haar mit bis ganz unten und in den sicheren Tod gerissen.

„Du hast nicht auf mich gehört!“, schrie ich sie an. „Du hast solches Glück, dass du nicht draufgegangen bist. Ich habe gesagt, du sollst nicht ohne mich rausgehen. Das ist gefährlich. Das habe ich nicht nur gesagt, um mich wichtig zu machen, sondern weil ich nicht wollte, dass du stirbst.“ Ich brüllte, denn ich war außer mir. Ich hörte die Wut und den Zorn in meiner Stimme und ich wollte mich beruhigen, aber ich konnte nicht aufhören. Wie konnte man nur so fahrlässig mit seinem eigenen Leben umgehen? Diese Frau litt wohl an Todessehnsucht und damit wollte ich nichts zu tun haben.

„Es tut mir leid. Du hattest recht“, sagte sie ohne Widerrede.

Ihre Stimme zitterte, als sie zu mir aufsah. Sie bestritt nicht, wie töricht sie gewesen war. Jordans Augen wurden feucht und ein Moment der Stille machte sich zwischen uns breit.

Sie stand da unten und sah mich so mitleiderregend an, dass ich nicht anders konnte, als mich ein wenig zu beruhigen. Ich musste sie da rausholen. Wir würden später besprechen, was in sie gefahren war, aber fürs Erste brauchte sie Hilfe, und ich war der Einzige weit und breit, der sie ihr geben konnte.

„Okay, ist der Absatz stabil genug? Haben wir Zeit zum Nachdenken?“, fragte ich, nachdem ich mich wieder gefasst hatte.

„Ja, hier ist es sicher, aber ich habe versucht, hinaufzuklettern, und habe es nicht geschafft.“

„Schon gut. Lass mich kurz überlegen.“

„Gib mir einfach deine Hand, damit ich mich daran festhalten kann“, sagte Jordan ernst.

„So einfach ist das nicht. Wenn ich keinen guten Stand habe, wirst du mich mit dir runterziehen. Und ich werde keinen Platz auf dem Absatz haben.“

„Toll, meine Idee ist also wieder mal bescheuert. Schon klar“, entrüstete sie sich.

„Dafür habe ich jetzt keine Nerven, Jordan. Entweder du hilfst mir oder ich lasse dich allein klarkommen.“

„Ja, Caleb. Es wäre mir recht, wenn du mich auf meinem

Absatz alleine lässt.“

Ihr Sarkasmus war wirklich nicht hilfreich. So sehr ich sie auch retten wollte, es war nun mal einfach keine gute Idee, mich über die Kante einer verschneiten Klippe zu beugen. Der Plan war tatsächlich bescheuert und ich durfte mich zu nichts Dummem hinreißen lassen. Nachdem sie auf dem Vorsprung vorübergehend sicher war, konnte ich mir Zeit lassen, um mir eine Lösung auszudenken. Wenn sie deshalb wütend auf mich wurde, dann musste es wohl so sein. Ich ignorierte ihren Kommentar und machte mich daran, zur Hütte zurückzukehren. Dort hatte ich ein gutes Stück Seil, das mir helfen würde. Ich würde mich an einem Baum festbinden und das übrige Seil zu Jordan hinunterwerfen. Dann würde ich sie daran hochziehen.

„Du lässt mich wirklich hier zurück?“, rief sie vom Absatz herauf. „Das war doch nur Sarkasmus.“

„Ich hole ein Seil. Du bist doch sicher da unten, oder? Gib mir ein paar Minuten, ich komm gleich wieder“, antwortete ich.

„Okay“, meinte sie, „aber lass mich hier nicht hängen.“ Ihre Stimme war wieder sanft und durch ihre Worte hörte ich erstickte Tränen. Ich blieb jedoch nicht, um sie zu trösten, dafür war keine Zeit. Auch wenn sie fest auf dem Absatz stand, konnte der Rest des Schnees vom Hang jederzeit herunterkommen und sie in den Abgrund spülen. Wir durften unsere wenige Zeit nicht vergeuden.

Der Schnee war zum Rennen zu tief, aber ich tat mein Bestes, schnellstmöglich zur Hütte zurückzueilen. Als ich nach einigem Herumwühlen im Schuppen endlich mein Seil fand, wurde ich unangenehm überrascht, denn ich hatte nur noch zwei Stücke mit kaum mehr als je drei Metern übrig. Ich hatte wirklich gedacht, dass es mehr sein würde.

Trotzdem machte ich mich wieder auf, um zu Jordan zu gelangen. Ich war mir nicht sicher, wie ich die Sache bewerkstelligen sollte. Der nächste Baum war bestimmt sieben oder acht Meter entfernt, sodass ich mich unmöglich selbst sichern und gleichzeitig Jordan heraufholen konnte.

Aber das Leben in den Bergen hatte mich bestens darauf vorbereitet, in solchen Situationen zu improvisieren. Ich hatte keine Möglichkeit, rechtzeitig an ein besseres Seil zu kommen. Ich hatte aber auch keine Zeit, mich darüber zu beklagen, was mir zur Verfügung stand. Mehr hatte ich nun mal nicht. Damit musste ich irgendwie klarkommen, denn eine andere Möglichkeit gab es nicht.

„Caleb, bist du das?“, fragte Jordan weinend.

„Ja, ich bin wieder da.“

„Tut mir leid, dass ich gemein war“, sagte sie noch immer unter Tränen. „Das hätte ich nicht tun sollen. Ich sollte nicht immer gemein sein. Bitte hilf mir einfach.“

Ich legte mich auf den Bauch und glitt auf die Kante zu, damit ich zu ihr runtersehen konnte. Sie war gegen die Wand gekauert, hatte die Knie an die Brust gezogen und sah zu mir auf. Ihre strahlend blauen Augen waren voller Tränen.

„Ich hole dich da raus. Atme tief durch, alles wird gut“, sagte ich so sanft wie möglich. „Ich brauche ein paar Minuten, um alles aufzubauen, aber dann werfe ich dir ein Seil hinunter. Das wickelst du dir dann um die Hüfte und knüpfst es fest zu. Okay?“

„Okay.“

Ich war kein Experte in der Seilbergung. Aber ich würde Jordan gewiss nicht einfach da unten sterben lassen. Es war gefährlich hier oben – viel gefährlicher, als die meisten Leute glauben wollten, wenn sie zum Spielen in die Berge gingen. So viele der Wanderer in diesem Winter waren völlig unvorbereitet auf einen plötzlichen Schneesturm gewesen. Es war lächerlich, wie leichtfertig die Menschen mit ihrer eigenen Sicherheit umgingen.

Nachdem ich mich nicht selbst an einem Baum absichern konnte, nahm ich mir Zeit und säuberte die Kante über Jordan gründlich vom Schnee. Ich wünschte, ich hätte meine Schaufel und ein paar Handschuhe mitgenommen, aber zum Umkehren war es jetzt zu spät. Mit nackten Händen beseitigte ich also so viel wie möglich von dem Schnee, bevor ich mich wieder hinlegte und hinunterschaute. Ich versuchte, meine Hand nach unten zu strecken, um die Stabilität meiner Position zu überprüfen, und ich fühlte mich schon viel sicherer als zuvor mit dem vielen Schnee.

„Hier ist das Seil“, sagte ich und warf Jordan ein Ende zu.

Sie band es sich um die Hüfte und sah mich dann hilflos an. Sie war so nah und doch so weit entfernt. Plötzlich schien sie die Furcht zu überkommen und sie sah in die Schlucht hinunter und dem möglichen Absturz entgegen.

„Ich kann da nicht hochklettern.“ Sie schüttelte den Kopf und setzte sich auf den Boden.

„Du kannst das. Ich habe das Seil und werde dir helfen. Ich ziehe, während du kletterst, das wird ganz leicht.”

„Nein, ich bin fast hinuntergefallen, als ich es vorher versucht hab.“

Sie hatte sich wieder zusammengekauert und sah mich nicht einmal an. Wir hatten jetzt wirklich keine Zeit für eine Panikattacke und ich wollte sie nur anschreien, dass sie sich zusammenreißen solle, aber ich befürchtete, dass das die Sache wohl nur noch schlimmer machen würde.

„Jordan“, sagte ich sanft. „Jordan, sieh mich an.“ Widerwillig gehorchte sie. Sie weinte nicht, aber die Angst stand ihr ins Gesicht geschrieben. „Ich halte das andere Ende des Seils und mein Körper ist an einem Baum befestigt. Es kann nichts passieren“, log ich.

Manchmal konnte man sich nur mit Lügen helfen. Natürlich war ich nicht an einem Baum gesichert. Dafür war das Seil zu kurz gewesen, aber Jordan musste mir in jenem Moment einfach vertrauen. Sie musste selbst heraufklettern, denn ich konnte sie ohne ihre Mithilfe nicht heraufziehen, zumal ich ohne Sicherung zu wenig Halt hatte. Es war gefährlich. Die ganze Sache war wirklich gefährlich. Eine falsche Bewegung und ich würde über die Kante gezogen werden und Jordan mit mir reißen. Es musste alles klappen. Wir mussten einander vertrauen und zusammenarbeiten, um das durchzuziehen.

„Ich soll mich einfach an dem Seil festhalten und daran hochklettern?“

„Nein, ich ziehe an dem Seil und du kletterst den Absatz hinauf. Ich nehme dir etwas Gewicht ab und ich verspreche, dass ich dich nicht abstürzen lasse. Aber was auch immer passiert, lass nicht den Felsen los und halte dich nicht nur am Seil fest, so kann ich dich nicht hochziehen.“

„Okay“, sagte sie.

Jordan stand auf und sah noch einmal kurz die Klippe hinunter, bevor sie sich zur Wand drehte. Es sah so aus, als gäbe es ein paar gute Griffe, an denen sie sich festhalten konnte. Es würde nicht leicht werden, aber sie schien ein sportliches Mädchen zu sein und ich hoffte, dass sie klarkommen würde. Ich würde sie mit Sicherheit nicht halten können, wenn sie sich fallen ließ. Ich hatte nur gut einen halben Meter Seil in der Hand, den ich ums Handgelenk gewickelt hatte, um besser zugreifen zu können. Sollte sie ausrutschen und mit ihrem ganzen Gewicht das Seil belasten, würde ich entweder stürzen oder meine Hand verlieren.

Das Seil war eng um ihre Hüfte gebunden und sie suchte behutsam nach einem Griff, bevor sie ihren ersten Schritt in meine Richtung wagte. Wie ich gehofft hatte, war sie sehr konzentriert und achtete genau darauf, was vor ihr lag und woran sie sich festhalten konnte.

„Lass dir Zeit, nur keine Eile“, sagte ich ruhig.

Ich zog das Seil etwas an, um sie zu unterstützen. Das so gewonnene Stück wickelte ich um meine andere Hand, um sie im schlimmsten Fall etwas besser halten zu können. Ich kontrollierte meine Atmung und achtete auf jede von Jordans Bewegungen.

Ihre Finger hielten sich mit Mühe an einem kleinen Kiesel, während sie nach einem Platz für ihren Fuß suchte, um sich weiter an der Wand hinaufschieben zu können. Sie stellte ihren rechten Fuß auf eine dreckige Stelle, aber sobald sie das Gewicht verlagern wollte, rutschte der Tritt ab.

„Es geht nicht“, sagte sie, nachdem sie die Balance wiedererlangt hatte. „Es gibt hier nichts für meine Füße.“

„Du kannst es schaffen. Du musst es schaffen. Sieh mal da. Wenn du schnell genug bist, kannst du den kleinen Fleck Dreck nehmen, um Schwung zu holen und nach dem Ast da zu greifen.”

„Ich kann das nicht“, sagte sie und schaute mich an.

„Doch, du kannst das“, sagte ich aufmunternd. „Ich werde jetzt bis drei zählen und dann musst du schnell sein. Wenn du den Ast erst einmal hast, bist du fast da. Dann kannst du kurz durchatmen, sobald du ihn fest in der Hand hast. Okay?“

Jordan schaute mir in die Augen und ich konnte sehen, wie die Angst allmählich von Entschlossenheit verdrängt wurde. Sie blickte zu dem kleinen Fußtritt und dann zu dem Ast, nach dem sie greifen sollte. Es würde nicht leicht werden, aber es ging. Ich war mir sicher.

„Einfach abdrücken und zu dem Ast springen?“

„Ja.“

„Was, wenn ich ihn nicht erreiche?“

„Ich hab dich“, sagte ich und zeigte ihr meine Hände, um die das Seil gewickelt war. „Du brauchst keine Angst zu haben.“

„Okay, zähl für mich, ich versuchs.“

„Eins“, sagte ich und zog meinen Griff um das Seil fester. „Zwei.“ Ich stemmte meine Stiefel in den Dreck. „Und drei. Los!“, schrie ich und Jordan hechtete schnell und elegant zu dem Ast.

Sie bekam ihn zu fassen und sah sich nach Fußtritten um.

Kapitel 11

Jordan

Für einen kurzen glorreichen Moment hielt ich mich an dem Ast fest und sah zu Caleb hinauf. Ich war kurz davor, hinaufgreifen zu können, um mich an ihn zu klammern. Stolz erfüllte meine Brust und ich wurde übermütig, weil ich es so weit geschafft hatte.

„Ich habs geschafft“, kreischte ich vor Aufregung.

„Halt dich fest, wir sind noch nicht...“, begann Caleb, aber ich hörte nicht mehr, was er sagen wollte.

Mein rechter Fuß war der erste, der abrutschte, dicht gefolgt vom linken. Ich krallte mich panisch an dem dünnen Ast fest. Auch wenn der Absatz nicht weit unter mir war, fürchtete ich bei einem Sturz, den Schwung nicht mehr abfangen zu können und über die nächste Kante bis ganz in die Tiefe zu fallen.

„Hilfe“, schrie ich mit baumelnden Füßen und versuchte, den Ast nicht loszulassen, bis ich einen Fußtritt gefunden hatte.

„Ich hab dich, Jordan“, sagte Caleb.

Ich sah, dass das Seil fest um beide seine Handgelenke geschlungen war und dass seine Hände schon blau wurden, weil es ihm das Blut abschnürte. Fieberhaft sah ich mich nach Halt um. Ich konnte jedoch nichts finden und spürte schon, wie meine Finger von dem Ast abzugleiten begannen. Ich konnte mich nicht länger halten. Ich stürzte ab.

Trotz des Seils um meine Hüften schlug ich hart auf dem Absatz unter mir auf. Meine Füße waren nahe am Abgrund und ich kroch zurück in Sicherheit, bevor ich nach Caleb sah. Das Seil hatte sich furchtbar in sein rechtes Handgelenk geschnitten und er blutete in den weißen Schnee. Mit seiner linken Hand hielt er gerade noch das Ende des Seils fest.

„Bist du in Ordnung?“, rief ich zu ihm hinauf.

„Ich? Du bist doch abgestürzt“, lachte er.

„Mir gehts gut. Du blutest.“

„Schon okay. Holen wir dich einfach da raus. Ich werde das Seil wieder strammziehen und du wirst noch einmal hochklettern müssen. Ich ziehe, so fest ich kann. Wir machen das Ganze in einer einzigen Bewegung. Diesmal keine Pause, okay?“

„Aber Caleb, du blutest.“

„Mir gehts gut. Komm schon“, rief er herunter. Er sah angespannt aus, weil ich mir immer noch um ihn Sorgen machte, aber ich konnte nicht anders. „Los“, befahl er.

Ich gehorchte und fand einen Griff, um meinen erneuten Aufstieg zu beginnen. Ohne allzu viel Selbstvertrauen platzierte ich meine Hände und Füße. Ich bewegte mich langsam, aber ich spürte, wie Caleb an dem Seil zog und mich zum Weitermachen drängte.

Dieses Mal sprachen wir nicht. Stattdessen konzentrierte ich mich darauf, mich so gut es ging festzuhalten, um es nach oben zu schaffen. Als ich zum Ast kam, brachte ich meine letzte Kraft auf und nutzte Calebs Zug am Seil, sodass ich es fertigbrachte, noch ein paar Zentimeter weiter nach oben zu kommen. In der Nähe der Kante fand ich einen Griff, den ich packte, während ich einen meiner Füße auf einen neuen Tritt stellte. So würde ich es schaffen.

Ich fühlte, wie Calebs Hand meine umfasste und er mich gleichzeitig am Seil nach oben zog. Kurz darauf konnte ich meine Füße auf den Ast von vorhin stellen, was mir den nötigen Schwung brachte, mit dem ich die Kante erreichte.

Als ich mich in den Schnee fallen ließ, füllten sich meine Lungen mit der kalten Luft des Wintertages. Ich war in Sicherheit. Caleb hatte mich gerettet. Wir atmeten beide schwer. Nebeneinander lagen wir im Schnee und schauten in den Himmel, froh, dass die Tortur vorüber war.

„Ich könnte dich echt umbringen“, stöhnte er.

„Wenn du mich umbringen wolltest, hättest du mich einfach da unten lassen können“, antwortete ich lachend.

„Ich habe dir verboten, hinauszugehen“, sagte er zornig.

„Ich weiß. Es tut mir leid. Ich hab nicht nachgedacht.” Ich setzte mich auf und sah, wieviel Blut um uns herum verteilt war. Caleb blutete noch stärker, als ich gedacht hatte. Es war überall auf mir und auf ihm verteilt. Das Ganze sah aus wie ein schauriger Tatort. „Caleb, wir müssen das verarzten.“

„Ich weiß. Lass uns zur Hütte gehen. Es geht schon, aber ich brauche etwas zum Draufdrücken.“

„Hier, sagte ich und griff mir unter die Bluse. „Ich kann den hier drum herumwickeln.“

Ich zog meinen Sport-BH aus und hielt ihn in der Hand. Das war das Geringste, was ich tun konnte, nachdem ich so viel Ärger verursacht hatte. Er war nur wegen meines dummen Fehlers verletzt.

„Hmmm, okay“, lachte er und hielt mir sein Handgelenk hin, damit ich es verbinden konnte. „Nicht wirklich die Art von Verband, an die ich gedacht hatte, aber der tuts auch.“

Das Seil hatte ziemliche Spuren hinterlassen. Ich konnte die Wunde nicht einmal genau sehen, weil immer noch Blut hervorquoll. Es war richtig schlimm. Wir steckten hier oben fest und es gab weit und breit keinen Arzt. Wenn die Blutung nicht bald aufhörte, konnten wir in ernste Schwierigkeiten geraten.

„Ist eine Vene durchtrennt oder so? Das ist ganz schön viel Blut.“

„Ich glaube, mit ein bisschen Druck können wir es stoppen. Ich werde das reinigen und es mir ansehen, sobald wir wieder in der Hütte sind.“

Er sprang auf und zog mich mit sich hoch. Ohne innezuhalten machte er sich auf den Weg den Hang hinauf in Richtung seines Hauses. Ich blieb dicht hinter ihm. Die Gedanken an die gerade erlebten Strapazen waren noch immer lebhaft. Ich hätte sterben können, Caleb konnte immer noch sterben, all das war meine Schuld. Ich fühlte mich scheußlich.

„Lass mich helfen“, sagte ich, als wir die Stufen zur Hütte hinaufgingen und Caleb die Tür aufmachte.

„Schon okay. Es geht schon." Er ignorierte mich und ging direkt ins Badezimmer, wo er die Tür schloss. Ich war mir nicht sicher, ob er wütend auf mich war oder so große Schmerzen hatte, dass er es nicht länger aushielt.

„Ich kann dir helfen, Caleb. Du kannst das nicht alleine machen. Lass mich helfen", sagte ich von draußen durch die Tür. Er schwieg, aber ich hörte ihn drinnen umhergehen und Dinge aus dem Schrank holen. Das Klappern von Gegenständen, die auf den Boden fielen, war deutlich zu vernehmen, und ich wollte einfach nur die Tür aufmachen und darauf bestehen, ihm zu helfen, aber ich widerstand dem Drang. „Ich bin hier draußen, falls du mich brauchst", sagte ich noch und ging dann in die Küche.

In der leeren Küche ging es mir kein Stück besser. Die Schuld nagte an mir. Obwohl mir verdammt kalt war, wollte ich einfach nur irgendetwas Nützliches tun. Ich legte etwas Holz in den Ofen und heizte ihn wieder ein, bevor ich mich in den Schränken auf die Suche nach etwas Essbarem machte, das ich zubereiten konnte.

Ich wollte dem Mann zumindest etwas zu essen machen, nachdem er wegen mir fast seine Hand abgetrennt bekommen hatte. Ich durchstöberte die Regale und fand einen Beutel Mehl, indem sich ein Rezept für Zimtröllchen befand. Kochen war noch nie meine Stärke gewesen, aber ich wollte es wenigstens versuchen.

Als ich alle Zutaten beisammenhatte, fing ich mit dem Teig an. Er würde ein wenig ruhen müssen, bevor ich die Röllchen machen konnte.

„Okay, ich brauche Hilfe", rief Caleb aus dem Badezimmer.

Natürlich brauchte er mich ausgerechnet dann, wenn meine Hände voller klebrigem Teig waren.

„Ich bin gleich da, hab grade die Hände voll."

„Jetzt willst du plötzlich nicht mehr helfen?"

„Ich hab nicht gesagt, dass ich nicht will, aber ich bin gerade voller Teig. Gib mir eine Sekunde. Was du jetzt bestimmt nicht brauchst, ist diese Sauerei in der Nähe deiner offenen Wunde."

„Na schön", ächzte er und schloss die Badezimmertür.

Ich konnte wirklich gar nichts richtig machen mit ihm. Ja, ich hatte seine Befehle missachtet und war ausgebüxt, aber jetzt wollte ich nur helfen. Ich wollte es wiedergutmachen. Ich wollte alles tun, was nötig war, um das wieder in Ordnung zu bringen. Er schien allerdings ziemlich wütend zu sein und ich wusste nicht, ob ich das wieder geradebiegen konnte.

Als ich endlich damit fertig war, meine Hände zu waschen, ging ich zum Bad und klopfte. Er öffnete und ging dann wieder hinein zur Kante der Badewanne. Er sah ziemlich bemitleidenswert aus. Verbandszeug und Reinigungsmittel waren überall verteilt, aber nichts davon war auf seiner Wunde.

„Ich habe sie gereinigt, aber du solltest wahrscheinlich nochmal drüber gehen“, sagte er. Jetzt wirkte er schon viel ruhiger. Er hatte sich geschlagen gegeben und sah mich mit leeren Augen an.

Möglicherweise hatte er so viel Blut verloren, dass er bereits müde wurde. Die Blutung schien sich zumindest ein wenig gelegt zu haben, sodass ich hoffte, dass die Sache mit einem ordentlichen Verband um sein Handgelenk erledigt sein würde.

„Okay, ich mach das schon“, sagte ich sanft und setzte mich neben ihn, um das Handtuch von seiner Wunde zu nehmen.

Ich tupfte etwas von der antiseptischen Lösung auf die Wunde und fügte noch etwas antibiotische Creme hinzu. Ich nahm eine Mullbinde und befestigte sie sicher über der Wunde. Es war bestimmt kein Meisterwerk, aber es sah so aus, als würde es halten.

„Danke“, sagte er. Seine Stimme war leise, matt und emotionslos. Caleb sah gar nicht gut aus. Er war blass und starrte ins Leere. Ich musste ihn ins Bett bringen, damit er sich ein wenig ausruhte. Ich fürchtete aber, dass er keinen meiner Ratschläge annehmen würde. Er war wohl nicht der Typ, der gerne auf die Befehle anderer hörte.

„Wir sollten dich ins Bett bringen. Ich kümmere mich hier um alles. Ich verspreche, dass ich nirgends hingehen werde, außer um Holz zu holen“, sagte ich in der Hoffnung, dass er mir nicht widersprechen würde.

„Ich werde mitgehen. Ich will nicht, dass du wieder alleine rausgehst. Die Bären und die Berglöwen werden unterwegs sein, jetzt wo die Sonne draußen ist.“

„Okay.” Ich wusste, dass es zwecklos war, jetzt mit ihm zu streiten. Mit so einem sturen Mann zu diskutieren war nie eine gute Idee.

Ich nahm ihn an den Händen und half ihm auf. Sie fühlten sich kalt an und ich war mir nicht mal sicher, ob er überhaupt alleine würde stehen können. Er wankte und hielt sich an mich geklammert, während er sich zu stabilisieren versuchte.

Die Berührung seiner Hände war dennoch ein angenehmes Gefühl. Sein Schutzschild war verflogen, wenn auch nur kurz, aber es reichte, um in ihn hineinzusehen. So rau und hart, wie er immer tat, war er gar nicht. Man konnte den weichen Kern unter seiner harten Schale förmlich sehen. Diese Seite zeigte er ganz offensichtlich nicht gerne her. Caleb hatte eine hohe Wand um sich selbst errichtet, eine sprichwörtliche Mauer, durch die er niemanden hindurchließ.

Er bestand darauf, seine Stiefel selbst anzuziehen, und hängte sich dann seine Jacke um, wobei ich ihm zusah. Ich wollte ihm einfach nur helfen. Ich wollte es, aber ich tat es nicht. Kerle wie Caleb waren für mich so schwer zu ertragen. Er war herrisch und stur, er wollte alles kontrollieren, selbst wenn er kaum noch geradestehen konnte.

Was hätte ich tun sollen, wenn er draußen zusammengebrochen wäre, weil er zu viel Blut verloren hatte? Wie sollte ich mit ihm fertig werden, wenn er bewusstlos wurde? Er würde draußen erfrieren, denn ich konnte ihn unmöglich wieder ins Haus zerren. Aber daran dachte Caleb natürlich nicht, er wollte wahrscheinlich einfach nur beweisen, dass er keine Hilfe brauchte, auch wenn er verletzt war. Als wir hinausgingen, verdrehte ich die Augen über ihn und sein Ego.

„Ich gehe Holz holen“, sagte ich und eilte zum Stapel.

„Ich komm mit.“

„Nicht nötig. Ich hole es und bringe es her. Du kannst aufpassen“, sagte ich mit dem freundlichsten Lächeln, das ich zustande brachte.

Er hielt sich an dem Geländer der Treppe fest und blieb dort stehen. Wenigstens war er vernünftig genug, nicht weiterzugehen.

Als ich mit einem kleinen Stapel Holz zurückkam, streckte Caleb die Hände aus, um ihn mir abzunehmen. Ich wollte das nicht, ich wollte einfach selbst die Treppe hinaufgehen, aber ich gab ihm das Holz, so wie er es verlangte.

„Ich bring es rein. Du kannst noch eine Ladung holen."

„Okay, bleib einfach bei der Tür, ich komme zu dir."

„Okay", antwortete er zu meiner großen Überraschung.

Als ich zum Schuppen zurückkam, sah ich, dass die Tür leicht geöffnet war. Das kam mir seltsam vor, weil ich zuvor ja versucht hatte, sie aufzumachen, sie sich aber nicht bewegt hatte. Mit den Armen voller Holz kehrte ich zu Caleb zurück und gab es ihm.

„Soll ich den Schuppen zumachen?", fragte ich.

„Klar, ich muss ihn offengelassen haben, als ich dich gesucht hab."

„Ja, ich wollte vorher reingehen, hab aber die Tür nicht aufbekommen, erst danach bin ich rumgewandert wie eine Bekloppte."

„Seltsam, die Tür hat gar kein Schloss."

„Hmm, vielleicht bin ich einfach nur ein totaler Schwächling."

„Nicht möglich. Ich hab deine Kraft ja gesehen." Er lächelte schwach und lehnte sich an den Türrahmen. „Wenn es dir nichts ausmacht, würde ich gerne auf dein Angebot zurückkommen, mich ins Bett zu bringen. Ich bin fertig."

„Natürlich", sagte ich, legte das Holz ab und nahm ihn am Arm, um ihn zu stützen. „Du hast viel Blut verloren. Leg dich hin, ich bring dir dann ein bisschen Essen und Wasser."

„Schön."

„Danke", kicherte ich. „Ich wollte wirklich nicht mit dir

darüber streiten müssen.“

Er hielt sich an mir fest und stützte sich auf mich, während wir ins Schlafzimmer gingen. Caleb war ein fast zwei Meter großer Kerl und wenn er gestürzt wäre, hätte ich nichts dagegen tun können. Aber ich gab mir Mühe und schaffte es schließlich, ihn hinzulegen.

Sein blasses Gesicht machte mir allerdings Sorgen. Ich konnte ja kaum auf mich selbst aufpassen, es war also ziemlich unwahrscheinlich, dass ich mit einem echten Notfall fertig werden konnte. Ich hoffte wirklich, dass er sich mit ein bisschen Schlaf wieder erholen würde.

Caleb schlief schnell ein und ich ließ die Schlafzimmertür ein wenig offen, falls er mich noch brauchte. Hin und wieder sah ich nach, ob es ihm gut ging. Im Schlaf sah er so friedlich aus, wie ein sanfter Riese mit einem Herzen aus Gold. Er lächelte sogar ein wenig, es war hinreißend.

Den Großteil des Nachmittags verbrachte ich mit Hausarbeit, die ich in einer Hütte wie dieser für nötig hielt. Ich schaffte Holz herbei und brachte noch mehr davon auf die Veranda. Ich wischte die Böden und putzte den Tisch. Ich versuchte zum Mittagessen so etwas Ähnliches wie einen Auflauf zu fabrizieren, aber das wurde eine unglaubliche Ferkelei. Bald schon hatte ich alles getan, was mir zu tun einfiel, und ich beschloss, mich ein wenig im Haus umzusehen.

Caleb lebte zwar schon lange in seiner Hütte, aber auf meiner Suche fand ich nur wenige persönliche Gegenstände. Er hatte Bücher und Zeitschriften. Das Bücherregal war der einzige Ort, an dem es keinen Staub gab. Er musste wohl eine eifrige Leseratte sein.

Die meisten der Bücher drehten sich um Weiterbildung oder Selbstentwicklung. Er hatte Sachen über Teammanagement, Ausdauer, Glück und alles Mögliche weitere. Nur ein paar der über hundert Bücher waren Romane.

Das Bücherregal war eine Sonderanfertigung, die in die Wand eingelassen war. Alles im Haus schien extra für seinen vorbestimmten Platz gemacht worden zu sein. Als Caleb gesagt hatte, er habe das ganze Haus selbst gebaut, schien das zunächst etwas übertrieben, aber je länger ich mir die Möbel und die Räume ansah, desto mehr verstand ich, dass er ein unglaublich guter Handwerker sein musste.

Die Schränke im Bad waren in einer schönen Mahagonifarbe gebeizt. Schon vorher, beim Verarzten von Calebs Handgelenk, waren mir allerdings ein paar komische Sachen aufgefallen. Die Dusche etwa hatte einen eigenartigen Hebel, den ich zuvor so noch nirgends gesehen hatte. Ich spielte damit herum, um zu sehen, ob ich sie in Gang setzen konnte, aber ich wurde nicht schlau daraus.

Bevor die Sonne unterging, nahm ich mir noch ein paar Minuten Zeit, um außen um das Haus zu gehen und mir dort die Handwerkskunst anzusehen. Es waren Kabelstränge zum Dach zu sehen, wo die Solarpaneele angebracht waren, und hinter dem Haus befand sich ein großer Holzbehälter, der so aussah, als würde er Wasser beinhalten. Er hatte tatsächlich ein völlig autarkes Heim gebaut, das zum Funktionieren keinerlei Unterstützung von außen brauchte. Es war sehr beeindruckend.

Ich ging durch den kleinen Schuppen und sah noch mehr Ausrüstung und Material, das neu zu sein schien. Caleb war offensichtlich ein sehr begabter Mann. Das sah man schon an den ganzen technischen Einrichtungen und deren Aufbau. Er hatte wohl nicht gelogen, was seinen früheren Job als Techniker anging.

Das war eine schlimme Angewohnheit von mir: Wenn mir Männer ihre Geschichte erzählten, vermutete ich überall Lügen. Natürlich waren nicht alle Männer Lügner. Das war mir eigentlich schon klar, es fiel mir nur schwer, mir das auch bewusst zu machen, wenn ich mit einem Kerl sprach. Das war nur eine meiner vielen schlechten Eigenschaften.

„Jordan“, hörte ich Caleb von der Tür aus rufen.

„Ich bin hier“, sagte ich schnell, damit er sich keine Sorgen machte. „Ich komme schon. Bleib da.” Ich beeilte mich und ging zum Haus zurück, als das Tageslicht schon zwischen den Bäumen verschwand. „Du siehst schon etwas besser aus. Wie gehts dir?“

„Gut, ich sehe, ich werde uns wohl etwas zum Abendessen machen müssen“, sagte er lachend und deutete auf das Chaos, das ich bei meinem Kochversuch angerichtet hatte.

„Es schmeckt besser, als es aussieht“, sagte ich schulterzuckend.

„Na dann, lass es uns essen“, meinte er.

„Ehrlich?“

„Klar, wenn du dir schon mal die Mühe gemacht hast und es halbwegs schmeckt, dann sollten wir es nicht verkommen lassen.“

Wir begaben uns ins Haus und ich richtete uns etwas von meinem Auflauf an. Plötzlich machte ich mir wirklich Sorgen, ob meine Mahlzeit denn auch wirklich einigermaßen essbar war. Ich hatte keine Übung darin, für andere zu kochen, und ich wollte wirklich nicht, dass Caleb etwas Ekelhaftes essen musste, zumal er sich ohnehin schon nicht gut fühlte.

„Ist es okay?“, fragte ich nervös, nachdem er einen Bissen genommen hatte.

Ich musste nicht wirklich auf eine Antwort warten, denn er verschlang gleich seine ganze Portion und schnappte sich den Schöpflöffel für Nachschlag. Das Essen war kalt und sah nicht hübsch aus, aber er hörte trotzdem gar nicht mehr mit dem Futtern auf.

„Das ist köstlich“, stieß er schließlich kauend heraus. „Wo hast du so zu kochen gelernt? Hatte ich die ganzen Zutaten hier?“

„Ja, hattest du“, lachte ich. „Was isst du denn sonst? Du wirkst ja, als wärst du am Verhungern.“

„Ich mache oft Brot und ich esse jede Menge Fleisch und Kartoffeln.“

„Ich bin keine besondere Köchin. Ich glaube eher, dass du schon so lange auf Entzug bist, dass du alles gut finden würdest.“

„Ich bin in vielen Dingen auf Entzug“, sagte er in einer tiefen Stimme, kaum hörbar.

Sex, er musste wohl von Sex reden. War Caleb wirklich die ganze Zeit hier oben ohne Sex ausgekommen? Er musste doch wenigstens gelegentlich in die Stadt gegangen sein, um sich weibliche Gesellschaft zu suchen. Ich konnte mir nicht vorstellen, dass er hier oben ein Einsiedlerleben in völliger Enthaltsamkeit führte.

Caleb war jung und gutaussehend. Seine langen Haare und der Bart taten dem keinen Abbruch. Ich war mir sicher, dass die meisten Frauen ihn nicht von der Bettkante stoßen würden, wenn er sich ein wenig Mühe gab. Jedenfalls war ich mir sicher, dass es mir so gehen würde.

„Wie fühlst du dich jetzt?“, fragte ich, um das Thema zu wechseln und mich nicht in sein Sexleben einzumischen.

„Müde, es fühlt sich an, als wäre ich vom Laster überfahren worden. Und du? Du bist heute schließlich von einer Klippe gestürzt.“

„Jeder einzelne Muskel tut mir weh. So ungefähr wie wenn man gerade richtig hart trainiert hat und genau weiß, dass am nächsten Morgen alles steif sein wird.“ Caleb nickte zustimmend. „Genau so geht es mir auch gerade. Ich bin erledigt, aber ich bin mir sicher, dass es morgen noch zehnmal schlimmer sein wird. Irgendeine spezielle Muskelgruppe? Ich könnte dich massieren, falls das hilft.“

„Ich will dich nach all den Strapazen nicht noch mehr arbeiten lassen.“

„Quatsch. Ich hab den ganzen Tag geschlafen und ich sehe ja, dass du währenddessen einiges geschafft hast. Ich verspreche, dass ich mich benehmen werde“, sagte er grinsend.

Bis dahin hatte ich nicht einmal darüber nachgedacht, dass er etwas Unanständiges vorhaben könnte. Was meinte er damit überhaupt? War das seine Art zu flirten? Ich war ziemlich verwirrt. Wir hatten bisher die meiste Zeit mit Streiten verbracht und an diese neue Dynamik musste ich mich erst noch gewöhnen. Die Dynamik gefiel mir allerdings nicht schlecht, ich hatte seine Gereiztheit allmählich satt.

„Gut, wie wärs dann mit meinen Schultern?“, fragte ich.

„Gerne.“ Er bedeutete mir, mich mit ihm auf die Couch zu setzen.

Die Atmosphäre wurde dichter, als ich zu ihm ging. Sie war

erfüllt von einer neuen Ebene der Lust, die ich bisher für diesen Mann nicht empfunden hatte. Meine Atmung beschleunigte sich, mein Körper spannte sich noch mehr an als ohnehin schon. Ich würde dasitzen müssen, die Hände dieses umwerfenden Kerls überall auf meinem Körper, ohne mich davon erregen zu lassen. Ich wusste wirklich nicht, wie ich das anstellen sollte.

Mir wurde ganz heiß vor Aufregung und Neugier auf seine Berührung. Ich setzte mich vor ihm auf den Boden, während Caleb die Beine spreizte und mich an sich zog. Sanft streifte er mit den Händen über die verspannten Muskeln an Hals und Schultern. Er bewegte sich langsam und mit rhythmischen Bewegungen, was sich sexy anfühlte.

Er tat nichts weiter, als meine Schultern zu massieren, und dennoch fühlte ich eine sexuelle Energie, die von seinen Händen in meinen Körper floss und die ich nicht ignorieren konnte. In der Mitte meines Körpers begann es vor Erregung zu vibrieren, während er seine Hände von mir nahm und mich dann wieder berührte. Die Hälfte der Zeit hatten wir nicht einmal Körperkontakt. Ich hatte noch mein Shirt an, dennoch spürte ich jede seiner verführerischen Bewegungen.

Kapitel 12

Caleb

Das war keine gute Idee. Ich fühlte es, sobald ich meine

Hände auf ihre Schultern gelegt hatte. Ich würde mich nicht zurückhalten können. Das Einzige, was mich davon abhielt, diese Massage noch einen Schritt weiterzutreiben, war die Tatsache, dass ich eine Menge Blut verloren hatte und immer noch völlig erschöpft war.

Jordan und ich waren wie Öl und Wasser, wir passten absolut nicht zusammen. Ich war das Alphamännchen, das schon zu lange in den Bergen wohnte, sie war das süße junge Stadtmädchen, das keine Ahnung hatte, was sie hier oben erwartete. Ich wollte ihre Naivität nicht ausnutzen, egal wie hart ich bei dem Gedanken daran auch wurde.

Wäre meine körperliche Einschränkung nicht gewesen, ich wäre über sie hergefallen. Irgendwie war es dazu gekommen, dass ich Jordan unbedingt haben wollte, obwohl sie mich Stunden zuvor noch zu Tode genervt hatte. Sie sah mich inzwischen auch anders an, das spürte ich. Mein Körper reagierte auf dieses neue Gefühl mit einer Machtdemonstration, während ich meine Hände über ihren weichen Nacken und ihre Schultern gleiten ließ.

Der Wandel war wohl passiert, als sie meine Wunde versorgt und sich um mich gekümmert hatte. Ihre Hände waren so zart und sanft. Sie war gut zu mir, auch nachdem ich selbst so grob zu ihr gewesen war. Aber ich würde mich schon zusammenreißen, ihr einfach eine Massage geben und das wars. Nichts weiter würde zwischen uns passieren.

Jordan hatte heute viel durchgemacht. Und ich genauso. Es war für uns beide nicht schlau, diese sexuelle Spannung noch weiter wachsen zu lassen. Meine Finger glitten vorsichtig an ihrem Nacken entlang, was die Anziehung so sehr ansteigen ließ, dass meine Hände zu zittern begannen.

Ich wollte sie. Ich wollte ihr T-Shirt packen und ihr über den Kopf ziehen. Ich wollte ihre Brüste in meinen Händen fühlen, meine Zähne um ihre Nippel legen. Sie roch so gut. Wie konnte ein Mensch überhaupt so gut riechen, nach all den Schrecken und Mühen, die sie durchgestanden hatte?

„Du hast mir heute einen riesigen Schrecken eingejagt“, sagte ich leise, während ich weiter ihre Muskeln massierte. Ich kontrollierte meine Atmung und versuchte, die steigende sexuelle Anspannung in mir zu verbergen. Alles an mir stieg. Mehr und mehr, je intimer ich mit ihr wurde.

Frauen waren meine Schwäche, es war schon immer so gewesen. Etwas an der sanften Berührung einer Frauenhand und dem zarten Lächeln ihrer Lippen brachte mich dazu, alles und jeden zu vergessen, meine Gedanken wegzuwischen.

Wäre ich nicht in die Berge gegangen, hätte ich mich wahrscheinlich in Frauen verloren. Ich wäre in einen Strudel von Sex und One-Night-Stands geraten, um zu versuchen, über meine verlorene Liebe hinwegzukommen. So gut kannte ich mich selbst. Ich wusste, dass ich im Leben jener Frauen nichts als Zerstörung angerichtet hätte, und das durfte ich ihnen nicht antun. Ich kannte mich gut genug, um zu begreifen, dass die Mischung aus einem gebrochenen Herzen und einem Haufen Geld bei mir zu nichts Gutem führen konnte, wenn ich mich nicht drastisch veränderte.

„Ich weiß, es tut mir leid“, antwortete Jordan behutsam.

„Wir kennen uns ja kaum, aber ich wäre fast durchgedreht. Bitte tu das nicht noch mal. Ich weiß, du willst nach Hause gehen, und ich werde mein Bestes tun, dir dabei zu helfen, aber im Moment ist es einfach zu gefährlich. Wir müssen noch ein paar Tage warten.“

„Okay“, sagte sie mit ihrem unglaublich süßen Lächeln.

„Du wirst nicht mit mir streiten?“

„Nein. Ich hatte heute auch Angst. Ich hätte sterben können. Wärst du mich nicht holen gekommen, hätte ich diesen Felsvorsprung nie mehr verlassen. Und wenn ich bei meinem Sturz nur ein bisschen schneller gewesen wäre, hätte es mich in die Tiefe gerissen. Vertrau mir Caleb, ich gehe nirgendwo hin.“

Jordan drehte sich um und saß nun vor mir auf dem Boden. Sie war auf den Knien zwischen meinen Beinen und ich konnte nur daran denken, wie heiß es jetzt wäre, wenn sie mich packen und in den Mund nehmen würde. Was waren das denn für verrückte Gedanken? Dieses Mädchen kannte mich nicht und würde gewiss keinen Sex mit mir haben wollen, nachdem ich sie nun schon so oft angeschrien hatte.

Aber mein Verlangen übernahm allmählich die Kontrolle. Ich

fühlte das Feuer in mir wachsen. Ich würde meine kochende Lust nicht mehr lange verbergen können. Irgendwie musste ich die Situation entschärfen. Die Anziehung zwischen uns war stark, ich musste bewusst versuchen, meine Atmung zu beruhigen und meinen Puls zu verlangsamen.

„Das wird das Beste sein“, brachte ich schließlich heraus.

Ich konnte einfach nicht aufhören, mir ihre Lippen vorzustellen, die sich um mich schlangen. Sie sprach, aber ich war völlig selbstvergessen und sah nur ihre fantastisch schönen, sinnlichen Lippen. Sie blickte mit ihren blauen Augen mitten in meine Seele und ich ging darin verloren. Vollkommen hoffnungslos. Ich wusste, dass ich verloren war, und ich konnte mich gar nicht mehr selbst zurück in die Wirklichkeit ziehen.

„Caleb, kannst du mir helfen oder soll ich es alleine machen?“ fragte Jordan, die vor mir stand und meine Schultern schüttelte.

Ich fiel aus den Wolken und landete wieder im Hier und Jetzt. Alles war noch etwas verschwommen und ich fühlte mich zittrig. Jedenfalls hatte ich keine Ahnung, wovon sie geredet hatte. „Sorry, ich bin wohl gerade ein bisschen weggedriftet. Ich bin immer noch ziemlich k.o. Womit brauchst du Hilfe?“

„Die Dusche, ich habe es vorher versucht, als du geschlafen hast, aber ich bin damit nicht klargekommen. Kannst du mir erklären, wie sie funktioniert, damit ich duschen kann?“

„Oh, ja klar.“ Ich sprang auf und ging mit ihr ins Bad. “Es ist ganz leicht. Du drehst diesen Hebel und hältst dann den Knopf dort für warmes Wasser. Wenn das Wasser währenddessen kalt wird, drehst du einfach an dem Hebel hier und drückst den Knopf noch einmal.“

Sie blickte ein wenig verdattert drein, also drehte ich das Wasser auf, um es ihr zu demonstrieren. Ich hatte sehr viel Arbeit in den Bau dieser innovativen Dusche gesteckt und war ziemlich stolz darauf, dass sie nun auch jemand anderes verwenden würde. Ich konnte es kaum erwarten, Jordans Meinung zu hören.

„Ähm, da drücken für heißes Wasser?“, fragte sie. „Tut mir leid. Ich glaube, du musst mir das noch mal zeigen. Aber langsam, ich bin eine Stadtbewohnerin, ich habe keine Ahnung, was hier läuft.“

„Ja, aber nur beim ersten Mal. Wenn das heiße Wasser einmal ausgeht, musst du das hier machen und dann erst wieder den Knopf drücken“, sagte ich und zeigte ihr wieder, was sie bei laufendem Wasser tun musste. „Okay, du solltest besser reinspringen, das Warmwasser reicht nur für fünf Minuten.“ Ich eilte aus dem Badezimmer und zog die Tür hinter mir zu. „Danach musst du sie neu starten, aber in den Solarzellen ist wahrscheinlich nur noch genug Energie für ein einziges Mal.“

„Aber jetzt kommt fließendes warmes Wasser“, sagte sie. „Alter Schwede, cool.“

„Ja, leg los. Du hast wahrscheinlich nur noch vier Minuten übrig“, lachte ich.

„Caleb, ich schaffe keine ganze Dusche in vier Minuten“, rief sie.

Ich konnte mich vor Lachen kaum halten, als ich hörte, wie sie sich hastig die Kleider herunterriss und in die Dusche sprang. Eine Dusche in fünf Minuten war eigentlich kein Problem, wenn man nur motiviert genug war. Und wenn sie meiner Anleitung folgte und den Hebel mitsamt dem Knopf zwischendurch betätigte, würde sie nochmal fünf Minuten bekommen, mehr als genug Zeit also.

„In der schwarzen Flasche ist Shampoo“, sagte ich durch die Tür, vor der ich wartete. „Die weiße ist Haarspülung.“

„Du hast Haarpflege?“, fragte sie lachend.

„Sonst würden diese Haare nicht so seidig glänzen.“

„Wow, auch wieder wahr. Ich hab noch nie in einem Männerhaushalt geduscht, in dem es Haarpflege gab. Das ist ja Luxus“, kicherte sie und ich hörte, wie sie die Flasche öffnete. „Wie viel Zeit hab ich noch? Das schaff ich nie.“

„Ich weiß nicht, vielleicht zwei Minuten“, antwortete ich lachend.

Ich schaute auf die Uhr und zählte die Sekunden, die Jordan noch verblieben. Die Spannung stieg und ich bereitete mich vor, sie durch den Prozess des Neustarts zu leiten, als sie zu kreischen begann.

„Oh, Grundgütiger, das ist das kälteste Wasser auf Erden! Caleb! Hilfe!"

„Dreh an dem Hebel, den ich dir gezeigt habe, dann drück nochmal auf den Knopf."

„Tu ich ja, aber es funktioniert nicht und ich hab überall Seife. Bitte, komm einfach rein und mach das für mich. Das halt ich nicht aus."

„Reinkommen?"

„Ja, mach schon", quietschte sie.

Ich tat wie befohlen und huschte ins Bad. Ich dachte nicht länger über die Tatsache nach, dass sie nackt in der Dusche stand. Sie hatte mich hereinzitiert und ich gehorchte. Ich langte in die Dusche und tat das Nötige, um das Wasser wieder warm zu bekommen. Ich behielt die Augen auf den Armaturen, aber ich konnte trotzdem ihr nacktes Spiegelbild auf dem glänzenden Metall sehen.

Jede ihrer Kurven war spektakulär geformt. Ich hielt den Atem an und zog schnell den Vorhang zu, bevor ich einen Schritt weg von der Dusche tat. Dann wartete ich hinter dem Vorhang, falls sie noch Hilfe brauchte.

„Jetzt besser?", fragte ich.

„Oh, ja." Sie zog den Vorhang auf und küsste mich direkt auf die Lippen. „Du bist ein Lebensretter. Danke."

Als mich ihre Lippen berührten, erstarrte mein gesamter Körper, als wäre ich ein zwölfjähriger Junge, der gerade von seinem ersten Schwarm geküsst worden war. Ich küsste nicht zurück. Ich konnte kaum fassen, was gerade passiert war. Ich blinzelte schockiert und versuchte, mir irgendeine schlagfertige Antwort auszudenken. Aber ich fand meine Stimme nicht. Ich war zu einem zwei Meter großen Kind geworden, das nur wie angewurzelt dastand und Jordan regungslos anstarrte.

Sie schloss den Vorhang und wusch sich die Seife von Körper und Haaren, aber ich stand weiterhin da und konnte mich nicht bewegen. Meine Augen irrten umher und ich versuchte, meine Fassung zurückzuerlangen.

Ein normaler Kerl hätte sich bestimmt etwas lockerer verhalten. Wahrscheinlich hätten die meisten einfach ihren nackten Körper gepackt und sie zurückgeküsst. Aber ich fühlte mich gerade alles andere als normal. Ich war einfach nur zu lange allein mit meinem Holz und meinem Werkzeug gewesen, ein Bergbewohner, der jeglichen Charme bei den Damen längst verloren hatte.

„Tschuldigung“, murmelte ich.

„Wofür denn?“, fragte Jordan lachend.

„Fürs Hinsehen. Äh, ich meine, weil ich nicht gegangen bin“, sagte ich und ging rückwärts. Jordan lugte durch den Vorhang. „Tschuldigung.“

Sie hatte das Shampoo aus den Haaren gespült und hatte ein breites Grinsen im Gesicht. Sie war teuflisch verführerisch, wie sie da nass und verspielt vor mir stand, nur von dem dünnen Vorhang verdeckt.

„Du hast gar nicht geschaut.“

„Ich hab...Ich meine...Nein, Ich hab nicht hingesehen, aber ich konnte dein Spiegelbild auf den Armaturen sehen. Tut mir leid“, sagte ich, ging schnell hinaus und schloss die Tür hinter mir.

Sie lachte eine Weile und ich blieb in der Nähe der Badezimmertür, um zu sehen, was sie weiter tun würde. Als ich sie erneut wegen dem kalten Wasser japsen und dann den Hahn abdrehen hörte, eilte ich zur Küche hinüber, um beschäftigt auszusehen.

Meine Hände zitterten vom Adrenalin der ganzen Situation. Wie hatte ich nur sosehr meine ganze Selbstbeherrschung bei den Frauen verlieren können? Es war doch nun wirklich nicht so schwer, ein bisschen zu flirten. Jordan wollte sich an mich ranmachen, ich aber verhielt mich wie ein Neandertaler.

Ich räumte ein paar Sachen auf der Arbeitsfläche hin und her und hielt mich mit dem Rücken zum Bad gewandt, als ich die Tür aufgehen hörte. Ich war immer noch stahlhart und wollte mich auf keinen Fall umdrehen, damit sie nicht sah, was sie mit mir gemacht hatte.

„Ich klau mir noch ein paar von deinen Klamotten“, meinte Jordan, die in der Tür stand, mit nichts weiter als dem umgewickelten Handtuch.

„Klar, bedien dich“, antwortete ich.

Ich drehte mich nur für einen Moment um und wandte mich dann wieder den Küchenschränken zu, als ich sie da in dem verdammten Handtuch sah. Sie baggerte mich an – ja, es war eindeutig, und sie wollte mich damit absichtlich quälen. Mit den triefnassen Haaren und dem Handtuch, das kaum die wichtigsten Stellen ihres Körpers abdeckte, sah sie einfach hinreißend aus.

„Ist schon gut. Ich mach dir nicht die Hölle heiß, weil du mich nackt gesehen hast“, sagte sie neckisch und schloss die Badezimmertür hinter sich. „Ich will nur nicht, dass du zu viel darüber nachdenkst und deshalb scharf wirst oder so.“

Bei ihrem Humor konnte ich nur ungläubig den Kopf schütteln. Was war es nur, was mich bei ihr so aus dem Konzept brachte? Normalerweise kriegte ich die Frauen schon rum, wenn ich nur wollte. In dieser Hinsicht hatte ich noch nie Probleme gehabt. Aber eine Frau wie Jordan hatte ich bisher noch nicht bei mir zu Hause gehabt. So war es noch nie gewesen, das war eine neue Erfahrung für mich.

Sie war lebhaft, wild, nicht ganz leicht zu handhaben. Wenn ich in der normalen Welt gelebt hätte, wäre Jordan die Art von Frau gewesen, für die ich mich interessiert hätte. Falls ich mich überhaupt für Frauen interessiert hätte, denn ich war nun wirklich schon lange Single.

„Willst du heute das Bett nehmen?“, fragte ich. „Ich will deshalb nicht streiten, ich frage nur zur Klarstellung.“

„Ja, ich möchte im Bett schlafen“, sagte sie hinter mir.

„Gut, dann nehme ich die..." Ich drehte mich um und sah, dass Jordan in der Tür meines Schlafzimmers stand und eines meiner Flanellhemden trug. Es war nur zur Hälfte zugeknöpft und zeigte deutlich die Rundungen ihrer Brüste darunter. „Wow."

„Du musst nicht auf der Couch schlafen."

„Naja. Ich glaube, es wäre schon eine gute Idee, die Couch zu nehmen. Besonders, wenn du das da im Bett trägst... Damit werd ich nicht fertig", sagte ich kichernd und drehte mich wieder um, damit sie die Beule in meiner Hose nicht sah.

Ich lachte nervös und schob Dinge auf dem Tresen hin und her, um die eiserne Erektion zu verstecken, die mein Körper produziert hatte. Ich hatte die Kontrolle verloren. Das Verlangen, das ich nach Jordan hatte, erfüllte mich so sehr, dass ich mich kaum noch halten konnte. Ihr Geruch kam näher und kurz darauf spürte ich sie dicht neben mir. Sie war nur noch wenige Zentimeter entfernt, ihre zarte Haut schrie förmlich danach, dass ich sie packte und ihren Körper mit Küssen übersäte. Wenn sie nicht aufpasste, würde ich mich über sie hermachen.

„Ich denke, das schaffst du schon", sagte sie sanft und ließ ihre Hand unter mein T-Shirt und an meinem Rücken entlanggleiten.

„Jordan", sagte ich und schluckte schwer. „Was machst du da?"

„Ich dachte nur, du könntest vielleicht auch eine Massage vertragen. Du hast mir eine gegeben, da finde ich es nur fair, den Gefallen zu erwidern."

„Ähm, Jordan..." Ich konnte kaum sprechen. Sie steckte beide Hände unter mein Oberteil und strich damit an meinem Rücken entlang, auf und ab. Ich spürte ihre Brüste, als sie sich an mich drückte und mich dann mit dem Armen umschlang. „Jordan, ich denke nicht, dass..."

„Denk nicht so viel", lachte sie.

Sie packte mich und versuchte, meinen Oberkörper herumzudrehen. Ich gab allerdings nicht nach, denn ich wollte ihr nicht zeigen, wie sehr sie mich erregte. Dass ich sie wollte, konnte ich nicht leugnen. Ich wollte jeden Zentimeter von ihr erkunden, gleich hier auf dem Küchentresen. Ich schloss die Augen und blieb standhaft, presste meinen Ständer gegen das Holz der Theke und hoffte, dass ich mich würde zusammenreißen können.

„Jordan", sagte ich wieder. „Wenn ich mich umdrehe, werde ich mich nicht kontrollieren können."

„Dann dreh dich um", hauchte sie. Diesmal ermunterte sie mich nur mit einer sanften Berührung.

Ich gehorchte ihr. Mein Körper raste vor Verlangen, als ich auf die Lippen hinabsah, mit denen sie mich vor wenigen Augenblicken geküsst hatte. Ich hielt es nicht aus, ich konnte mich nicht länger halten und packte sie, um sie mit einer raschen Hebebewegung auf dem Tresen abzusetzen.

Sie spreizte die Beine für mich und ich drückte mich dicht an sie. Ich fühlte durch meine Jeans, wie meine Härte ihre zarte Haut berührte. Sie trug nichts unter ihrem Hemd. Verdammt, sie war völlig nackt unter dem groben Stofffetzen. Wenn ich meine Hände an ihren Schenkeln entlang bis zu dem Hemd gleiten ließ, spürte ich unter meinen Fingern den Kontrast zwischen dem Stoff und ihrer Haut.

Ich drückte meine Lippen auf ihre und dieses Mal zögerte ich nicht. Ich erstarrte nicht und machte mir keine Gedanken mehr. Jordan schlang leidenschaftlich ihre Arme um mich und unsere Münder spielten miteinander. Sie öffnete ihre Lippen und ließ meine Zunge herein, die ihre kitzelte und mit ihr tanzte. Das Gefühl erfüllte meinen Körper und ich triefte vor Erregung. Ich musste mich zurückhalten, sonst würde ich schon explodieren, bevor wir überhaupt angefangen hatten.

„Bett?", fragte ich und zeigte auf mein Zimmer.

Sie nickte bejahend, aber als ich ihren Arsch packen wollte, um sie aufzuheben, hielt ich noch kurz inne. Ich hielt ihr perfekt geformtes Hinterteil in Händen und zog sie mit sanfter Kraft fester an mich.

„Mmmm, ja", stöhnte sie.

Der Klang ihrer Stimme entfachte ein Feuer in mir und ich

drückte mich noch dichter an sie. Vor Verlangen begann ich, sie mit den Hüften sanft zu stoßen. Ich spürte das körperliche Verlangen, in sie einzudringen, und wollte es mir nicht länger vorenthalten.

Lass dir Zeit.

Die Worte bahnten sich ihren Weg in meinen Kopf und ich versuchte, mich zurückzunehmen und den Moment zu genießen. Ich würde Jordan vielleicht nie wiedersehen. Ich durfte den Augenblick nicht verschwenden.

Ich küsste sie behutsam und fuhr dann an ihrem zarten Nacken hinab. Ihre Haut war rein und immer noch etwas feucht von der Dusche. Ich sog leicht an ihr und ging dann zur nächsten Stelle über, nahm mir Zeit für jeden Zentimeter von ihr und versuchte, sie so sehr zu reizen, wie ich konnte.

Necken, Flirten und Vorspiel hatten noch nie zu meinen Stärken gehört. Wenn ich sonst eine schöne Frau in einer Bar getroffen hatte, waren wir normalerweise zu mir gegangen, um gleich leidenschaftlich Liebe zu machen. Das war dann eine kurzlebige Angelegenheit, die nur so lange dauerte, bis ich meinem Verlangen nachgab. Außer bei meiner Ex, sie hatte ich geliebt und bei ihr hatte ich mir Zeit gelassen. Es war also schon lange her, seit ich das Gefühl gehabt hatte, mich anstrengen und eine Frau erkunden zu wollen.

„Bett“, stöhnte Jordan, während ich noch immer ihren Nacken und ihre Schultern küsste. „Gleich. Ich hab zu tun“, sagte ich und sah zu ihr auf.

Ihr Gesicht leuchtete vor Verlangen. Ihre Lippen standen leicht offen und sie war kurz davor, einen tiefen Lustseufzer auszustoßen. Ich konnte es kaum erwarten, diese Geräusche zu hören. Die wunderbaren Laute ihrer Befriedigung würde ich nicht so bald vergessen.

Ich knöpfte ihr Hemd auf und schob es zur Seite, um meine Lippen auf einen ihrer Nippel zu legen und ihn langsam in meinen Mund zu saugen. Ich hielt sie dabei gut fest und leckte behutsam, bis ich ihr lusterfülltes Stöhnen vernahm.

Das Geräusch ihrer Lust gab mir die Kraft zum Weitermachen

und nicht meinen animalischen Instinkten nachzugeben, um über sie herzufallen. Das leichte Stoßen meiner Hüften konnte ich allerdings nicht zurückhalten, während ich mich zu ihrer anderen Brust begab und auch sie in den Mund nahm. Unter dem Griff meiner Hände wirkte Jordan winzig. Ich legte meine Arme einmal ganz um sie herum, packte sie und zog sie an mich.

„Schlafzimmer“, sagte sie wieder, als ich schließlich den Blick hob.

„Noch nicht.“ Ich schüttelte den Kopf und bewegte mich entlang ihres Körpers nach unten, während ich ihr Hemd hochschob.

Meine Finger gruben sich in ihre Schenkel, ich spreizte ihre Beine und betrachtete das köstliche Rosa ihrer Mitte. Ich konnte meinen Hunger nicht mehr bändigen und beugte mich hinab, um mit meiner Zunge ihre Süße zu schmecken. Oh, wie süß sie war.

„Caleb“, stöhnte sie, während sie sich nach hinten lehnte.

Ihr himmlischer Geschmack füllte meinen Mund und ich konnte gar nicht genug davon kriegen. Meine Zunge forschte kurz und fand dann ihre Klitoris, um damit zu spielen. Jede meiner Berührungen brachte bei Jordan einen kleinen Seufzer hervor, wodurch ich nur noch mehr befeuert wurde. Ihr süßes Stöhnen war wie eine Droge, von der ich immer mehr wollte.

Ich bewegte meine Zunge schneller, um sie noch mehr zum Stöhnen zu bringen. Die Genugtuung in ihrer Stimme stachelte mich an. Ich konnte nicht aufhören, wollte nicht aufhören. Ich wollte nur die entzückende Erregung ihres Körpers hören, wenn sie der Berührung meiner Zunge nachgab.

„Schlafzimmer“, hauchte sie sanft und stieß dabei eine der Schüsseln von der Küchenablage.

„Eine Sekunde“, antwortete ich kurzatmig, löste mich kurz von ihrem Körper und tauchte dann wieder ein.

Meine Hände hielten noch immer ihren Hintern umklammert und drückten ihren Körper an mich. Ihr feuchter Geschmack veränderte sich, als ich spürte, wie sie mir verfiel und begann, ihre Hüften gegen mich zu pressen. Die Ekstase, auf die ich gewartet hatte, begann sich in ihr aufzustauen.

Härter und härter stieß sie ihre Hüften gegen mich. Ich hielt sie und sog fest an ihr, um sie zum Höhepunkt zu bringen. Sie packte meine Haare und hielt mich da, wo sie mich haben wollte, und die Vorfreude machte mich fast wahnsinnig.

Ich tat ihr den Gefallen und blieb genau dort. Ich sog und leckte, ihr Stöhnen wurde intensiver und bald spürte ich, wie sie ihre Beine um meinen Kopf legte und die Hüfte noch einmal fest nach oben drückte.

Ich hielt sie mit den Händen in Position und sog an ihrer Klitoris, was ihren Körper vor Lust zum Erzittern brachte. Diese Droge hatte mir in den letzten Jahren so sehr gefehlt. Das ungezügelte Verlangen einer schönen Frau wie Jordan war etwas, von dem ich vergessen hatte, wie sehr ich es brauchte, bis ich ihr genüssliches Zucken spürte.

„Schlafzimmer“, sagte sie verführerisch und sah mich an, mit den Händen hielt sie noch immer meine Haare fest. „Jetzt“, verlangte sie.

Ihr Ton war verspielt, aber überzeugend. Ich konnte nicht anders, als ihr zu gehorchen und sie zum Bett zu bringen.

Kapitel 13

Jordan

„Zu Befehl", sagte Caleb neckisch und hob mich auf.

Ich hielt ihn mit den Beinen umklammert und legte die Arme um seinen Hals, während er mein Hinterteil packte. Er hatte mich fest im Griff. Caleb war zweimal so groß wie ich und schien mein Gewicht kaum zu spüren, als er mich von der Küche ins Schlafzimmer trug.

Er setzte mich am Fuß des Bettes ab und meine Beine zitterten immer noch von dem unglaublichen Orgasmus, den ich gerade gehabt hatte. Ich wollte auf die Knie gehen und ihn in den Mund nehmen, aber ich fürchtete, dass ich dabei einfach umfallen und mich lächerlich machen würde.

Stattdessen krabbelte ich auf das sichere Bett und wartete darauf, dass er zu mir kam. Das tat er allerdings nicht. Er stand breit grinsend vor dem Bett und sah auf mich herab. Normalerweise hätte es mich extrem verlegen gemacht, wenn mich ein Mann so ansah, aber seine Augen strahlten pures Verlangen aus. Er musterte mich nicht, sondern lechzte einfach nur nach mir. Also blieb ich, wie ich war.

Ich griff nicht nach der Decke. Ich sah nicht weg. Ich genoss die Lust in seinem Blick und badete darin, denn es gab mir eine Art von Selbstvertrauen, die ich zuvor so noch nie erlebt hatte. Die Männer in meinem früheren Leben hatten mich nie so angesehen, keiner von ihnen. Es war alles so neu und aufregend, ich wollte mehr davon. Ich konnte es kaum erwarten, dass er mich wieder berührte und küsste.

„Du bist wunderschön." Er legte den Kopf schief und deutete mir mit einer Hand, mich ihm zu öffnen.

„Nein", kicherte ich und hielt die Beine geschlossen.

Aber etwas an der Art, wie er es von mir verlangte, ließ mich nicht länger widerstehen. Als er sein T-Shirt auszog und mir erneut einen Wink gab, gehorchte ich ihm. Das verschämte Lächeln, das mir sein lustvoller Blick gab, konnte ich dann doch nicht verbergen.

„Mmmm“, brummte er lange und tief. „So schön.“

Er sprach mehr zu sich selbst als zu mir, und als ich ihn wieder ansah, war er dabei, seine Hose aufzuknöpfen. Sein Teil sprang heraus, stand sofort stramm und machte mich etwas nervös. Caleb war ein großer Mann, in jeder Hinsicht. Größer, als ich es zuvor je gesehen hatte.

„Aber hallo“, sagte ich.

Seine Augen blieben auf meinen nackten Körper gerichtet, aber er schenkte mir ein kurzes Lächeln, als er bemerkte, dass ich auf sein pulsierendes Glied starrte. Ich konnte nicht anders. Er war ein beeindruckendes Exemplar von einem Mann.

„Ich will dich einfach nur verschlingen“, knurrte er und kletterte aufs Bett.

„Ich glaube, das hast du da draußen gerade getan.“

„Mmmm, du schmeckst so gut. So süß. Ich kann gar nicht genug kriegen. Ich will mehr”, sagte er, bevor er begann, meine Beine zu küssen und sich meiner Mitte zu nähern.

„Nochmal?“, feixte ich.

„Ja“, verlangte er und nahm mich wieder mit dem Mund.

Ich war noch nie ein Fan von Oralsex gewesen. Ich dachte immer, ich stünde einfach nicht so darauf, aber ich begriff schnell, dass das nichts mit meinen eigenen Vorlieben zu tun hatte, sondern nur mit meinen bisherigen Partnern. Caleb verschlang mich, als ginge es ums nackte Überleben. Er wollte mich schmecken. Er wollte mich befriedigen und dieses Verlangen löste alle Beklemmung in mir vorbehaltlos auf. Ich fühlte mich frei, meine Lust zu entfesseln. Frei, meinem Körper und seinen Gefühlen für Caleb nachzugeben.

Er machte sich gekonnt ans Werk und baute meine Lust wieder auf, aber ich wollte noch nicht nachgeben. Wenn ich gleich wieder kam, würde ich unmöglich weitermachen können. Ich war noch immer ganz zittrig von dem Vergnügen in der Küche. Nein, diesen Kampf würde ich ihn nicht gewinnen lassen. Ich wollte seine Manneskraft in mir spüren, bevor ich ein zweites Mal kam.

Als die Erregung wieder in mir hochstieg und Caleb meine Hüften packte, hielt ich still. Ich bewegte mich nicht und versuchte, der sich aufbäumenden Lust zu widerstehen, denn ich stand kurz vor dem Höhepunkt.

„Was tust du da?“, fragte er.

„Ich will noch nicht kommen. Ich will dich. Komm her.“ Ich deutete ihm, sich auf mich zu legen.

„Oh, du willst nicht kommen?”, fragte er verspielt und setzte sich auf.

„Nein.“

„Hmmm, und wenn ich das hier tue?“ Seine Finger rieben an meiner Perle auf und ab und ich schloss die Augen, als die Lust mich durchfuhr.

„Caleb, warte, Ich will dich in mir spüren.“

„Oh, dafür werden wir später noch genug Zeit haben. Ich will dich kommen sehen.“

Sein Ton war bestimmt und er sah mit diebischer Freude, wie ich mich unter seiner Berührung wand. Ich war der Explosion bereits so nahe, dass es nur noch wenige Augenblicke dauern würde, bis mein Körper es nicht länger aushielt.

Meine Beine zitterten. Ich bebte, denn Caleb spielte auf mir, als wäre ich ein Instrument und er ein geübter Virtuose. Er musste über die Jahre schon viele Frauen befriedigt haben. Caleb war ein umwerfend aussehender Mann, die Damenwelt lag ihm vermutlich zu Füßen. Aber das war mir egal. Es war mir egal, wo er seine Hände schon überall gehabt hatte, denn in jenem Moment sah ich in seinen Augen nur Verlangen für mich. Ich sah seine ungeteilte Aufmerksamkeit, die nur auf mein Vergnügen gerichtet war, und ich konnte mich nicht länger zurückhalten.

„Gott, Caleb“, stöhnte ich, gab mich seinen Fingern hin und

stand kurz vor dem Orgasmus.

Ich dachte, er würde weitermachen und meinen Kitzler reiben, aber er tauchte schnell ab und nahm meinen Körper in den Mund. Ich spürte den Stoß seiner Finger, die in mich eindrangen, und da war es schon geschehen. Ich war besiegt. Die Explosion war so heftig, dass sie mich zum Erbeben brachte, und ich schrie vor Lust auf. „Ja, scheiße ja", stöhnte ich.

Er beugte die Finger in mir und streichelte mein Verlangen, während ich in seinen Armen zitterte. Ich bekam kaum Luft, als mein Körper sich ihm ergab. Nach dem Orgasmus drehte und schüttelte sich alles in mir. Etwas Vergleichbares hatte ich noch nie gespürt.

„Caleb!" Ich packte seinen Kopf und stieß ihn von mir.

„Ja?", fragte er mit einem verschmitzten Lächeln, als er zu mir aufsah.

„Stopp, ich brauche eine Pause", brachte ich schwer atmend hervor.

„Okay", sagte er sanft lächelnd und schmiegte sich von hinten an mich.

Ich spürte die Macht seines Körpers, als er sich an mich drückte und seine Arme um mich legte. Er nahm eine der Decken und wickelte mich damit ein, dann lagen wir in perfekter Harmonie beieinander. Ich zitterte immer noch von dem Orgasmus, aber ich spürte, wie mich Erschöpfung überkam. Mein Tag war lang gewesen und die Befriedigung hatte meinem Körper den Rest gegeben. Er wollte nichts weiter als seinen wohlverdienten Schlaf.

„Tut mir leid", sagte ich schläfrig.

Seine Erektion stupste mich und ich fühlte, dass er mich ebenso sehr wollte wie ich ihn. Ich konnte nur leider kaum noch die Augen offenhalten, denn das Adrenalin verließ allmählich meinen Körper und ich spürte die Müdigkeit, die mich nach dem Höhepunkt überkam.

„Schlaf, Liebling", hauchte er und zog mich fester an sich.

Die Wärme seines Körpers und der Klang seiner Stimme waren so wohltuend, dass ich rasch einschlief. Es war sehr lange her, seit ich in den Armen eines Mannes eingeschlafen war, und ich hatte mich noch nie so behütet gefühlt.

***

„Ich bin so froh, dass du mich gefunden hast", flüsterte ich, als ich mich umdrehte, um Caleb beim Schlafen zuzusehen.

Draußen war es dunkel und wohl etwa Mitternacht, aber ich war aus meinem Schlaf erwacht. Er schlummerte friedlich neben mir und sah schon viel weniger blass aus. Das Licht aus dem Wohnzimmer strahlte uns an wie ein Bühnenscheinwerfer.

Ich rieb mich mit der Nasenspitze an seiner Wange und er zog die Arme fest um mich. „Ich bin auch froh, dass ich dich gefunden habe. Sonst wärst du zum hübschesten Eiszapfen aller Zeiten geworden."

„Tut mir leid, dass ich dich geweckt habe."

„Mir nicht."

Zwischen uns rührte sich etwas und ich konnte nicht widerstehen, mit einer Hand nach unten zu gleiten und sie um ihn zu legen. Sein Leib pulsierte bei meiner einladenden Berührung.

„Mmmm, jetzt darf ich endlich mit dir spielen", schnurrte ich.

Dieses Angebot würde er nicht ausschlagen, so viel stand fest. Die Leidenschaft zwischen uns in jener Nacht war unaufhaltsam. Ich konnte gar nicht genug von ihm bekommen und war nur froh, dass ich ein paar Stunden Schlaf gehabt hatte, um genug Energie für all die versauten Dinge zu sammeln, die ich mit Caleb noch vorhatte.

„Ich gehöre ganz dir", brummte er, während sein Teil immer fester pochte.

Ich schob ihn sanft weg und spielte weiter mit ihm. Kurz dachte ich, er würde mir die Kontrolle überlassen, aber es dauerte nicht lange, bevor er die Situation mit seinen gewaltigen Pranken wieder übernahm.

Er nahm einen Arm, um mich aufs Bett zu drücken, wo er mich einen Moment lang festhielt und anlächelte. Er schielte kurz nach unten und ich dachte schon, er würde gleich wieder mit dem Lecken anfangen.

„Nein, nein, nein“, sagte ich scheltend.

„Aber ich will dich nochmal schmecken.“

„Nichts da“ antwortete ich und schloss meine Beine.

„Was dann?“

„Ich will nach oben“, sagte ich, während er mich immer noch niederdrückte.

„Mmmm, na schön.“ Er ließ mich frei und legte sich wieder hin. Diesmal ließ er mich machen.

Ich setzte mich eine Weile auf seinen Bauch und reizte ihn mit meiner Feuchtigkeit, sein Körper stand kurz davor, in mich einzudringen. Er packte meine Hüfte und ich spürte seine Stöße, während er mich nach unten schob. So würde ich nie die Kontrolle bekommen, das ließ Caleb einfach nicht zu, aber mir sollte es recht sein.

„Du kannst es bestimmt kaum erwarten, mich auf dir zu spüren“, neckte ich ihn und hielt meine Öffnung dicht über seinem Körper.

Er nickte nur voller Lust mit dem Kopf. Er wollte so sehr in mich eindringen, aber noch hielt er sich zurück. Mit den Händen hielt er mich ganz fest und wartete darauf, dass ich den Rest tat. Er unterdrückte sein lüsternes Bedürfnis, einfach in mich zu stoßen, und ließ mich das Eindringen kontrollieren. Das gefiel mir. Die Leidenschaft übermannte mich und ich ließ mich langsam an ihm nach unten gleiten.

„Ja“, stöhnte er.

Mir verschlug es die Sprache. Er spreizte mich weiter, als ich es je zuvor erlebt hatte. Langsam bewegte ich mich hoch und runter und versuchte, mich an seinen Umfang zu gewöhnen. Hoch und runter, während ich die Augen schloss und ihn in mich aufnahm.

Caleb spürte mein Behagen, kam mir entgegen und küsste mich, wobei seine Hände von meinen Hüften zu den Brüsten wanderten. Er verweilte, um mit ihnen zu spielen und mich zu liebkosen, während ich kurz stillhielt, um mich an ihn zu gewöhnen. Das würde eine Weile dauern. Unser Liebesspiel musste langsam und beherrscht sein, damit mein Körper sich an ihn anpassen konnte. Das Ganze war allerdings schon jetzt umwerfend erotisch.

Ich triefte vor Verlangen, je mehr ich mich auf ihm räkelte. Das musste Caleb bemerkt haben, denn er begann allmählich, in perfekter Harmonie mit meinem Körper zuzustoßen

In jenem Moment überkam mich etwas und ich tat, was ich noch nie zuvor getan hatte. Ich drückte mich nach oben, sodass ich auf ihm saß, und sah auf ihn hinab, während ich meine Hüften auf seinem Ding vor und zurück schob.

Diese Art von Machtspiel – so war ich sonst eigentlich gar nicht. Aber ich fühlte mich so verführerisch, als ich dieses Lustgefühl in mir aufsteigen spürte. Caleb nickte zustimmend und beobachtete meine Hüften, bevor seine Augen wieder hinaufglitten und sich mit meinen trafen.

Er trieb mich an und ich schob ihn in mich. Ich fühlte eine machtvolle Lust in meinem Körper, die ich so noch nicht gekannt hatte. Ich hatte die totale Kontrolle, auch wenn ich wusste, dass Caleb sie jeden Moment wieder an sich reißen konnte, sobald ich auch nur eine Sekunde lang nachließ.

Seine maskuline Kraft lag direkt unter der Oberfläche verborgen und wartete nur darauf, dass ich die Macht abgab. Es war ein unglaubliches Geben und Nehmen zwischen uns. Liebemachen, besser konnte man es einfach nicht beschreiben. Überhaupt kein Vergleich mit dem Sex, den ich bisher gekannt hatte.

„Ich kann nicht mehr“, stöhnte ich mit zitternden Händen, die auf seiner Brust lagen. Lust erfüllte mich, ich war so kurz vor der Erlösung, aber ich konnte nicht loslassen. Ich hatte jeden Tropfen meiner Energie aufgebraucht und wollte gerade von ihm herunterklettern, als er meine Hüften nahm und mich auf ihm festhielt.

„Komm für mich", sagte er und stieß in mein Becken, während er mich mit den Händen hielt und meine Bewegungen unterstützte.

Ich konnte mich ihm nicht verweigern. Er nahm seine ganze Kraft und setzte sie ein, um meinem Körper genau das zu verschaffen, was ich brauchte. Ich bewegte mich auf ihm in Perfektion und mein Körper rieb sich genau richtig an ihm. Als ich nicht mehr länger aufrecht sitzen konnte, krachte ich auf seine Brust und bewegte mich mit ihm weiter, bis wir beide nach und nach der Kraft unseres Verlangens nachgaben.

„Ich nehme die Pille", sagte ich atemlos, denn plötzlich machte ich mir Sorgen, was wir tun sollten, wenn er explodierte. Den Gedanken an ein Kondom hatte ich längst über Bord geworfen, also ließ ich ihn einfach wissen, dass ich vorbereitet war.

„Okay", antwortete er leicht glucksend und wir machten beide weiter.

Ich kam von der Bewegung allmählich ins Schwitzen, aber Caleb schien von der Anstrengung überhaupt nichts zu merken. Mit den Händen packte er noch immer fest zu und drückte mich nieder, als ich etwas nachzulassen begann. Sein Körper strahlte pure Macht aus und tief in mir begann es vor Lust zu vibrieren.

Dieser Orgasmus war anders als die vorherigen. Er nahm mich völlig ein und ich wollte ihn tiefer und immer tiefer in mir spüren. Von einem animalischen Instinkt getrieben setzte ich mich nach hinten und drückte die Hände fest auf seine Brust, während ich meinem Körper freien Lauf ließ und mich an ihm rieb.

Härter und härter wurden meine Bewegungen, unterstützt von Caleb und seinen starken Armen. Bald schon begegnete er meinen Stößen mit seinen eigenen, noch festeren. Ich öffnete die Augen und sah, dass er mich beobachtete. Er wartete auf mich, hielt seine eigene Lust zurück, bis auch ich der kraftvoll aufgestauten Energie zwischen uns nachgab.

„Komm", ächzte er.

„Okay", sagte ich unter Zuckungen. „Okay, okay", stammelte ich und bewegte mich weiterhin auf ihm. Ich schloss die Augen wieder und ließ die Welle über mir zusammenbrechen. Das Gefühl war tiefer und stärker, als ich erwartet hatte, als ich noch ein letztes Mal zustieß und ein Stöhnen und Grunzen von mir gab, deren Kombination den seltsamsten Ton erzeugte, den ich je von mir gegeben hatte. Genau darauf hatte Caleb gewartet.

Seine Hände hielten mich fest und er stieß noch drei schnelle Male in mich, bevor ich seine befreiende Detonation in mir spürte. Er knurrte tief befriedigt und zog mich dann an sich, um mich zu küssen.

Seine weichen Lippen berührten meine mit solcher Leidenschaft, dass es mir den Atem raubte. Sein Kuss war liebevoll und sanft und dennoch so intensiv, dass ich beinahe geweint hätte. Wie hatte ich mein bisheriges Erwachsenenleben nur verbringen können, ohne je eine solche Leidenschaft gefühlt zu haben? Gut, ich war immer noch recht jung, aber das hier war der Stoff, aus dem die Träume sind. Diese Ebene der Lust hatte ich immer gewollt, aber bisher stets vermisst.

Es war nicht wichtig, dass wir uns wahrscheinlich nicht mehr wiedersehen würden, wenn der Schnee einmal geschmolzen war und ich vom Berg herunterkonnte. Das Wissen, dass so etwas überhaupt existierte und dass es mir zuteilwerden konnte, war alles, was ich in jenem Moment brauchte. Es gab mir die Hoffnung, nicht völlig verloren zu sein. Zum ersten Mal seit langer Zeit hatte ich das Gefühl, dass sich für mich doch noch alles zum Guten wenden würde.

Wir küssten uns eine Weile innig und dann kuschelte ich mich wieder in seine Arme. Ich war müde und erschöpft von unserer Liebesnacht, aber ich konnte nicht schlafen. Seine starke Präsenz war so wohlig, dass ich nicht umhinkam, mich zu fragen, wie wohl ein Leben mit jemandem wie Caleb aussehen würde. Plante er, für immer in den Wäldern zu bleiben? Würde er jemals in die Zivilisation zurückkehren? War es möglich, dass wir uns wiedersehen würden?

Ich hatte viele Fragen, aber ich wollte sie nicht aussprechen. Unsere Nacht war so perfekt gewesen, dass ich sie nicht kaputtmachen wollte, indem ich etwas daraus machte, das es nicht war. Wenn wir nur diesen Schneesturm gemeinsam haben sollten, dann würde mir das reichen. Es war mehr als genug. Caleb hatte mir das Geschenk gemacht, mir zu zeigen, dass die Welt noch viel Schönes für mich bereithielt. Ich musste nicht mit jemandem zusammen sein, für den ich keine Leidenschaft hatte. Ich musste mich nicht mit einer sicheren Option begnügen, nur weil ich nicht allein sein wollte.

Für viele Frauen war das wohl die leichtere Wahl, aber ich hatte meine Probleme damit gehabt, mich mit dem erwachsenen Paarungsverhalten abzufinden. Rob hatte in meinem Leben eine Lücke gefüllt, die ich überwinden musste. Ich war nicht verbittert darüber, wie die Dinge gelaufen waren, denn ich hatte endlich die Freiheit zu sehen, was es da draußen sonst noch für mich gab. Ich musste nur willens sein, die Augen zu öffnen, dann konnte ich auch jemanden wie Caleb finden.

„Ich bin am Verhungern. Haben wir heute überhaupt etwas gegessen?“, fragte er jetzt, während er mit den Händen über meinen nackten Körper strich.

„Ich schon. Du hast nur genascht”, neckte ich ihn.

„Hast du Hunger? Ich könnte Frühstück machen.”

„Wie spät ist es?“, fragte ich und sah mich in dem Raum nach einer Uhr um, aber es gab keine.

„Weiß nicht so genau, aber wahrscheinlich kurz vor Sonnenaufgang“, sagte Caleb und setzte sich auf.

„Woher weißt du das?“

Draußen war es immer noch völlig dunkel. Für mich war es nach wie vor mitten in der Nacht. Es hätte zwei Uhr oder auch fünf Uhr sein können, ich hatte nicht die geringste Ahnung.

„Die Tiere, ich höre sie aufwachen. Hörst du sie nicht?“, fragte er.

Ich horchte angestrengt. Ich schloss die Augen und spitzte die Ohren, um den Tieren zu lauschen. Leider hörte ich überhaupt nichts. Ich nahm nichts als Stille wahr. „Ich höre nichts“, gab ich schließlich zu.

„Der Schnee raschelt leise und in etwas weiterer Entfernung

kann man Vögel hören. Hör genau hin – die Vögel sind von den Jahreszeiten verwirrt und haben sich dieses Jahr gar nicht auf die Reise gemacht. Lass deinen Geist los. Schließ die Augen, du wirst sie hören.“

Ich tat, was er sagte, und je länger ich die Augen geschlossen hielt, desto mehr hörte ich. Tatsächlich hörte man die Bewegungen draußen vor der Hütte, aber ich hätte es zunächst nur für Windgeräusche gehalten, bis ich die rhythmischen Klänge von Schritten bemerkte. Ich konnte die Geräusche jedoch nicht einordnen, sodass es für mich eher wie eine Gruppe Menschen klang. Ich hörte auch die weiter entfernten Vögel, aber sie klangen anders als im Frühling, vielleicht eine spezielle Vogelart.

„Du bist schon zu lange hier oben, wenn du all das schon bemerkst, bevor überhaupt die Sonne aufgegangen ist“, sagte ich, um ihn zu ärgern.

„Das glaube ich allmählich auch. Wobei ich das vor ein paar Tagen noch nicht zugegeben hätte.“

Ich wusste, was er meinte. Seit unserer Begegnung hatte sich etwas an ihm verändert. Er verwandelte sich direkt vor meinen Augen. Der mürrische Kerl, der mich auf dem Wanderweg angeknurrt hatte, war verschwunden. Stattdessen lag ich im Bett mit einem lieben und sinnlichen Mann. Ich fragte mich, welcher wohl der echte Caleb war, oder ob es vielleicht eher eine Kombination von beiden sein würde.

„Arme Ritter, wie wärs damit?“, schlug ich vor und schmiegte mich an ihn, die Arme um seinen nackten Körper gelegt.

Er saß auf der Bettkante und ich fühlte mich winzig, wie ich so hinter ihm hockte. Meine Beine passten genau, wenn ich sie um ihn legte und ihn fest umarmte.

„Naja, vielleicht später“, sagte er und ich spürte, wie er wieder hart wurde.

„Echt, schon wieder?“

„Der Körper will, was der Körper braucht“, sagte er neckisch. Unvermittelt drehte er sich um und packte mich. Er schob mich aufs Bett und thronte über mir. Sein Körper zitterte kein bisschen, während er auf die Arme gestützt über mir schwebte, bevor er seine Hüften fallen ließ und mit seiner Härte über meine Mitte strich.

Mein Grinsen verbreiterte sich mehr als mir lieb war, aber ich konnte nicht anders. Er lächelte zu mir hinab und leckte sich über die Lippen, als er sich in mich drückte. Es war verspielt und vergnüglich, ganz anders als zuvor. Er hatte die Gangart verändert und knabberte sanft an meinem Nacken, bevor er wieder heraufkam, um mich zu küssen.

Ich passte mich seiner Verspieltheit an und legte die Beine um seine Hüfte und die Arme um seinen Hals, während wir uns im Takt bewegten. Er drückte langsam zu und sah mich mit verschmitztem Grinsen an, als ich schwerer zu atmen begann. Ich war schon wieder voll in Ekstase. Mein Körper war nach dem vielen Sex, den wir bereits hinter uns hatten, ganz sensibel, sodass ich schon nach Minuten kurz vor dem Orgasmus stand. Es überraschte mich selbst, als ich mich plötzlich um ihn verkrampfte und einen entzückten Schrei ausstieß.

„Gott, du bist zum Anbeißen“, sagte er.

Ich biss mir auf die Lippen und beobachtete, wie auch in ihm die Lust stieg, während er sich tief in mich presste. Er konzentrierte sich jetzt auf sich selbst und ich liebte es, ihm dabei zuzusehen. Mit gesenktem Kopf hielt er seinen Körper angespannt und drang völlig in mich ein, fester und fester, bis er mit einem letzten, tiefen Eintauchen zum Höhepunkt kam. Es war die Perfektion in Reinform.

Wir lächelten beide von der Befriedigung, die uns gerade zuteil geworden war, und wegen unseres kurzen morgendlichen Liebesabenteuers. Nachdem Caleb mich sanft küsste und von mir herunterrollte, konnte ich den Gedanken ans Laufen kaum ertragen. Mein Körper brauchte Ruhe, bevor ich aufstehen konnte.

„Zehn Minuten“, sagte ich sanft, während Caleb meine Hand festhielt.

„Soll ich bleiben? Ich wollte nur schnell in die Dusche springen.“

„Nein, nein, geh unter die Dusche. Ich will nur für einen

Moment meine Augen schließen. Jemand hat meinen Schlaf gestört."

„Hmmm, was für ein schlimmer Mensch. Wer macht denn sowas?", sagte er amüsiert und küsste mich noch einmal.

„Ich weiß, schrecklich", nörgelte ich zum Spaß, zog mir die Decke über und schloss die Augen. „Aber lass mich nicht den ganzen Tag verschlafen. Weck mich, wenn die Sonne aufgeht."

„Einverstanden." Caleb gab mir noch einen letzten Kuss, bevor er aus dem Zimmer ging.

In der Tür blieb er stehen und sah mich noch einmal an, das Licht aus dem Wohnzimmer erhellte ihn. Er füllte den Türrahmen beinahe zur Gänze aus. Die Muskeln auf Brust und Armen waren so gut definiert, dass er einer Statue des idealen Mannes glich.

Bestimmt war er nicht perfekt. Caleb hatte mir bereits einige seiner Makel offenbart, aber er hatte mir auch eine Seite an ihm gezeigt, zu der ich mich sehr hingezogen fühlte. Diese sanfte, liebevolle Seite sog mich förmlich ein und das gefiel mir. Es gefiel mir sogar sehr. Wo war ein Kerl wie Caleb gewesen, als ich jünger war und mich auf so eine furchtbare Beziehung eingelassen hatte?

Ich fragte mich, wie mein Leben wohl verlaufen wäre, wenn Peter und ich nicht zusammengekommen wären, als ich noch so jung war. Was, wenn ich mich in einen Kerl wie Caleb verliebt hätte anstatt in das Monster, zu dem Peter geworden war? Ich erwog die Möglichkeit, auch wenn ich natürlich wusste, dass es zu spät war, meine Vergangenheit zu ändern. Zum Glück war Peter nicht mehr Teil meines Lebens und ich hatte mich endlich von ihm lösen können. Die Begegnung mit ihm hatte mich von der Paranoia erlöst. Oder zumindest hatte ich das geglaubt, bis ich diese Vision von ihm im Schnee gehabt hatte, die mir in jenem Augenblick wieder einfiel. Wieder hatte ich dieses Gefühl von zuvor gespürt. Ich sah manchmal irgendwo hin und sah Peter. Es musste so etwas wie posttraumatischer Stress sein. Irgendeine seltsame Windung in meinem Hirn, nichts weiter.

Jetzt war es aber eigentlich auch egal. Nachdem ich bei Caleb gelegen hatte, konnte ich endlich nach vorne blicken. Ich sah die Möglichkeiten für meine Zukunft und ich konnte es kaum erwarten, in ein neues Leben zu starten.

„Du solltest besser unter die Dusche, bevor ich wieder über dich herfalle", neckte ich, während er mich immer noch von der Tür aus ansah.

„Ich könnte mir Schlimmeres vorstellen", lachte er und machte sich auf den Weg ins Bad.

Es war eine leere Drohung, nie im Leben hätte ich die Energie für eine weitere Runde aufgebracht. Ich wickelte mich fest in die Decke ein und schloss die Augen, woraufhin mein Körper sogleich der Müdigkeit nachgab. Es war eine lange Nacht und der Morgen war noch am Horizont, ich wollte also noch etwas schlafen.

Kapitel 14

Caleb

Sie hatte mich verzaubert. Sogar während meiner eiligen Fünf-Minuten-Dusche konnte ich nur an sie denken. Jordan hatte mich um den kleinen Finger gewickelt und sie wusste es nicht einmal. Gerade noch hatte ich alle Menschen auf Erden meiden wollen und jetzt wollte ich so viel Zeit wie möglich mit dieser einen Person verbringen.

Es war verrückt, geradezu lächerlich. Ich wusste kaum etwas über Jordan und sie wusste kaum etwas über mich. Wir waren nur der physischen Anziehung gefolgt, der unsere Körper unterlagen. Mir war das nur recht. Zumindest fürs Erste, aber vielleicht wollte ich doch auch mehr über sie erfahren? Vielleicht würde ich mich dafür sogar ein bisschen anstrengen.

Als ich nach draußen blickte, konnte ich schon wieder Schneeflocken vom Himmel fallen sehen, der sich allmählich erhellte, denn die Sonne begann aufzugehen. Es war meine liebste Tageszeit – der Sonnenaufgang brachte ein Versprechen für den neuen Tag. Mit dem Sonnenaufgang kamen stets neue Pläne und Ideen, um das Beste aus jedem Moment zu machen.

„Es schneit wieder", rief ich hinaus, als ich das Wasser abgestellt und mir ein Handtuch geschnappt hatte, um mich einzuwickeln.

Jordan gab mir allerdings keine Antwort. Ich vermutete, dass sie wohl wieder eingeschlafen sein musste, und tatsächlich fand ich sie tief schlummernd im Bett vor, als ich zurück ins Schlafzimmer kam. Ihre Arme waren weit gespreizt und ihr Kopf lag schräg in einer unangenehm aussehenden Position.

Leider ging uns der Strom aus, sodass ich aufs Dach musste, um den Schnee abzuräumen, bevor es noch mehr eingeschneit wurde. Schon ein paar Stunden Tageslicht würden uns genug Energie bis zum nächsten Abend liefern und mit ein wenig Glück konnte ich das Dach soweit freischaufeln, dass der Rest des Schnees einfach abglitt. Je nach Temperatur musste ich manchmal gar nichts tun, der Schnee wurde dann einfach feucht und rutschte von selbst ab.

Es gab eine Menge Dinge in der Hütte, die ich erledigen musste, nachdem ich sie einen ganzen Tag lang ignoriert hatte. Durch Jordans Anwesenheit hatte ich in den letzten zwei Tagen völlig meine übliche Routine schleifen lassen.

Meine Wunde war gut verbunden und ich konnte problemlos in meine Handschuhe schlüpfen. Ich zog meine übrigen Winterklamotten an und machte mich dann daran, draußen einen Pfad zum Schuppen freizuschaufeln. Als ich dort ankam, war die Tür seltsamerweise verklemmt. Selbst als ich mich voll dagegenstemmte, konnte ich sie nicht zum Nachgeben bringen. Ich dachte, dass sie vielleicht festsaß, weil Schnee geschmolzen und dann wieder festgefroren war, und so holte ich mir ein paar Werkzeuge, um das Problem zu lösen.

Es machte mich richtig sauer, dass die Schuppentür klemmte. Ich hatte das Ding selbst gebaut und konnte mir nicht erklären, wieso ich sie nicht aufkriegte. Diese Art von Rückschlag erinnerte mich an die totale Frustration, die ich zu Beginn des Baus der Hütte so oft erlebt hatte.

Mit einem großen Schlitzschraubenzieher bewaffnet machte ich mich auf den Rückweg. Währenddessen nahm ich mir Zeit, um den Pfad zu verbreitern und noch mehr Schnee zur Seite zu schaufeln. Nachdem ich mit dem Schraubenzieher ein paarmal am Türfutter entlanggekratzt hatte, drückte ich fest gegen die Tür und sie ließ sich mit Leichtigkeit öffnen. Aber im Schuppen kam mir irgendetwas seltsam vor. Ich kam nicht dahinter, was es war, aber es schien mir, als seien ein paar Dinge nicht an ihrem vorbestimmten Platz. Es war ein komisches Gefühl, aber ich schüttelte es ab und schnappte mir die Leiter und einen großen ausziehbaren Besen, den ich für das Dach brauchte.

Nachdem ich mit der Räumung des Schuppendaches fertig war, lehnte ich die Leiter am Haupthaus an und machte mich auch dort an die Arbeit. Der Schnee glitt problemlos herab, es brauchte nur einen leichten Ruck. Das einzige Problem war nur, dass es verdammt viel Schnee war.

„Caleb!“

Die Sonne stand schon längst am Himmel, als ich Jordan von der Eingangstür aus nach mir rufen hörte. Ich war auf der Hinterseite des Hauses zugange, antwortete aber gleich, damit sie sich keine Sorgen machte. „Ich räume nur den Schnee vom Dach. Bleib drinnen.“

„Okay.“

Sie kam ans rückseitige Fenster und sah mir vom Schlafzimmer aus zu, während ich das Dach weiter vom Schnee säuberte. Zum Glück blieb der neu gefallene Schnee zunächst noch nicht am Dach haften, und so hoffte ich, dass uns genug Tageslicht bleiben würde, um uns für die nächste Zeit mit Strom zu versorgen.

„Ich komm jetzt rein“, sagte ich laut, während sie mir immer noch zuschaute.

„Was? Du kommst? Gleich da auf der Leiter?”, rief sie laut lachend zurück.

Ich schüttelte nur schmunzelnd den Kopf, kletterte hinunter und ging zur Haustür. Ich wollte noch die Wasserrohre außen überprüfen, um sicherzustellen, dass sie nicht gefroren waren. Außerdem musste ich den Kriechgang zum Keller freischaufeln, wo ich einen Teil der Konserven aufbewahrte, aber das konnte warten. Fürs Erste wollte ich wieder hinein zu Jordan.

„Hast du gut geschlafen?“

„Ja, aber ich würde gern duschen und ich brauche dich bei mir, um das Wasser heiß zu machen.“

„Ich mach dich schon heiß!“, scherzte ich.

„Ja, allerdings.“

Wir lachten über unsere Flirtversuche. Es machte Spaß, sie hier zu haben. Ihre Unbeschwertheit machte mich unglaublich fröhlich. So glücklich hatte ich mich schon seit Ewigkeiten nicht gefühlt.

„Du musst das Handtuch von gestern nochmal verwenden. Ich hab nur zwei.“

„Ich dachte, du würdest mich einfach trockenlecken.“

„Wow.“ Ich hielt beim Schuhe ausziehen inne, als ich ihre Worte registrierte. „Das war scharf.“

„War nicht ernst gemeint. Ich will nicht voller Speichel sein, nachdem ich frisch geduscht bin.“ Sie grinste breit und stakste ins Badezimmer. „Aber bleib in der Nähe, vielleicht darfst du mich wieder nackt sehen, wenn ich dich wegen dem Wasser brauche.“

„Alles klar.“

Sie hatte mich tatsächlich verzaubert – anders konnte man das Gefühl nicht beschreiben, dass Jordan mir gab. Ihr verspieltes Lächeln, als sie die Badezimmertür zuzog, wirkte in mir nach. Ich stand da mit einem dümmlichen Grinsen im Gesicht, es war irgendwie geradezu komisch, wie hingerissen ich von ihr war.

„Den Hebel drehen und dann den Knopf drücken, richtig?“

„Ja, soll ich dir helfen?“, offerierte ich und hatte bereits die Hand auf dem Türknauf. Oh, wie sehr ich reingehen und ihr helfen wollte!

„Nein, jetzt hab ichs kapiert. Glaube ich.“

Widerwillig blieb ich vor der Tür stehen. Da glaubte ich plötzlich, draußen ein Tier zu sehen. Es war allerdings so rasch am Fenster vorbeigehuscht, dass ich nicht erkennen konnte, was es war. Ich eilte hinters Haus, um das Ding davonlaufen zu sehen. Es war immer gut zu wissen, welche Tiere sich auf mein Grundstück verirrten. Sie rannten zwar immer weg, wenn ich draußen war, aber ich wollte dennoch nicht von etwas überrascht werden, das spätnachts noch irgendwo lauerte, wenn ich hinaus zum Holzholen musste.

Wir verheizten ziemlich viel Brennmaterial, aber ich hatte immer noch haufenweise davon übrig. Es lag noch etwas auf der Veranda und vor dem Schuppen hatte ich einen riesigen Stapel. Es würde wohl für den Rest dieser Kälteperiode reichen, und sollte ich wirklich noch mehr brauchen, würde ich einen weiteren Baum fällen.

„Ich gehe das Essen machen, das ich dir versprochen habe“, sagte ich, als Jordan das Wasser abdrehte, ohne meine Hilfe benötigt zu haben.

„Du hast noch nicht gegessen?“

„Nein, ich war mit den Pflichten am Haus beschäftigt.“

„Pflichten“, lachte sie.

„Naja du weißt schon, was ich eben so alles zu erledigen habe.“

„Ich weiß schon“, sagte sie und öffnete die Badezimmertür. „Es klingt nur seltsam, dass du dazu Pflichten sagst. Aber ich hab schon verstanden. Und jetzt müssen wir über etwas Ernsteres reden“, sagte sie mit strenger Miene.

„Was?“

„Was soll ich anziehen? Ich glaube, in meinem Rucksack sind noch ein paar Sachen. Würdest du mir den bringen? Hoffentlich hab ich nicht alles im Zelt gelassen. Apropos, glaubst du, dass ich das Ding jemals zurückholen kann? Das hat ganz schön viel Geld gekostet. Ich weiß schon, dass das nicht wichtig ist und ich kann es auch verschmerzen, schließlich hast du mir das Leben gerettet –“ Sie redete so viel, dass ich ihr kaum folgen konnte, während ich ihren Rucksack holte, der neben der Tür stand.

„Ich hole es für dich, sobald ich kann. Mach dir deshalb keine Gedanken. Wir können unsere Kontaktinformationen austauschen und dann bring ich dir das Zeug irgendwo an die Straße.“

„Das klingt nach einem fantastischen Plan“, meinte sie.

Jordan nahm ihren Rucksack entgegen und wir sahen uns einen Moment lang an. Nur ein hauchdünner Fetzen Stoff lag zwischen mir und ihrem appetitlichen Körper. Ich hätte einfach einen Schritt auf sie zu machen können und ich war mir sicher, dass sie das Handtuch hätte fallen lassen. Aber ich ließ es bleiben. Ich wollte mich lieber mit Jordan hinsetzen und quatschen.

„Zieh dir was an, dann können wir ein bisschen plaudern, während ich das Essen mache, wie klingt das?“

„Perfekt."

Das war es wirklich. Sie zog sich etwas Frisches an und setzte sich an den Tisch, zog ein Knie an die Brust und sah mir beim Kochen zu. Sie lächelte und sah mich an, als wäre ich der König der Welt. Ich konnte nicht anders, als zurückzulächeln, wann immer unsere Augen sich trafen. Sie war einfach sowas von niedlich.

„Dann erzähl mir doch mal, wie es dazu gekommen ist, dass du am Valentinstag allein in die Berge gegangen bist", wagte ich schließlich zu fragen.

„Oh, wir fangen gleich mit den schweren Themen an?", fragte sie, um mich auf den Arm zu nehmen.

„Du musst mir nichts erzählen, wenn du nicht möchtest. Ich hab mich nur gewundert. Bitte fühl dich nicht angegriffen, ich meine es echt nicht böse, ich kann mir nur nicht vorstellen, wieso ein Mädchen wie du Single ist. Irgendein Typ muss da echt Scheiße gebaut haben."

„Sowas in der Art."

„Idiot, was für ein Idiot", sagte ich und grinste blöd.

„Genau genommen hab ich mit ihm Schluss gemacht. Wir waren Arbeitskollegen, aber eigentlich hat es zwischen uns überhaupt nicht gefunkt. Das hier, dieses Knistern zwischen uns nach nur ein paar Tagen, das ist zehnmal so viel als ich mit ihm nach Monaten hatte. Es war ganz bestimmt die richtige Entscheidung."

„Ja, trotzdem ist er ein Idiot."

„Wie ist das bei dir? Jemand hat dir das Herz gebrochen, stimmts? Deshalb versteckst du dich hier oben in den Bergen."

„Aha, dieses Ehrlichkeitsding ist also keine Einbahnstraße. Na schön, ich mach mit. Ja, ihr Name war Kristen."

„Idiotin, was für eine Idiotin", warf Jordan gleich ein, bevor ich weiter über meine Ex reden konnte.

„Also dann bist du einfach alleine wandern gegangen?", fragte ich, um sie von dem Gespräch über mich abzulenken.

„Ich weiß“, sagte sie und verdrehte die Augen. „Es war eine bescheuerte Idee, Ich habe keine Ahnung und ich hätte eindeutig nicht ohne fremde Hilfe zelten gehen dürfen.“

„Ich finde das eigentlich ganz mutig von dir“, meinte ich achselzuckend. „Ein bisschen unbesonnen vielleicht, aber ziemlich verwegen, dass du um diese Jahreszeit rauf in die Berge gegangen bist.“

„Ich habe so ziemlich ständig einen Freund gehabt, seitdem ich ein Teenager war. Es gab nur eine kurze Phase dazwischen, aber ich habe mich gleich nach einer gewalttätigen Jugendbeziehung in diese Sache mit dem Arbeitskollegen gestürzt. Ich wollte einfach mal ein bisschen frei sein, dafür schienen mir die Berge der richtige Ort zu sein.“

Sie vertraute mir ein paar sehr intime Details ihres Lebens an, wovon ich mich geehrt fühlte. Was sie durchgemacht hatte, musste sie stark und widerstandsfähig gemacht haben, aber ich wollte keine Einzelheiten fordern. Ich konnte mir nicht vorstellen, weshalb jemand Jordan schlecht behandeln sollte. Sie war so großartig, und je mehr ich darüber nachdachte, desto wütender machte es mich.

„Wie gut bist du im Pokern?“

„Na das ist doch mal ein Themenwechsel“, lachte sie.

„Ich weiß, ganz schön geschmeidig, was?“

„Nicht wirklich.“

Für einen peinlichen Augenblick schwiegen wir, während ich unser Frühstück machte und sie am Tisch saß, von wo aus sie mich weiter beobachtete. Es war etwas unangenehm, sich ein Gesprächsthema überlegen zu müssen. Darüber hatte ich mir keine Gedanken gemacht, bevor wir miteinander geschlafen hatten.

„Ähm, also zurück zum Pokern... Kannst du spielen?“

„Das war eine ernstgemeinte Frage? Ich dachte, das war ein Witz. Ja, ich kann spielen. Aber ich spiele kein Strip Poker mit dir.

Ich brauche mal eine Pause von dir“, sagte sie und lächelte mich verschmitzt an, womit sie die Peinlichkeit der Situation einfach wegwischte.

„Na schön, dann spielen wir dieses Mal eben mit Klamotten.“

Sie war so verflucht süß, wie sie so an meinem Tisch saß, dass ich glatt das Wasser zum Überkochen brachte. Jordan war eindeutig eine Ablenkung für mich, aber eine von der guten Sorte.

Ich machte Kaffee und arme Ritter und als ich fertig war, setzte ich mich neben sie zum Essen. Dieses Mal gab es keine Stille, denn wir lachten und scherzten fortwährend darüber, dass wir gemeinsam in den Bergen festsaßen. Wir waren ein ungleiches Paar, aber ich genoss es, mit ihr auszukommen, und ich hoffte insgeheim, dass der Schnee nicht so bald aufhören würde, damit ich sie besser kennenlernen konnte.

„Was, wenn es noch eine Woche weiterschneit?“, fragte sie mit großen Augen. „Du wirst deine ganzen Pflichten vernachlässigen, weil ich dich dauernd ablenke.“

„Ich werde mich einfach darum kümmern, nachdem du von den ganzen Orgasmen ohnmächtig geworden bist.“

„Touché, ein guter Plan.“

„Deine Freunde und Familie werden sich allerdings Sorgen machen. Tut mir leid, dass ich nichts habe, womit du sie erreichen kannst. Ich hatte mir überlegt, ein Funkgerät für den Notfall zu beschaffen, aber ich hab mich nie darum gekümmert. Ich hatte nicht daran gedacht, bei Schneefall hier weg zu müssen. Ich selbst würde einfach hierbleiben und die Sache aussitzen.“

Bei dem Gedanken an ihre Leute sah Jordan traurig aus. Es tat mir sofort leid, dass ich es erwähnt hatte. „Meine Eltern haben nicht einmal etwas davon gewusst, dass ich hier hochwollte. Nur meine Freundin Emma weiß Bescheid. Ich wette, sie ist ganz außer sich vor Sorge. Sie hat wahrscheinlich längst die Polizei und meine Eltern verständigt. Gott, sie müssen sich solche Sorgen machen.“

„Tut mir echt leid. Aber du bist in Sicherheit. Sie werden Angst um dich haben, aber du wirst früher oder später wohlbehalten zurückkehren und alles wird gut werden.“

„Es ist nur schrecklich, ihnen das anzutun. Mein armer Vater hat ohnehin schon ein schwaches Herz und meine Mom hat ihre Angstneurosen. Diese Sache ist bestimmt furchtbar für sie."

„Ich verspreche, dass ich dich persönlich hinunterbringe, sobald es irgendwie geht. Mein Pickup hat Allrad, die Straße muss also nicht ganz schneefrei sein. Sobald sich die Lage beruhigt hat, bring ich dich hier raus. Wenn es sein muss, bring ich dich zu Fuß runter, falls es gar nicht anders geht."

„Lieber nicht, gehen klingt nach keiner guten Idee. Jedenfalls nicht nach der Geschichte mit der Klippe. Ich hatte solche Angst. Im einen Moment stand ich einfach nur da und im nächsten rutschte ich völlig hilflos den Berg hinunter und wusste nicht, wie mir geschah."

Sie hatte recht, zu Fuß gehen konnten wir vergessen. Mein Wagen würde sich durch den Schnee wühlen können, wenn wir nur einen guten Tag hatten. Wir konnten im Morgengrauen starten und uns Zeit lassen. Es war immer noch ein riskantes Unterfangen, aber anhand des bisherigen Wetters vermutete ich, dass wir bald einen sonnigen, warmen Tag bekommen würden, der uns die nötige Schneeschmelze verschaffen sollte.

„Wie wärs, wenn du nach dem Essen mit rausgehst und mir ein bisschen bei der Arbeit im Schuppen hilfst? Ich habe einiges an Material da draußen, außerdem könnten wir den Wetterfunk in Gang bringen, damit wir uns informieren können. Er stimmt nicht immer so genau für die Berge, aber es ist der staatliche Wetterdienst, also wüssten wir dann wenigstens über die allgemeinen Sturmwarnungen Bescheid."

„Lass mich mal in meinem Terminplan nachsehen", sagte Jordan grinsend und tat so, als würde sie einen imaginären Kalender durchblättern. „Ich hab den ganzen Tag frei. Ich bin voll für dich da."

„Nur für mich?", fragte ich verschmitzt. „Klingt nach Spaß."

„Du weißt schon, wie es gemeint war. Lass nicht immer gleich alles so schmutzig klingen."

„Du bist es doch, die nur für mich da sein will", meinte ich. „Du schmeißt dich ja geradezu an mich ran. Ich meine, ich bin schon gutaussehend, aber du könntest dich auch mal ein wenig zusammennehmen."

„Du machst mich fertig", lachte sie. „Kann ich dich was fragen?"

„Natürlich."

Jordan stand auf, ging zu meinem Bücherregal und holte ein Foto hervor. Ich kannte das Bild gut und war mir auch ziemlich sicher, dass ich ihre Frage bereits kannte.

„Bist du das mit Ken Griffey Junior?", fragte sie und hielt mir das Foto vor die Nase. „Die Haare, kein Bart, wow, du warst ein hübscher Kerl."

„Ich sehe immer noch so aus", lachte ich. „Wenn ich den Bart abrasieren und die Haare schneiden würde, versteht sich."

„Ich glaub dir kein Wort!", rief sie aus und begann, mein Gesicht zu mustern. Sie stellte sich direkt vor mich und verglich mich mit dem Bild, während sie mit meinem Bart spielte. Sie hielt mir die Haare zurück und setzte ihre Untersuchung fort, wobei sie mich mit den Fingern kitzelte.

„Das Bild ist vielleicht zwei Jahre alt."

„Hast du den Bart seitdem wachsen lassen? Er ist ganz schön lang."

„Ja."

„Wann schneidest du ihn ab?"

„Keine Ahnung", sagte ich, strich mir durch den Bart und beobachtete ihren belustigten Gesichtsausdruck.

„Ich hab nie wirklich darüber nachgedacht. Ich war eigentlich nur zu faul, nachdem ich ohnehin immer hier oben bin."

„Ich könnte dir die Haare schneiden", bot sie an. „Wenn du möchtest, ich will dir nichts vorschreiben. Entschuldigung, das kommt alles ganz verkehrt rüber. Ich will damit nur sagen, falls du deine Haare lieber geschnitten hättest, ich kann Haareschneiden. Zumindest ein bisschen."

Ich hatte eine gute Haarschneidemaschine gekauft, um mir den Bart zu stutzen und mir vielleicht auch die Haare zu schneiden, ich hatte mir bisher nur noch nicht die Mühe gemacht, es auszuprobieren. Bevor ich Jordan begegnet war, hatte es keinerlei Grund gegeben, mir über meine Haare Gedanken zu machen.

„Kannst du schon machen."

„Wirklich?"

„Klar." Ich lachte, als ich sah, wie sehr sie sich freute. „Ich meine, draußen wird mir dann das Gesicht einfrieren, aber ich denke, ein Haarschnitt könnte mir nicht schaden. Mein Bruder wird ausflippen, wenn er mich das nächste Mal sieht. Er nervt mich immer wegen meiner wilden Erscheinung."

Jordan verschwendete keine Sekunde. Ich gab ihr den Trimmer, sie riss die Verpackung auf und richtete alles her. Sie zog den Küchenhocker an eine Steckdose und schnappte sich einen Kamm aus dem Badezimmer. Sie legte mir eines der Handtücher um die Schultern und beschloss dann, dass es am besten wäre, wenn ich mein T-Shirt auszog, bevor sie mich wieder mit dem Tuch bedeckte.

„Okay, ich werde sie auf den Seiten kurz schneiden und oben etwas länger lassen. Den Bart stutze ich auf knapp einen Zentimeter, ist das in Ordnung für dich?"

„Klingt nicht schlecht."

Mir war es wirklich gleich, aber ich konnte deutlich sehen, dass Jordan ganz aufgeregt war und darüber freute ich mich. Sie nahm nicht wahr, dass ich sie ständig anstarrte, während sie sich an meinen Haaren zu schaffen machte. Wann immer sie vor mir vorbeiging, waren ihre Brüste nur eine Handbreit von meinen Lippen entfernt, sodass ich mich schwer zusammenreißen musste, um nicht nach ihnen zu greifen und daran zu knabbern.

Die neue Maschine funktionierte prächtig und sie bearbeitete zunächst meinen unteren Nacken, etwa den halben Weg hinauf bis zum Kopf. Sie konzentrierte sich sehr, holte sogar eine Spange, um mein restliches Haar zu bändigen und die Sicht freizuhalten, während sie arbeitete.

Was sie tat war ein intimer und fürsorglicher Akt. Ich fühlte mich ihr so verbunden, dass ich sie meine Haare schneiden ließ, und sie konzentrierte sich so sehr, dass es offensichtlich war, dass es ihr ebenso ging und dass sie ihre Sache unbedingt gut machen wollte.

„Okay, für oben verwende ich jetzt die Schere. Oder vielleicht sollte ich es doch besser mit dem Langhaarschneider machen?"

„Ist mir eigentlich egal."

„Ähm, okay", sagte sie stirnrunzelnd und betrachtete unentschlossen meinen Kopf.

Es war lustig, wie ernst sie das Ganze zu nehmen schien. Wenn ich meine eigenen Haare geschnitten hätte, hätte ich einfach alles in der gleichen Länge abrasiert und hätte es gut sein lassen.

„Ich nehm den Trimmer, ich glaube, das sieht am Ende besser aus. Dann lasse ich den kurzen und den langen Bereich ineinander übergehen."

Sie stand vor mir und studierte mit ungebrochener Konzentration meine Haare. Es war einfach nur hinreißend und ich hielt es keinen Moment länger aus. Ich wollte sie packen und an mich ziehen, aber sie wehrte sich.

„Was?", fragte ich.

„Ich will dir die Haare schneiden. Keine Ablenkungen jetzt."

Sie sagte es so streng, dass mir nichts anderes übrigblieb, als ihr zu gehorchen und die Hände von ihrem Hintern zu nehmen. Jordan sah mir nicht einmal in die Augen, während sie den längsten Abstandhalter auf den Rasierapparat steckte und mit der Maschine meinen Kopf zu bearbeiten begann. Ihre Augen waren auf ihre Arbeit fixiert und ich lächelte, während ich ihr zusah.

„Jetzt?", fragte ich, als sie den Rasierer zur Seite legte.

„Nein, Ich wechsle nur die Klingen. Reiß dich zusammen, mein Lieber."

Sie machte mit einer anderen Länge weiter und schwirrte um

mich herum, um alles ineinander verfließen zu lassen. Sie ließ sich so viel Zeit, dass ich bald schon vermutete, dass sie es absichtlich tat.

„Jetzt?“, fragte ich wieder.

„Nein, ich muss noch deinen Bart machen. Außerdem hast du gesagt, dass wir draußen auch noch Dinge zu erledigen haben. Das sollten wir bestimmt tun, bevor zu viel Schnee liegt, meinst du nicht?“

„Nö, ich will viel lieber etwas anderes tun“, sagte ich und packte ihren Arsch, um sie an mich zu ziehen.

Sie hatte immer noch den Rasierer in der Hand und widmete sich meinem Bart, ohne mich zu beachten. Ich hielt sie noch für einen Moment fest und ließ dann unwillig los, als ich die Entschlossenheit in ihren Augen sah. Sie würde nicht ruhen, bevor sie mit meiner Generalüberholung fertig war.

„Ich bin fast soweit. Halt still“, sagte sie und schob mein Kinn nach oben, damit sie besser am Hals arbeiten konnte.

„Du siehst so seriös aus. Wie oft schneidest du denn Haare?“

„Nie.“

„Was?“, fragte ich, während sie mit dem Rasierer an meinem Hals zugange war. „Du hast doch gesagt, du kennst dich aus.“

„Ich habe mir einen Haufen Videos angesehen.“

„Oh nein“, stöhnte ich und schloss die Augen in der Hoffnung, dass sie mich nicht völlig verunstaltet hatte.

„Schon gut. Ich bin nicht wirklich pingelig.“, sagte ich, mehr um mich selbst zu beruhigen.

„Es sieht fantastisch aus, wenn ich das mal so sagen darf“, meinte Jordan und küsste mich.

Ich spürte gleich einen Unterschied, jetzt wo der Bart aus dem Weg war. Ich konnte den vollen Umfang ihrer Lippen auf meinen fühlen. Mein nächster Gedanke galt ihren anderen Lippen, und wie die sich nun wohl anfühlen würden, wenn ich sie zwischen den

Beinen küsste.

„Gefällt mir.“

„Du hast es doch noch nicht einmal gesehen“, protestierte sie.

„Ich mag, wie es sich anfühlt. Wir sollten das testen.“

„Nein, nein, nein, wir müssen arbeiten, weißt du noch? Außerdem musst du es dir im Spiegel ansehen und mir sagen, was du wirklich davon hältst.“

Ich tat ihr den Gefallen und ging ins Bad, um mir ihr Werk anzusehen. Es war tatsächlich fantastisch geworden. Meine Haare sahen fast genauso aus wie auf dem Bild, nur oben war es ein bisschen kürzer. Der Bart sah auch ganz schön gut aus, mit der kürzeren Länge und dem neuen Haarschnitt wirkte ich richtig kultiviert.

„Sehr gute Arbeit. Ich glaube, ich lasse dich ab jetzt immer meine Haare schneiden“, sagte ich augenzwinkernd.

„Wenn du eine Rasierklinge hast, kann ich die Kanten etwas sauberer machen, dann sieht es noch besser aus.“

„Vielleicht später, zuerst will ich noch etwas ausprobieren.“

Ich schnappte sie und hob sie hoch, was ihr ein kleines Kreischen entlockte. Die Pflichten würden wohl noch warten müssen. Ich hielt es nicht länger aus, ich wollte meinen neuen verkürzten Bart ausprobieren.

„Caleb, wir haben zu tun.“

„Später, jetzt gerade müssen wir zwei es tun.“

„Wenn wir das machen, werde ich dir später keine große Hilfe sein“, warnte sie.

„Ist mir egal. Dann mach ich eben alles alleine. Ich muss dich nochmal schmecken. Es kann nicht warten. Unmöglich.”

Sie zog mich zu sich hinunter und küsste mich stürmisch. An der Energie des Kusses merkte ich, dass auch sie mein neues Ich auf ihrem Körper spüren wollte. Ich bekam einfach nicht genug von Jordan. Es wäre mir egal gewesen, wenn wir hier für einen vollen Monat eingesperrt gewesen wären, ich wollte jeden einzelnen Moment davon auskosten.

Kapitel 15

Jordan

Er fühlte sich tatsächlich anders an auf meiner Haut. Ich hatte erwartet, dass er weicher sein würde, aber der kürzere Bart war tatsächlich etwas stachelig auf meiner empfindlichen Mitte. Vielleicht würde ich auch alles abrasieren müssen, um ihn richtig spüren zu können.

Wir machten bis in den Abend hinein Liebe. Als wir endlich fertig waren, war es bereits so spät geworden, dass keine Zeit mehr für all die Pflichten übrigblieb. Stattdessen hingen wir auf der Couch ab, jeder mit einem Buch und aneinander gekuschelt.

„So verbringst du also normalerweise deine Abende?", fragte ich.

„Ja, sonst arbeite ich am Tag eigentlich immer so viel, dass ich am Abend reif fürs Bett bin. Aber ich lese gerne, es bringt meine Gedanken zur Ruhe vor dem Schlafen."

„Fällt dir das sonst schwer?"

„Ja."

„Wieso bist du hier hochgekommen? Es kann dabei doch nicht nur um ein Mädchen gehen. Was hast du sonst noch auf dem Herzen?"

Es war eine schwierige Frage von jemandem, den man erst seit so kurzer Zeit kannte, aber unser Verhältnis war ja auch alles andere als normal. Wir waren in dieser intimen Situation gefangen und ich dachte, er würde mir vielleicht antworten wollen, besonders nachdem wir auch über meine Vergangenheit schon so offen geredet hatten.

„Damals hat sich bei mir eine Menge getan. Ich hatte mehr als genug Geld und verbrachte mein Leben damit, mein Selbstwertgefühl durch meinen Job auszudrücken. Ich musste den

Kopf freikriegen, zumindest war das am Anfang der Hauptgrund, hierherzukommen. Später hat sich das geändert."

„Wie?"

„Ich finde, das reicht für heute. Lass uns zu Ende lesen", sagte er und verschloss sich wieder.

Ich respektierte seine Grenzen und vertiefte mich wieder in mein Buch. Caleb zu verstehen würde schwerer werden, als ich gedacht hatte. Ich wusste allerdings auch gar nicht so genau, wieso mich das sosehr interessierte. Ich würde nur noch ein paar Tage hier sein und dann würde ich mein Leben in der Stadt weiterleben, während er sich weiterhin in den Bergen vor der Welt versteckte. Was auch immer da zwischen uns vorging, es würde nie etwas daraus werden. Selbst wenn wir uns irgendwie noch ein- oder zweimal treffen würden, eine Beziehung würde sich bestimmt nicht führen lassen, solange einer von beiden sich so zurückzog.

Wir schliefen beide mit unseren Büchern auf der Couch ein. Das Leben in einer Berghütte stellte sich als ziemlich anstrengend heraus. Ich hatte bereits ein paar Stunden geschlafen, als ich frierend aufwachte und bemerkte, dass das Feuer fast heruntergebrannt war. Nachdem ich die letzten Scheite im Haus nachgelegt hatte, wollte ich hinausgehen und Nachschub holen.

Obwohl es draußen Nacht war, erhellte das Mondlicht die gesamte Umgebung. Ich konnte den Weg zwischen Haus und Schuppen deutlich erkennen und machte mich daran, erneut einen Pfad freizuschaufeln, um Holz auf die Veranda bringen zu können. Auch wenn wir noch genug dahatten, war es gut, etwas zu tun zu haben. Ich konnte nicht den ganzen Tag und die ganze Nacht im Haus sitzen, das entsprach so gar nicht meiner Persönlichkeit.

Ich ging ein paar Runden hin und her und schaffte Holz herbei, bevor ich bemerkte, dass die Tür zum Schuppen wieder offen war. Sie war nicht nur angelehnt, das Ding stand sperrangelweit offen, sodass ich mir sicher war, dass irgendein Tier den Raum als Unterschlupf nutzen würde, wenn es nicht schon längst drinnen war.

Für mehrere Minuten stand ich auf der Veranda und beobachtete, ob sich irgendetwas rührte. Ich wollte nicht hingehen und auf einen Bären oder irgendein anderes gefährliches Tier auf der Lauer stoßen.

Bei all dem Krach, den ich beim Holz schleppen gemacht hatte, konnte aber eigentlich kein Tier in dem Schuppen sein. Es würde mich bestimmt längst attackiert haben, während ich das Holz eingesammelt und zum Haus getragen hatte. Ich sah mich noch einmal um und wagte mich dann zum Schuppen.

Mit einem Schlag wirkte das schöne Mondlicht jedoch wie die Kulisse eines Horrorfilms. Gerade als ich näherkam, schoben sich ein paar Wolken vor den Mond und verdunkelten ihn. Mir wurde ganz anders und mein Herz begann zu pochen. Ich griff schnell nach der Schuppentür und zog sie fest zu, bevor ich den Weg entlang zum Haus zurückrannte.

Da erstarrte ich. Nie im Leben hätte ich erwartet, was ich nun vor mir sah. Das bildete ich mir nicht ein. Das war echt. Er war hier. Er stand oben auf der Treppe mit einer großen Axt in der Hand und einem leeren Starren im Blick.

„Schön dich zu sehen, Jordan“, sagte Peter mit hohler Stimme.

Ich rannte. Ich drehte mich um und rannte um mein Leben. Sosehr ich auch glauben wollte, dass dies ein Traum war, ein furchtbarer Albtraum, sosehr wusste ich doch, dass alles echt war. Peter sah anders aus als noch vor ein paar Tagen. Sein Haar war kurz geschoren und er trug einen weiten Parka, eine warme Mütze und Handschuhe. Er war auf das Wetter vorbereitet. Er trug hohe Winterstiefel und obwohl ich nicht begreifen konnte, wie er mich hatte finden können, war jetzt nicht der Moment für lange Überlegungen.

„Caleb, Hilfe!“, schrie ich und rannte zum Schuppen, um mich darin zu verbarrikadieren. Ich schloss die Tür hinter mir und fand ein Stück Holz, das ich unter den Griff klemmte, um ihn zu blockieren.

Ich nahm alles, was ich finden konnte, und zog es vor den Eingang, um mich vor Peter zu schützen. Während ich mich darauf gefasst machte, dass er gegen die Tür hämmern und sie einzuschlagen versuchen würde, wurde ich immer nervöser, als er nicht angriff. Draußen herrschte Totenstille.

Das einzige Fenster des Schuppens zeigte in die gegenüberliegende Richtung, dort war Peter nirgends zu sehen. Ich legte mich auf den Boden und versuchte, durch den Spalt unter der Wand etwas zu erkennen, aber auch dort konnte ich nichts sehen.

„Caleb!“, schrie ich wieder. „Caleb!“

„Er ist tot, Jordan. Er kann dir nicht mehr helfen“, hörte ich Peter von der anderen Seite der Tür sagen.

„Peter, ich dachte, du hättest dich geändert. Ich dachte, dir geht es besser.“

Ich musste mich beruhigen. Peter liebte mich, darum ging es hier letztlich. Wenn ich nur ruhig blieb, würde er mir nichts tun. Er wollte mich nur zurück, das war alles. Ich musste die Fassung bewahren, das war meine einzige Hoffnung.

Er konnte Caleb unmöglich getötet haben. Unmöglich. Ich war nur ein paar Minuten draußen gewesen und die Eingangstür war immer noch geschlossen, als ich Peter dort gefunden hatte. Er hatte gelogen. Er wollte mich verrückt machen. Peter war kein Gegner für Caleb. Caleb war viel größer und stärker. So leicht hätte er ihn nicht töten können. Im Herzen wusste ich, dass Peter log. Aber ich musste mich trotzdem vergewissern. Ich wurde den Gedanken nicht los, dass Peter vielleicht doch ins Haus eingedrungen, Caleb im Schlaf überrascht und seinem Leben mit einem verhängnisvollen Axtschlag ein Ende bereitet hatte.

„Wenn du diesen Haufen Scheiße geschluckt hast, dann bist du noch dümmer, als ich gedacht habe“, bellte Peter böse. „Ich habe nur darauf gewartet, dich an einem ruhigen Ort wie diesem hier zu erwischen. Ich habe auf die richtige Gelegenheit gewartet, dich langsam foltern zu können und dir all die Schmerzen heimzuzahlen, die du mir verpasst hast.“

„Peter, ich habe dich nie gequält“, widersprach ich.

„Ich habe dich geliebt. Ich habe dir mein Leben gewidmet und du hast mich ins Gefängnis werfen lassen. Du hast meine Seele gefoltert und zur Rache werde ich deinen Geist und deinen Körper ebenso foltern. Du kannst das nur mit deinem Tod wiedergutmachen.“

Er sprach so anders als bei unserer letzten Begegnung. Es war, als hätte ein Dämon Besitz von ihm ergriffen. Hier war er wieder, der Peter, der mich vor Jahren bereits fast getötet hätte. Dies war der Mann, der für seine Taten ins Gefängnis gewandert war, und ich war starr vor Angst davor, was er mit mir machen würde, wenn er mich zu fassen bekam.

Ich brauchte Caleb. Wenn Peter ihm etwas angetan hatte, würde ich hier niemals lebend rauskommen. Ich sah mich fieberhaft nach etwas um, das ich als Waffe benutzen konnte. Es gab jede Menge Werkzeug, Seil und Farbe, aber nichts, das es mit der Axt hätte aufnehmen können. Er würde mir die Gliedmaßen eine nach der anderen abhacken, bevor ich ihm mit dem Hammer nahe genug kommen konnte, den ich mir aus Verzweiflung gegriffen hatte.

„Peter, du musst doch etwas wollen. Was kann ich tun, damit du dich besser fühlst?“

„Versuch es erst gar nicht“, sagte er mit eisiger Stimme, als ich bereits spürte, wie er sich gegen die Tür drückte. „Du kannst dich da nicht rausreden. Ich weiß, was ich tun werde.“

„Peter, du bist gerade erst aus dem Gefängnis entlassen worden. Willst du wirklich wieder dorthin zurück?“

„Halts Maul!“, brüllte er und da sah ich auch schon die Axt durch die Tür krachen.

Die Klinge schaute aus dem Holz hervor. Sie steckte fest und ich überlegte kurz, ob ich versuchen sollte, zum Haus zu laufen. Ohne seine Axt konnte ich vielleicht an ihm vorbei in die Hütte fliehen und Caleb aufwecken. Aber was, wenn Caleb gar nicht schlief? Was, wenn Peter ihn wirklich ermordet hatte? Dann würde ich ins Haus laufen und dort mit Calebs Leiche in der Falle sitzen, nur um dort darauf zu warten, dass Peter mich auch tötete.

Ich entschied zu bleiben. Vor Angst wie angewurzelt sah ich zu, wie die Axt aus der Tür verschwand, nachdem Peter eine Weile lang geknurrt und gezerrt hatte. Ich musste Caleb aufwecken. Er musste einfach am Leben sein. Es war meine einzige Option. Caleb würde mich retten, da war ich mir sicher.

„Komm jetzt raus oder ich werde diese Tür in Stücke hacken“, sagte Peter mit schaurig ruhiger Stimme.

„Nein."

Er hatte wohl auch nicht damit gerechnet, dass ich auf seinen Befehl hin einfach herausspazieren würde, so dumm war er nicht. Unsere gemeinsame Zeit war eine Ewigkeit her. Ich war nicht mehr das Mädchen, das einfach immer tat, was er von mir wollte. Ich war stärker als damals. Ich war sowohl körperlich als auch geistig stärker, als Peter ahnen konnte.

„Jordan, ich sage es nicht noch einmal. Komm da raus."

„Nein!", schrie ich zurück. „Caleb. Hilf mir, Caleb!", brüllte ich.

Die Entfernung zwischen Schuppen und Haus war groß genug, dass mich Caleb wahrscheinlich nicht hören würde, außer er kam heraus. Er musste einfach aufwachen. Er musste aufwachen und sich fragen, wo ich war.

Ein lautes Krachen hallte in dem Schuppen wieder, als die Axt erneut auf das Holz traf. Er hatte eine andere Stelle getroffen, aber die Klinge ragte noch weiter herein. Die Axt war mehrere Zentimeter tief eingedrungen. Es war nur eine Frage der Zeit, bis Peter durch die Tür kommen würde.

Mein Magen verkrampfte sich und ich hätte mich fast vor Angst übergeben, während ich nur dastand. Meine Hände zitterten, vor Furcht konnte ich kaum klarsehen. Ich wollte nicht so sterben. Ich hatte doch noch mein ganzes Leben vor mir. Ich wollte eines Tages heiraten. Ich wollte eines Tages Mutter werden. Ich konnte nicht hier oben durch Peters Hand sterben.

Allmählich wurde die Angst von meinem Überlebenswillen verdrängt. Ich schnappte mir eine der Dosen mit Holzbeize und schlug mit meinem Hammer darauf ein, während ich weiter nach Caleb brüllte.

„Caleb. Wach auf!" Ich machte so viel Krach, wie ich nur konnte, während Peter weiter auf die Tür einschlug. „Caleb! Hilfe! Hilf mir!"

Die Schrecken jenes Augenblickes waren kaum auszuhalten. Die Hilflosigkeit, die völlige Machtlosigkeit, war überwältigend. Ich musste Caleb einfach wach bekommen. Caleb würde mich retten, er war am Leben und lag im Haus, da war ich mir jetzt ganz sicher. Ich wollte es einfach so.

Zu meinem Glück stellte sich Peter mit der Axt furchtbar ungeschickt an. Er schwang sie immer wieder und traf jedes Mal eine andere Stelle. Die Klinge war so schwer, dass sie ständig in der Tür stecken blieb und er konnte sie stets erst nach mehreren Versuchen wieder herausreißen. Aber als er schließlich doch einmal eine Stelle zweimal traf, riss die Axt gleich ein viel größeres Loch. So groß, dass mir klar wurde, dass ich einen neuen Plan brauchte. Ich konnte nicht einfach darauf warten, dass Peter hier hereinkam und mich tötete.

Nachdem ich nicht wusste, ob Caleb lebte oder tot war, musste ich mich darauf einstellen, dass er mich nicht retten würde. Ich musste mich selbst retten. Da erinnerte ich mich – Caleb hatte eine Waffe in der Hütte. Ich hatte sie neben der Tür hängen gesehen. Es war ein Gewehr, das er wohl nicht zum Jagen brauchte, wohl aber, um sich zu schützen, falls ein großer Bär ins Haus eindrang.

Ich musste in die Hütte gelangen. Der Plan hatte einige Schwachstellen, aber die größte war, dass Peter mitten im Weg stand und gerade dabei war, mit einer schweren Axt die Tür zum Schuppen zu zerkleinern. Ich musste mir eine andere Möglichkeit überlegen, ins Haus zu kommen, oder zumindest etwas, womit ich ihn lange genug ablenken konnte, um an ihm vorbeizukommen.

Da geschah es, dass er die Axt wieder in die Tür schlug und sie nicht so leicht herausbekam wie zuvor. Ich eilte zu dem kleinen Fenster und wollte mich aus dem Schuppen schleichen. Peter schnaubte und zog so laut an der Axt, dass er mich wohl kaum hinausklettern hören konnte.

Es war ein riskanter Schachzug. Er konnte jeden Moment auf die Rückseite des Schuppens wechseln und dann wäre ich ihm ausgeliefert gewesen. Ich konnte nur hoffen, dass er immer noch glaubte, ich wäre im Inneren, und dass er weiterhin auf die Tür einschlagen würde. Ich war sonst nicht für riskante Aktionen zu haben. Mein ganzes Leben lang hatte ich immer versucht, keinen Ärger zu machen und niemandem zur Last zu fallen. Ich wählte stets die sichere Option oder zumindest das, was ich für die sichere Option hielt. Aber nicht dieses Mal, dieses Mal setzte ich alles auf eine Karte. Dieses Mal würde ich ein Risiko eingehen, um mich vor dem zu retten, was Peter mit mir im Sinn hatte.

Von der Hinterseite des Schuppens aus konnte ich die Leiter sehen, die Caleb ans Haus gelehnt hatte. Es schien eine Ewigkeit her zu sein, als ich ihm vom Schlafzimmerfenster aus bei der Arbeit auf dem Dach zugesehen hatte.

Wieder hörte ich das dumpfe Krachen der Axt und ich wusste, dass dies meine Chance war. Peter würde mich vorbeirennen sehen, aber ich musste es nur bis zum Haus schaffen. Wenn ich bis zur Eingangstür kam, konnte ich das Gewehr schnappen und Peter ein für alle Mal aus der Welt schaffen.

Ich hatte nichts für Waffen übrig, eigentlich hasste ich sie, aber jetzt war mein Leben in Gefahr und ich würde tun, was nötig war. Der Schnee war tief, als ich an der Wand des Schuppens entlangschlich und mich auf die Veranda konzentrierte. Ich würde nicht wirklich rennen können, es würde eher ein schnelles Waten im knietiefen Schnee werden.

Los, los, los.

Ich sah mich kurz nach Peter um, als ich an ihm vorbeihuschte. Er versuchte gerade, die Axt zu befreien. Ich war rasch an ihm vorbei und wähnte mich schon in Sicherheit, als ich die Stufen zur Hütte erreichte. Dann fühlte ich es. Schmerz. Unbeschreiblichen Schmerz, als mein Körper zu Boden stürzte und ich laut aufschrie.

„Nein!“

Ich lag am Boden, drehte mich um und sah Peter, der über mir stand. Er hielt die vor Blut tropfende Axt in den Händen. Mein Blut. Ich konnte mich nicht bewegen. Ich wusste nicht, ob er mir ein Bein abgehackt hatte oder was geschehen war, ich spürte nur schreckliche Schmerzen in den Beinen, die so heftig waren, dass ich zu zittern und zu brüllen begann.

Im nächsten Moment fiel etwas von der Veranda und landete direkt auf Peter. Mir war schwindlig und ich konnte nicht mehr richtig sehen oder verstehen, was passierte. Es war Caleb. Er war von der Veranda gehechtet, über das Geländer gesprungen und auf Peter gelandet. Er lebte! Ich war so erleichtert, dass er am Leben war und gekommen war, um die Sache zu beenden.

Die beiden Männer kämpften kurz, doch Caleb schwang seine schwere Faust und schlug Peter k.-o. Ich glaubte, dass ich noch immer schrie, aber ich konnte mich nicht hören, ich hörte überhaupt nichts. Selbst als Caleb über mir stand, sich mein Bein ansah und mit mir sprach, war ich wie taub. Es fühlte sich an, als würde die Welt zusammenschrumpfen und ich selbst einfach verschwinden.

Caleb nahm mich und hob mich in seine Arme, als hätte ich überhaupt kein Gewicht. Ich konnte kaum den Kopf oben halten und meine Augen rollten nach hinten, als er mich auf der Couch niederlegte. Er nahm eines der Handtücher und wickelte es um mein Bein, dann sah ich, wie er nach dem Gewehr griff und wieder nach draußen ging.

„Hände hoch“, schrie er. „Sofort, oder ich schieße dir ein Loch in den Schädel. Ich meine es ernst, bleib da stehen oder du bist tot.“

Es gab keine Antwort. Stattdessen hörte ich nur einen einzelnen Schuss. Caleb hatte sein Versprechen wahrgemacht und Peter erschossen.

Der Klang des Schusses hallte durch die Wälder. Er war lauter, als ich erwartet hätte. Ich schüttelte den Kopf, unfähig zu glauben, was gerade passiert war. Peter war mir in die Berge gefolgt, er hatte mich zu ermorden versucht, hatte es beinahe geschafft, und nun würde Caleb für den Tod von Peter ins Gefängnis wandern. Das war einfach zu viel.

„Ist er tot?“, fragte ich, als Caleb das Gewehr auf den Tisch legte und sich mein Bein ansah.

„Er ist davongerannt. Ich glaube, dass ich ihn erwischt habe, bin mir aber nicht sicher. Mit einer Verletzung kommt er bei diesem Wetter nicht weit. Er wird wahrscheinlich irgendwo im Wald verrecken.“

„Tut mir leid. Ich hätte nicht hinausgehen sollen. Ich habe schon vorher gedacht, ich hätte ihn gesehen. Da habe ich geglaubt, ich hätte mir nur was eingebildet. Tut mir leid.“, sagte ich, doch ich konnte die Worte nur noch stammeln. „Mir war so langweilig. Ich wollte Holz holen. Dann war er da. Es tut mir leid.”

„Du kennst ihn?“, fragte Caleb mit verwundertem Blick.

„Ja, er will mich töten“, sagte ich noch, schloss die Augen und fühlte, wie ich sofort in den Schlaf driftete. „Er kommt aus dem Gefängnis.“

„Schlaf nicht ein“, rief Caleb und packte mein Gesicht, um mich wachzurütteln. „Es ist ernst, Jordan. Du musst wach bleiben. Hörst du mich?” Er schüttelte mich weiter, bis ich die Augen öffnete und ihn ansah.

„Ich bin so müde...“

„Jordan, ich muss das Bein nähen. Der Schnitt geht bis auf den Knochen. Du stehst unter Schock, also werde ich es gleich tun. Ich hoffe, dass du nicht viel spüren wirst, tut mir leid.“

Ich verstand nicht, wieso er sich entschuldigte. Alles drehte sich, ich wollte die Augen offenhalten, aber sie fielen mir immer wieder zu. Ich konnte einfach nicht wach bleiben, ich war so müde.

Caleb holte eine kleine Kiste unter der Spüle hervor. Sie sah aus wie eine Angelkiste, aber vielleicht halluzinierte ich auch schon vor Schmerzen. Wieso zur Hölle sollte Caleb eine Angelkiste brauchen, um mein Bein zu flicken?

„Verbind es einfach, wie ich es bei deiner Hand gemacht hab, das reicht schon“, murmelte ich.

„Nein Jordan, wird es nicht. Du würdest verbluten, außerdem wird sich das hier entzünden, wenn es offenbleibt. Ich kann deine Knochen sehen.“

„Du kannst was...?” Ich machte den Fehler, mich aufzusetzen und auf mein Bein zu sehen. Er hatte recht. Der Knochen lag frei. So etwas hatte ich zuvor noch nie gesehen. Es war wie eine außerkörperliche Erfahrung, als ich mich aufrecht zu halten versuchte und das Bein beobachtete, das ich nicht einmal mehr spüren konnte.

Je länger ich mir das ansah, desto schlechter wurde mir. Der Magen drehte sich mir um und ich fiel zurück auf die Couch, gerade noch rechtzeitig, um meinen Kopf zur Seite zu drehen und mich zu übergeben. Alles schwirrte, mein Herz raste, ich konnte mich nicht länger bei Sinnen halten. Es war zu viel.

„Das wird jetzt weh tun“, sagte Caleb als Warnung, kurz bevor er irgendeine Art Flüssigkeit über mein Bein goss, das augenblicklich in Flammen aufzugehen schien.

„Scheiße, was ist das?“, brüllte ich vor Schmerzen. „Das brennt wie Feuer. Was hast du getan?“

Wutentbrannt und hasserfüllt starrte ich Caleb an. Noch nie hatte ich derart entsetzliche Schmerzen gefühlt. Was auch immer er da in meine Wunde gegossen hatte, es war die Hölle. Ich konnte nicht mehr.

„Ich muss die Wunde desinfizieren, bevor ich sie zunähen kann“, sagte Caleb, ohne mich eines Blickes zu würdigen. Er hatte das Gesicht eines Mannes mit einer Mission. Er drückte das Handtuch erneut auf mein Bein und kniete sich mit einer Nadel und einem Stück Angelschnur in der Hand nieder.

Ungläubig schüttelte ich den Kopf, während er sich hinabbeugte. „Was hast du vor?“, schrie ich. „Lass mein Bein in Ruhe. Das kannst du nicht machen.“

Er sah mich immer noch nicht an. Seine Hände bewegten sich und er schien zu arbeiten, aber ich konnte mein Bein nicht mehr spüren, sodass ich keine Ahnung hatte, was er da tat. Ich war schließlich so angewidert, dass ich nur die Augen schloss. Ich musste mich ausruhen. Ich ertrug das alles nicht mehr länger.

Kapitel 16

Caleb

Sie bewegte ihre Zehen nicht, als ich mit dem Rücken eines Löffels darüberfuhr. Das war kein gutes Zeichen. Der natürliche Reflex hätte sie zum Zucken bringen müssen. Dagegen war es ein gutes Zeichen, dass sie beim Reinigen der Wunde Schmerzen gespürt hatte, wenigstens fühlte sie noch etwas in dem Bein.

Während ich ihre Wunde nähte, fiel Jordan irgendwann in Ohnmacht. Ich wollte sie wachhalten, aber solange sie schlief, bewegte sie sich wenigstens nicht und ich konnte mich auf meine Arbeit konzentrieren.

Ich hatte noch nie jemanden nähen müssen. Das Gefühl der Nadel, die durch ihr Fleisch stach, war ekelerregend, ich wollte dieses Gefühl nie wieder spüren. Zumindest wusste ich jetzt mit Sicherheit, dass ich kein guter Arzt geworden wäre.

Während Jordan schlief, musste ich auch an die Möglichkeit denken, dass ihr Angreifer zurückkommen würde. Falls er verletzt war, was ich für wahrscheinlich hielt, konnte er sich nicht sehr weit vom Haus entfernt haben. Er hatte vermutlich im Schuppen geschlafen, deshalb war die Tür nicht aufzukriegen gewesen. Einen anderen Ort gab es für ihn nicht, um sich vor dem Wetter zu schützen.

Es war unvorstellbar, dass dieser Kerl Jordan hier oben gefunden hatte. Irgendwie kam er mir auch bekannt vor und je mehr ich darüber nachdachte, desto verrückter machte es mich. Ich hatte ihn nur einen kurzen Augenblick und in schlechtem Licht zu Gesicht bekommen, aber ich hatte ihn definitiv schon einmal irgendwo gesehen.

„Lebe ich noch?“, fragte Jordan und begann, aufzuwachen.

Ich hockte auf dem Boden, wo ich gerade ihr Erbrochenes von vorhin aufgewischt und einen Eimer hingestellt hatte, falls sie sich noch einmal übergeben musste. Ich konnte sie im Schlaf nicht alleinlassen aus Angst, sie würde nicht mehr aufwachen.

„Ja, du kannst jetzt weiterschlafen. Lass es mich wissen, falls du irgendetwas brauchst."

„Wasser, ich hätte gerne etwas Wasser."

„Das ist gut. Ja, ich hole dir ein Glas Wasser. Du musst trinken."

Ich füllte ein Glas und brachte es ihr mit einem Strohhalm. Der war noch von einem Fast-Food-Restaurant, das ich einmal in der Stadt besucht hatte. Normalerweise war ich kein großer Freund dieser Einrichtungen, aber in dem Fall war ich froh, dort gewesen zu sein.

Sie nahm ein paar winzige Schlucke, verzog dann aber das Gesicht. „Ich kann nicht", winselte sie. „Mir wird schlecht."

„Ist schon gut. Wir nehmen einfach einen ganz kleinen Schluck alle paar Minuten. Dann bleibt es auch unten", versicherte ich ihr.

So würde es den ganzen Tag dauern, ihr das eine Glas Wasser einzuflößen, aber es musste sein. Ihr Körper hatte viel durchgemacht und musste mit Flüssigkeit versorgt werden, mehr konnte ich momentan ohnehin nicht für sie tun. Später musste ich sie irgendwie vom Berg schaffen und Hilfe holen. Ihr Bein war ziemlich schlimm verletzt. Die Axt hatte das Muskelgewebe durchtrennt und es sah so aus, als wäre auch der Knochen gebrochen. Gottseidank hatte die Blutung aufgehört, aber ich war mir sicher, dass sich ihr Zustand verschlechtern würde, wenn ich sie nicht bald in ein Krankenhaus brachte. Sie hatte offenbar kein Gefühl im Bein und die Wunde war durch meine improvisierte Naht auch nur notdürftig verschlossen. Ich wusste nicht wie, aber wir mussten auf jeden Fall ins Tal.

„Hat er ihn abgehackt?", fragte sie.

„Was? Deinen Fuß?" Ich lachte schwach.

„Ja."

„Nein, er ist noch dran. Hast du Schmerzen?"

„Ja, aber weniger, als ich gedacht hätte. Warum kann ich meinen Fuß nicht spüren? Ist er noch da?“

„Ja, aber ich weiß auch nicht, wieso du ihn nicht fühlen kannst. Die Axt hat ziemlichen Schaden angerichtet. Wir müssen das von einem Arzt ansehen lassen.“

Ich strich ihr die Haare aus dem Gesicht, während sie immer wieder wegschlief. Selbst mitten in dem ganzen Schrecken der letzten Stunden sah sie noch so wunderschön aus, dass ich kaum die Augen von ihr abwenden konnte. Hin und wieder hielt ich ihr den Strohhalm vor den Mund, damit sie wieder einen kleinen Schluck nahm. So verbrachten wir den Rest der Nacht, bis am Morgen schließlich die Sonne wieder aufging.

Der Schauplatz vor dem Haus sah aus wie aus einem Horrorfilm. Ein großer Fleck Blut war unterhalb der Treppe im Boden versickert. In einiger Entfernung sah ich eine weitere Blutspur, die in Richtung des Waldes verlief und von dem Angreifer kam, den ich wohl tatsächlich angeschossen hatte.

Die blutige Axt lag immer noch auf der Treppe und ich wollte sie gerade aufheben, als ich innehielt. Dies hier war ein Tatort. Die Axt war bei einem Mordversuch auf Jordan verwendet worden. Ich beschloss, nichts anzufassen. Sobald wir irgendwie Hilfe holen konnten, musste ich die Polizei verständigen und sie hier hochholen, damit sie die Beweise einsammelten.

„Caleb!“, schrie Jordan und ich rannte zurück ins Haus.

„Ich bin da, ich bin da“, versicherte ich ihr.

Sie öffnete nur kurz die Augen und als ich ihr wieder den Strohhalm hinhielt, nahm sie einen Schluck Wasser und schlief gleich wieder ein, als sie sicher war, dass ich auf sie aufpasste.

Die behelfsmäßige Abschnürbinde, die ich knapp unter ihrem Knie angebracht hatte, schien sich gelöst zu haben, aber als ich sie gerade festziehen wollte, wurde mir klar, dass die Blutung bereits aufgehört hatte. Wenn Jordan stillhielt, würde ich den Druckverband wahrscheinlich weglassen können, um wieder für etwas Blutzirkulation in ihrem Bein zu sorgen. Ich hatte eigentlich wirklich keine Ahnung, was ich da tat. Ich wollte ihr helfen, aber ich war mir nicht einmal sicher, ob ich nicht alles nur noch schlimmer machte.

„Wie sieht mein Bein aus?“, fragte Jordan, nachdem sie etwas später aufgewacht war.

„Du wirst eine echt coole Narbe haben.“

„Hast du die Binde gelöst?“

„Ja, ein bisschen“, antwortete ich und setzte mich auf den Couchtisch vor ihr.

„Du musst sie alle paar Stunden für ein paar Minuten lösen und dann wieder festziehen, falls die Blutung wieder anfängt. Ich glaube, so können wir verhindern, dass ich das Bein verliere.“

„Du wirst es nicht verlieren“, sagte ich, ohne mir dabei selbst wirklich sicher zu sein.

Sie lächelte mich an, als wüsste sie genau, was in mir vorging. Es war durchaus möglich, dass sie schwere Schäden davontragen würde. Das umfasste auch die Möglichkeit einer Amputation. Ich hatte wirklich keine Ahnung. Vielleicht reichte die Naht auch völlig aus und sie würde sich wieder erholen. Ich musste einfach positiv denken und auf das Beste hoffen.

„Erzähl mir was von dir“, sagte Jordan, setzte sich ein wenig auf und sah mich mit großen Augen an.

„Da gibts nicht viel zu erzählen.“

„Bitte, Caleb. Die Schmerzen kommen langsam zurück, du musst mich ablenken.“

„Ich habe irgendwo noch ein paar Schmerztabletten. Lass mich mal nachsehen“, sagte ich und wollte aufstehen, aber sie nahm meine Hand und hielt mich zurück. „Oder ich hol sie später. Hmmm, was willst du denn wissen?“

„Irgendwas.“

„Mal sehen, ich lebe seit zwei Jahren hier. Früher war ich Ingenieur...“ Damit würde ich sie nicht gut ablenken können, denn diese Dinge wusste sie bereits. „Meine Eltern denken, dass ich verrückt geworden bin, deshalb zwingen sie meinen Bruder, sich einmal im Monat mit mir zu treffen und nach mir zu sehen."

Über diese neue Information lächelte Jordan. „Stimmt, da habe ich eben gar nicht weiter nachgefragt. Erzähl mir von deinem Bruder."

„Er heißt Jeff. Er ist furchtbar vernünftig und kein bisschen wie ich."

„Sieht er dir ähnlich?"

„Ja, fast identisch. Er ist nur ein Jahr älter und die Leute haben früher oft geglaubt, wir wären Zwillinge. Mit meinen langen Haaren haben wir dann allerdings ziemlich verschieden ausgesehen. Außerdem bin ich ziemlich fit und er hat inzwischen einen kleinen Bierbauch."

„Mehr davon", sagte Jordan und schloss die Augen. Sie sah friedlich aus, als sie so dalag und mir dabei zuhörte, wie ich ihr aus meinem Leben erzählte. Ich redete überhaupt nicht gern über mich selbst, aber ich war froh, dass es ihr in dem Moment zu helfen schien, sodass ich gerne weitermachte.

„Mein Bruder ist Finanzberater. Er hat mir damals geraten, in Bitcoin zu investieren. Ich hatte ehrlich gesagt nicht viel Ahnung davon. Ich habe nur in meinem Standardjob gearbeitet, versuchte es dann aber und habe ein paar Coins gekauft. Jeff hat mir keine genaue Anleitung gegeben und so habe ich viel mehr investiert als die meisten Leute. Ich wusste zuerst nicht wirklich, wie wechselhaft der Markt ist."

„Wie viel Bitcoin hast du denn gekauft?", fragte Jordan, ohne die Augen zu öffnen.

„Eine Menge. Ich habe zehnmal so viel aufgenommen, als mein Bruder seinen anderen Klienten geraten hätte. Als er davon erfuhr, dachte er, ich würde das ganze Geld verlieren und riet mir sogar, alles wieder zu verkaufen. Das habe ich nur deshalb nicht gemacht, weil mir ein Praktikant im Büro ein wenig mehr von der Technologie hinter Kryptowährungen erzählt hat und ich allmählich zu verstehen begann, worum es da eigentlich geht."

„Und jetzt bist du reich?"

Ich glitt vom Tisch und setzte mich neben Jordan auf den

Boden, um ihr wieder einmal den Strohhalm zum Trinken hinzuhalten. Ihre milchige Haut sah sehr blass aus und ihre Atmung war langsam und schwer. Dennoch umgab sie eine seltsame Ruhe. Jordan war ein starkes Mädchen, sie würde durchhalten, das wusste ich. Meine Aufgabe war es, alles zu tun, um es ihr möglichst angenehm zu machen.

„Ich habe auskömmliche Ersparnisse“, antwortete ich. „Hast du immer noch Schmerzen?“

„Ja, aber ich bin auch wahnsinnig müde. Ich glaube, ich werde noch ein bisschen schlafen. Ist das okay?“

„Ich weiß nicht“, sagte ich lächelnd. „Das einzige, was ich weiß, ist, dass ich mir überlegen muss, wie ich dich ins Tal bringen kann. Mit dem Auto wird es unmöglich sein, es liegt einfach zu viel Schnee.“

„Küss mich“, sagte sie und verzog vor Schmerzen das Gesicht.

„Du hast Schmerzen, ich kann dich nicht küssen. Ich hole besser die Pillen.“

„Küssen setzt Endorphine frei, das ist ein natürliches Schmerzmittel. Küss mich einfach, du Narr“, sagte sie und zog mich an sich.

Sie legte ihre Arme um meinen Nacken und küsste mich fest. Zuerst schien es wirklich unpassend, jetzt zu knutschen. Sie war verletzt und hatte starke Schmerzen, es fühlte sich irgendwie nicht richtig an.

„Und jetzt?“, fragte ich.

„Na schön, hol das Schmerzmittel“, lachte sie.

Ich sprang auf und holte die Tablettenschachtel aus meinem Medizinschrank. Die hatte man mir verschrieben, nachdem ich beim Bau der Hütte einen Balken auf meine Zehen hatte fallen lassen. Ich hatte nur zwei oder drei davon genommen, bevor es mir besser ging und ich sie nicht mehr gebraucht hatte.

„Wie viele?“

„Zwei“, sagte Jordan, nachdem sie die Packungsbeilage

gelesen hatte. „Aber ich fürchte, ich werde sie wieder auskotzen, wenn ich dazu nichts esse. Ich fürchte, dass ich so oder so kotzen werde."

„Wie wärs zuerst mit einem Stück Apfel? Vielleicht auch zwei?", fragte ich und holte einen Apfel, um ihn für sie aufzuschneiden.

Ich war kein besonders guter Pfleger. Ich konnte mich gar nicht mehr erinnern, ob ich mich jemals zuvor um eine kranke Person hatte kümmern müssen. Als wir jünger waren, war es immer die Aufgabe meines Bruders gewesen, einzuspringen, wenn meine Mutter krank war und mein Vater arbeiten musste.

Nicht einmal, als meine Exfreundin mit der Grippe im Bett lag, hatte ich ihr meine Hilfe angeboten. Stattdessen hatte ich ihr etwas zu essen bestellt und Blumen geschickt. Damals erschien mir das wie eine romantische Geste, auch zumal ich bei der Arbeit sehr beschäftigt gewesen war und nicht in ihre Nähe kommen und mich anstecken wollte. Aber als ich mich nun um Jordan kümmerte, spürte ich plötzlich eine Art von Anteilnahme, die mich selbst überraschte. Ich hätte alles getan, nur damit sie sich besser fühlte.

Nachdem sie ein bisschen von dem Apfel gegessen hatte, nahm Jordan zwei Schmerztabletten, aber es schien ihr dadurch nicht viel besser zu gehen. Ihr Gesicht verkrampfte sich vor Anspannung und ihre Hände ballten sich zur Faust, während sie tief und angestrengt atmete.

„Wie lange brauchen die, um zu wirken?", fragte sie keuchend.

„Ich bin mir nicht sicher, vielleicht zwanzig Minuten. Kann ich sonst irgendwas für dich tun?"

„Ja", sagte sie, packte meine Hand und ließ sie in ihre Hose gleiten." Und küss mich, während du es tust."

„Was?", fragte ich völlig perplex.

„Mach mir einen Orgasmus. Ich brauche Endorphine." Sie krallte sich mit der freien Hand an meinem T-Shirt fest und zog mich herbei.

„Ich will dir nicht wehtun. Vielleicht sollten wir einfach warten, bis die Pillen wirken?“

„Küss mich“, befahl sie.

Zum Küssen gezwungen zu werden war nicht besonders sexy, aber ich tat ihr dennoch den Gefallen. Als ich spürte, dass sich ihr Körper dabei ein wenig entspannte, begriff ich, dass ihr das tatsächlich zu helfen schien. Trotzdem war es extrem verwirrend, vor allem für meinen Körper. Ich war vor Erregung stocksteif, gleichzeitig kam ich vor Sorge fast um, dass ich Jordan irgendwie noch mehr Schmerzen bereiten würde.

Sie drückte meine Hand an sich und begann, ihre Hüften auf und ab zu wiegen, bis ich schließlich auch ein wenig mit ihr zu spielen begann. Niemals wäre mir eingefallen, sie zu fingern, wo sie sich doch von so einer schrecklichen Verletzung erholen sollte. Es schien mir widernatürlich und ich war ganz und gar nicht glücklich darüber.

„Ist das okay?“, fragte ich, als sie leicht zu stöhnen begann.

„Ja, mach weiter. Die Schmerzen sind schon besser geworden.“

Ich tat, wie mir geheißen wurde, küsste sie und spielte dabei mit den Fingern an ihr herum. Sie triefte vor Geilheit, ihrem Körper schien es also immerhin wirklich zu gefallen. „Hast du das irgendwo gelesen?“, fragte ich und zog mich zurück. „Ich meine, das kommt mir eher wie so eine Geschichte aus einem Schundblatt vor.“

„Ja“, stöhnte sie und drückte meine Lippen wieder auf ihre. „Weniger reden, mehr machen.“

„Na schön, aber ich will festhalten, dass das alles deine Idee war. Ich wasche meine Hände in Unschuld.“

„Schhhh“, machte sie und küsste mich erneut. Mit ihrem gesunden Bein drückte sie sich ein wenig nach oben, sodass sie sich an meinen Fingern reiben konnte, wie sie es brauchte. Ich fürchtete, zu rau mit ihr umzugehen, aber Jordan war nicht aufzuhalten und stieß ihre Hüften immer fester gegen mich.

„Ja“, stöhnte sie. „Genau so.“

Ich bewegte mich nicht. Ich hielt meine Finger einfach nur still, Jordan übernahm den Rest. Bald schon bebte sie und küsste mich wie eine Verrückte, während sie ihren Körper an den Rand des Orgasmus brachte. Gott, ich hoffte, das würde ihr wenigstens mit den Schmerzen helfen.

Sie krallte ihre Finger in meine Haut und wippte immer heftiger, dann spannte sich ihr Körper an. Sie packte mich und hielt mich gut zehn Sekunden lang fest, während sie sich vor Ekstase zusammenzog und letztlich mit einem erlösten Schrei zum Höhepunkt kam.

„Gut, war das gut? Wie sind die Schmerzen?“, fragte ich.

„Schhhh“, machte sie wieder und lächelte.

Die Pillen begannen zu wirken. Ich erinnerte mich, dass ich genauso gewesen war. Das war einer der Gründe, wieso ich mit den Pillen gleich wieder aufgehört hatte. Dieser entzückte und betäubte Geisteszustand war allerdings jetzt genau das Richtige für Jordan. Die Schmerztabletten würden uns sehr dabei helfen, es durch die nächsten paar Tage zu schaffen, bis ich uns von diesem Berg bringen konnte.

Jordan lächelte und ich spürte, dass sich ihr ganzer Körper entspannte. Sie schloss die Augen und schlummerte mit einem gelösten Lächeln ein, was mich zumindest für den Moment sehr beruhigte.

Als ich nach draußen sah, schneite es dort wieder stark. Ich hatte keine Ahnung, wie wir hier rauskommen sollten. Ich hatte längst keine Hoffnung mehr, dass die Sonne hervorkommen und den Schnee schmelzen würde, so lange konnte ich einfach nicht warten. Ich konnte überhaupt nicht warten. Bis zum nächsten Tag musste mir irgendetwas einfallen. Egal wie, ich musste etwas unternehmen, sonst würde Jordan für meine Untätigkeit bezahlen müssen.

„Ich muss pinkeln“, sagte sie aus ihrem friedlichen Halbschlaf heraus.

„Oh, das ist gut, schätze ich. Dann hast du zumindest noch etwas Flüssigkeit übrig. Okay, ähm, ich könnte dich tragen.“

„Gut."

Ich hob sie auf und passte ganz besonders auf ihr verletztes Bein auf, während ich sie ins Badezimmer trug. Dort angekommen konnte sie nicht selbst stehen, sodass ich sie gleichzeitig stützen und irgendwie ihre Hose runterziehen musste.

„Entschuldigung", sagte ich dabei. „Das ist wahrscheinlich das schlimmste zweite Date, auf dem du je warst."

„Wir sind auf einem Date?", fragte sie völlig high von den Pillen. „Ich kann mich an kein Date erinnern. Wo sind wir hingegangen? Hatte ich was Schönes an?"

„Naja, man kann es wohl nicht wirklich ein Date nennen. Aber es war eine unglaubliche Nacht."

„Ja, du warst unglaublich", sagte sie, woraufhin ich ganz rot wurde. „Du bist riesig. Weißt du, dass dein Schwanz größer ist als bei den meisten Kerlen? Ich hab mir so gedacht ‚Wow, was für ein Stier'", brabbelte sie, als ich ihr auf die Toilette half.

„Ich werde vor der Tür warten. Gib Bescheid, falls du Hilfe brauchst."

Ich grinste bis über beide Ohren, während ich draußen stand, um ihr etwas Privatsphäre zu lassen. Die ganze Intimität war ziemlich überwältigend, aber ich fühlte mich Jordan dadurch nur noch verbundener.

Als sie fertig war, hatte sich ihre Stimmung geändert. Ich wusste, dass ihre Reden von den Pillen kamen, aber gleichzeitig war wohl auch etwas Wahres daran.

„Du warst so ein Arsch", fügte sie lachend hinzu, als ich sie zur Couch zurücktrug.

„Tut mir leid."

„Im Ernst. Ich dachte, du wärst einfach nur fies, aber jetzt weiß ich nicht mehr so recht, ob du gemein bist oder ob du einfach nur einsam warst und vergessen hast, wie man mit Menschen umgeht."

„Wahrscheinlich alles auf einmal", kicherte ich. „Hier, nimm noch etwas Wasser, damit du genug Flüssigkeit hast, dann kannst du weiterschlafen."

„Nein, ich will nicht schlafen", sagte sie und fuchtelte lebhaft mit den Händen umher.

„Schhhh", sagte ich, um sie zu hänseln. „Du musst dich ausruhen."

Ich brauchte ein paar Minuten, um sie wieder zur Ruhe zu bringen, aber sobald ich ihr eine warme Decke bis zu den Ohren gezogen und sie die Augen geschlossen hatte, schlief sie ein. Ich hätte sie lieber ins Schlafzimmer gebracht, aber ich wollte ein Auge auf sie werfen und ich musste noch etwas zu essen machen, bevor ich mich selbst hinlegte. Ich wollte Brot backen, damit Jordan etwas zu knabbern hatte, sich ihr Magen beruhigte und ihr nicht mehr so leicht schlecht wurde.

Währenddessen sah ich immer wieder zu ihr, ob es ihr auch gut ging. Zwischendurch saugte sich der Verband auf ihrer Wunde wieder mit Blut voll, sodass ich die Abschnürbinde wieder festziehen musste.

Es war sehr entmutigend, dass die Wunde wieder blutete. Jordan konnte keinen weiteren Blutverlust und keine weiteren Schmerzen verkraften. Die Schmerzmittel würden sie auch nicht vor dem Tod bewahren, wenn die Blutung nicht aufhörte.

Ich holte mein Handy, um nachzusehen, ob ich irgendwie Empfang bekommen konnte. Ich wusste nicht, wieso ich es überhaupt versuchte, denn es stand von vornherein fest, dass das nicht klappen würde, aber irgendetwas in mir klammerte sich an die Möglichkeit eines Wunders, sodass ich Hilfe hätte rufen können. Aber natürlich fand das Telefon kein Signal.

Ich hätte mich dafür schlagen können, kein zuverlässiges Sprechfunkgerät besorgt zu haben. Was hatte ich mir dabei gedacht? Ich hatte mich überhaupt nicht vorbereitet. Es gab zwar Strom und Vorräte, aber an ein Kommunikationsmittel hatte ich nicht gedacht.

Mein egoistisches Bedürfnis, mich vor der Gesellschaft zurückzuziehen, hatte Jordan in furchtbare Gefahr gebracht. Ich konnte nicht fassen, wie achtlos ich gewesen war. Als Ingenieur war es meine Aufgabe gewesen, zehn Schritte vorauszudenken und auf alle Eventualitäten gefasst zu sein, aber für mich selbst und mein Heim hatte ich das schmählich versäumt.

Bevor ich Jordan zu mir ins Bett brachte, schrieb ich mir eine Liste an Dingen, die ich am nächsten Tag zu erledigen hatte. Ich würde ihre Wunde erneut reinigen müssen. Nur so konnte ich eine Infektion verhindern. Ich würde ihr vorher noch eine Dosis Schmerzmittel geben und notierte auch, wie lange die Pillen zum Wirken brauchten. Dann würde ich versuchen, einen Schlitten zu bauen. Damit konnte ich Jordan ins Tal bringen. Gefährlich würde das allemal werden.

Ich lud mein Gewehr, stellte es neben das Bett und legte mich zu Jordan. Ich hatte bereits das Bücherregal vor die Tür geschoben und die großen Fenster des Hauses verrammelt. Ich hatte mit etwas zerbrochenem Glas eine Falle auf der Veranda improvisiert, die hoffentlich genug Lärm machen würde, sollte der Kerl versuchen, in die Hütte einzudringen.

Ich konnte allerdings unmöglich alle Fenster sichern und so hoffte ich, dass die Schlösser lange genug halten würden, um mich im Ernstfall aufzuwecken. Ich hatte den Schuppen versperrt, aber das hatte nicht viel gebracht, weil die Tür von all den Axtschlägen zur Hälfte in Trümmern lag. Ich konnte kaum glauben, dass ich vorhin nicht eher aufgewacht war und Jordan gerettet hatte, bevor dieser Irre ihr das antun konnte.

Falls er zurückkam, um im Schuppen zu übernachten, konnte ich nichts dagegen tun. Aber wenn ich ihn noch einmal vor die Flinte bekam, würde ich ihm den Garaus machen. Ob es dunkel oder hell war, diesmal würde ich ihn erwischen. Nur über meine Leiche würde er auch nur in die Nähe von Jordan kommen.

Kapitel 17

Jordan

Ich bekam Fieber, ich konnte es fühlen. Ich wachte auf und fühlte mich, als wären es 40 Grad im Haus. Natürlich konnte es in der winterlichen Waldhütte niemals so heiß sein. Aber wenigstens spürte ich die Schmerzen nicht mehr so sehr wie vorher, also wirkten entweder die Medikamente oder die Wunde hatte zu heilen begonnen.

Trotzdem sah es nicht gut aus. Ich wusste, dass es schlecht um mich stand. Das spürte ich. Irgendwie mussten wir ins Tal kommen. Caleb musste mich irgendwie in Sicherheit bringen.

„Wie geht es dir?“, flüsterte er ins Dunkel der Nacht.

„Ich bin okay.“

„Du hast Fieber, oder?“, fragte er und legte seine Hand auf meine Stirn.

Schon jetzt standen wir uns näher, als ich es je mit einem anderen Mann gewesen war. Auch wenn ich wegen der Schmerztabletten etwas vernebelt war, erinnerte ich mich doch deutlich daran, dass ich Caleb gezwungen hatte, es mir zu besorgen, während ich auf die Wirkung der Medikamente gewartet hatte. Ich erinnerte mich auch, dass er mich ins Bad getragen und mir beim Pinkeln geholfen hatte. Wow, zwischen uns beiden gab es wirklich keine Hemmschwellen mehr.

„Nein, die Decke ist mir nur zu heiß“, log ich.

„Ich werde die Wunde nach deiner nächsten Dosis Schmerzmittel reinigen. Okay?“

„Wann wird das sein?“

Caleb sah auf seine Uhr und dann wieder zu mir. Ich konnte kaum die Umrisse seines Gesichts erkennen, aber er sah sehr besorgt aus. Sein Blick gefiel mir nicht. So ähnlich hatte er auch ausgesehen, als er mich auf die Couch gelegt und sich das erste Mal mein Bein angesehen hatte.

„Noch vier Stunden. Vielleicht auch drei. Kannst du so lange warten? Tut mir leid. Wir können es dir wahrscheinlich auch früher geben. Ich meine, du wirst schon keine Überdosis bekommen, es ist ja schon sechs Stunden her. Keine Ahnung."

„Ist schon gut. Lass uns weiterschlafen und ich nehme es nach dem Aufstehen."

„Komm her." Caleb hob mich hoch und legte seine Arme um mich. „Du bist ganz heiß. Ich glaube, du hast Fieber."

„Es wird schon wieder. Wir schlafen ein bisschen und am Morgen sieht alles schon viel besser aus."

„Ja, sag nichts mehr. Versuch zu schlafen", befahl er, als sei es seine Idee gewesen.

Ich dämmerte tatsächlich bald ein, wachte aber noch mehrere Male auf, bevor die Sonne schließlich aufging. Die Schmerzen krochen mir erneut in die Glieder und ich wusste, dass ich bald wieder etwas von dem Schmerzmittel im Körper brauchte, sonst würde ich es nicht aushalten. Ich hatte nicht die Energie, selbst ins Wohnzimmer zu gehen, also musste ich warten, bis Caleb aufwachte. Er sah im Schlaf allerdings so friedlich aus, dass ich ihn nicht unnötig früh aufwecken wollte.

Als er sich endlich zu rühren begann, hatte es draußen noch heftiger zu schneien begonnen. Das war alles andere als ein gutes Zeichen für uns. Selbst wenn wir irgendwie jemanden hätten verständigen können, musste es erst aufhören zu schneien, sonst gab es kein Entrinnen.

Nachdem er mir die Pillen und etwas Toast verabreicht hatte, legte mich Caleb wieder auf die Couch, um sich meine Wunde anzusehen. Der weiße Watteverband, den er um mein Bein gewickelt hatte, war dunkel vom verkrusteten Blut, aber zumindest schien es keine frische Blutung zu geben. Die Abschnürbinde war gelöst, soweit waren die Neuigkeiten also vielversprechend.

Weniger vielversprechend war die Tatsache, dass ich meine Zehen praktisch nicht bewegen konnte und dass ich immer noch starke Schmerzen hatte. So würde ich ganz bestimmt nirgends hinlaufen, und Caleb konnte mich ja nun auch nicht den ganzen Weg vom Berg ins Tal auf Händen tragen.

„Das ist gut“, sagte Caleb, als er sah, wie ich meine Zehen ganz leicht bewegte.

„Nichts ist gut. Ich muss mich unglaublich anstrengen und sie bewegen sich kaum. Das ist absolut nicht gut, Caleb.“

„Gestern konntest du sie noch gar nicht spüren. Das ist gut“, sagte er sanft und strich mir die Haare aus dem Gesicht. Seine großen Hände waren weich und beruhigend und ich legte instinktiv meine Hand auf seine, um sie gegen meine Wange zu pressen. Caleb war ein guter Mann. So wie er sich um mich kümmerte und sich um mich Sorgen machte, konnte er nur ein guter Mann sein.

„Er war mein Freund in der High School. Kannst du glauben, dass ich mit diesem Mann zusammen gewesen bin? Vor ein paar Jahren ist er wegen mir ins Gefängnis gewandert. In den letzten paar Wochen hatte ich öfter das Gefühl, verfolgt zu werden, aber ich habe mir eingeredet, dass ich halluziniere. Ich bin ihm sogar im Campingladen begegnet, als ich mich auf meine Tour vorbereitet habe. Er war nett zu mir, schien überhaupt nicht wütend auf mich zu sein. Aber das war alles nur vorgetäuscht. Ich bin ja sowas von dumm.“

„Jordan, hör mir zu“, sagte Caleb und kam ganz dicht an mein Gesicht. „Das hier ist alles nicht deine Schuld. Dieser Typ ist verrückt. Ich habe es in seinen Augen gesehen. Er hat irgendeine Art von geistiger Störung und du hast das Pech, dass er sich auf dich fixiert hat. Aber das ist jetzt egal, ich bin bei dir und ich werde nicht zulassen, dass dir etwas zustößt. Wenn er überhaupt noch am Leben ist, wird er dir nie wieder zu nahekommen.“

„Glaubst du, er ist tot?“

„Ich weiß es wirklich nicht. Ich habe eine Blutspur in der Richtung gesehen, in die er davongerannt ist. Ich könnte mir vorstellen, dass er in der Nacht versucht hat, ins Tal zu kommen. Wer weiß, vielleicht ist er ja unterwegs über irgendeine Klippe gestürzt.“

Ich war still, doch meine Augen füllten sich mit Tränen. Auch wenn Peter mich zu töten versucht hatte, wollte ich doch nicht, dass er dort draußen zugrunde ging. Er brauchte Hilfe. Er war krank, das war jetzt offensichtlich. Aber ich hatte auch die Person gekannt, die er einst gewesen war, den lieben Jungen, der erst später von der Geisteskrankheit zerfressen worden war.

„Er war früher ein guter Kerl. Ich weiß nicht, wie das geschehen konnte.“

„Du musst damit aufhören. Der Mann wollte dich töten, Jordan. Er muss dir nun wirklich nicht leidtun. Es ist mir völlig egal, was mit ihm nicht stimmt, er war bei vollem Bewusstsein. Er hat genau geplant, wie er dich finden konnte. Er hat dich systematisch verfolgt und dich dann zu ermorden versucht. Es ist schön, dass du ein so großes Herz hast, aber du solltest wirklich kein Mitleid für jemanden haben, der dir so etwas angetan hat.“

„Ich weiß“, antwortete ich, ohne zu widersprechen. Peter zu verteidigen war echt schwachsinnig. Trotzdem schmerzte mich die Vorstellung, dass er alleine im Wald sterben musste. Ich glaubte wirklich, dass er im Gefängnis oder in einer Heilanstalt am besten aufgehoben gewesen wäre. Niemand verdiente es, elend im Schnee zu erfrieren, selbst wenn man so furchtbare Dinge getan hatte wie Peter.

„Du hast eindeutig Fieber. Ich muss sofort die Wunde säubern, solange das Schmerzmittel noch wirkt. Hältst du das aus?“, fragte Caleb und ich fragte mich das auch. Mein Bein sah rot und geschwollen aus. Ich wusste, dass es gereinigt und desinfiziert werden musste. Die drohende Infektion musste unbedingt verhindert werden.

„Ich bin bereit, so gut es eben geht.“

Caleb gab mir einen schnellen Kuss auf die Stirn und machte sich dann an die Arbeit. Es tat weh, aber ich hatte viel Schlimmeres befürchtet. Das Schmerzmedikament zeigte gute Wirkung. Ich musste Caleb bewundern, denn er nahm seine Arbeit wirklich ernst. Es wunderte mich, dass er als Techniker von dem vielen Blut und Gemetzel nicht angewidert war. Er säuberte die Wunde gewissenhaft und verband sie dann wieder sauber mit frischen Bandagen.

„So, besser wirds nicht. Jetzt müssen wir uns überlegen, wie wir hier wegkommen."

„Wie denn? Ich kann nicht laufen."

„Ich weiß. Ich hatte darüber nachgedacht, einen Schlitten zu bauen. Ich mache mir nur sorgen, dass du mir auf dem Weg nach unten entgleitest. Ich muss etwas machen, das leicht zu ziehen ist, aber nicht so einfach davonrauschen kann. Das könnte sonst böse enden."

„Es muss kein Meisterwerk werden", sagte ich und sah mir die Zeichnung eines Schlittens an, die auf dem Couchtisch lag. „Wir wollen ja kein Patent anmelden. Mach einfach ein Seil an einer Holzplatte fest und zieh mich. Das reicht doch, oder nicht?"

Er verdrehte scherzhaft die Augen und schüttelte den Kopf, bevor er sich zu mir setzte und die Zeichnung mitbrachte. Ich konnte erkennen, dass er ziemlich stolz auf seine Idee und seinen Plan war, den er nun umsetzen wollte.

„Sieh mal, du brauchst eine Stütze, also habe ich hier eine Lehne vorgesehen", sagte er und zeigte auf den Plan. „Wir müssen außerdem dein Bein fixieren, damit es sich nicht zu viel bewegt. Ich bin mir ziemlich sicher, dass es auch gebrochen oder zumindest angeknackst ist. Deshalb baue ich hier etwas ein, damit wir es anheben und polstern können."

„Caleb, das ist ein Rolls Royce. Ich denke, wenn du mir einen Volvo baust, reicht das völlig. Meinst du, wir können es heute versuchen, oder müssen wir bis morgen warten?"

„Vor morgen wird es nicht gehen. Der Schnee fällt immer noch sehr heftig, außerdem muss ich das hier zuerst bauen. Ich würde gerne frühmorgens losgehen. Was hältst du davon?"

„Ich vertraue dir", sagte ich und spürte, wie meine Augen wieder schläfrig wurden. „Ich ruh mich ein bisschen aus, während du arbeitest. Was hältst du davon?", sagte ich, um ihn zu ärgern.

„Ja, guter Plan." Er gab mir das Wasserglas und ich trank noch einen Schluck, bevor ich einschlief. Es entsprach der Wahrheit, dass ich Caleb vertraute, und auch wenn mir mein Bein und das aufkommende Fieber große Sorgen machten, glaubte ich daran, dass er es schaffen würde, mich ins Tal und in Sicherheit zu bringen. Etwas anderes blieb mir allerdings auch gar nicht übrig.

***

Ich fühlte mich, als hätte ich stundenlang geschlafen, als ich vor Schmerzen wach wurde. Die Wirkung der Schmerztabletten musste nachgelassen haben, nachdem ich den ganzen Tag verschlafen hatte.

„Caleb, würdest du mir etwas zu essen bringen, damit ich mehr Schmerzmittel nehmen kann?"

„Du glühst", sagte er, nachdem er mir die Hand auf die Stirn gelegt hatte. „Es ist erst Mittag, ich kann dir noch nicht mehr von dem Medikament geben."

„Mittag, wirklich?"

Wir wussten beide, wie schlimm es stand. Mein Fieber war außer Kontrolle, ich verbrannte förmlich von innen heraus. Wir konnten unmöglich bis zum nächsten Tag warten. Caleb sah mich mit einem hilflosen Blick an, der so verzweifelt war, dass ich gleich wieder zu weinen anfing. Ich ertrug es nicht, einen so großen und starken Mann so voller Angst zu sehen, es war entsetzlich.

„Ich bin mehr oder weniger fertig mit dem Schlitten, er ist gut genug. Wir sollten dich aufladen und uns auf den Weg machen. Wir haben immer noch sechs Stunden Tageslicht."

„Caleb, bis wir aufbrechen können, werden es weniger als fünf sein. Das schaffen wir nie zu zweit. Du solltest besser alleine gehen. So kommst du viel schneller voran und dann kannst du mit Hilfe zurückkommen."

Er schüttelte unablässig den Kopf und küsste meine Stirn. Kurz dachte ich, er würde in Tränen ausbrechen, aber er starrte nur ins Leere, als würde er irgendeinen Plan aushecken.

„Nein, ich lasse dich hier nicht zurück."

„Caleb, geh. Ich werde das schon durchstehen“, sagte ich so tapfer wie möglich. Ich wand mich vor Schmerzen und durch das Fieber schwitzte ich so sehr, dass ich mich aus der Decke schälen musste. So hätte ich ohnehin niemals hinaus in die Kälte gehen können. Die Schmerzen des Transports ins Tal würden unerträglich sein, denn mein Bein würde unweigerlich herumgeschleudert und erschüttert werden.

Jetzt gerade half mir das Schmerzmittel kein bisschen. Ich konnte kaum einatmen, ohne den Schmerz durch meinen gesamten Körper strömen zu spüren. Ich hatte nicht die Kraft, in einem Schlitten den Berg hinunter zu poltern, das hätte ich niemals überstanden.

„Ich kann nicht gehen. Er könnte wiederkommen. Er beobachtet vielleicht bereits das Haus und wartet nur auf seine Chance, die Sache zu beenden. Unter keinen Umständen lasse ich dich hier alleine.“

„Lass mir das Gewehr da. Wenn er hereinkommt, erschieße ich ihn“, sagte ich. Das Problem an diesem Plan war, dass ich bereits Mitleid mit Peter und seiner Krankheit gezeigt hatte, die ihn so wahnsinnig machte. In Calebs Augen konnte ich sehen, dass er mir nicht glaubte, dass ich tatsächlich auf Peter schießen würde. Ich glaubte es mir ja nicht einmal selbst. Davon abgesehen war ich so schwach, dass ich kaum die Arme heben konnte. Wie zur Hölle sollte ich ein Gewehr halten und damit schießen? Es war ausgeschlossen.

„Du könntest schlafen, und wenn er einbricht, würdest du niemals schnell genug aufwachen. Und was ist, wenn du wieder aufs Klo musst? Nein, ich werde nirgends hingehen. Ich gebe dir etwas gegen das Fieber und ein paar kalte Tücher, um dich abzukühlen, und dann gehen wir gemeinsam.“

„Ja, vielleicht legt sich die Entzündung ja und ich erhole mich“, sagte ich optimistisch. Keiner von uns glaubte daran.

„Du kommst mit mir“, sagte Caleb und hob mich auf, woraufhin ich vor Überraschung aufkreischte.

„Was zur Hölle. Wohin bringst du mich?“

„Ins Bad. Danach packen wir dich ein und gehen.“

Es gibt Momente, in denen man jemanden ansieht und einfach weiß, dass es absolut keinen Sinn hat, zu diskutieren. Ich sah an Calebs Miene, dass er ein Nein nicht akzeptieren würde. Ich gehorchte ihm also, auch wenn ich vor Schmerzen zitterte und weinte, als er mich einwickelte und vorbereitete.

Mein Bein tat so weh, dass ich es überhaupt nicht mehr bewegen konnte. Mir war so schon unglaublich heiß und die ganzen Kleidungsschichten machten es nur noch schlimmer. Ich wollte einen Eimer voll Wasser trinken, gleichzeitig ließ mir schon der Gedanke daran die Galle hochkommen. Es ging mir absolut dreckig, aber ich sagte kein Wort zu Caleb und wartete darauf, dass er draußen seine Arbeit fertigmachte und mich dann holte, um mich auf den Schlitten zu binden.

„Iss das“, sagte er, als er wiederkam und mir ein Stück Brot und zwei Schmerztabletten reichte.

„Ich dachte, es ist zu früh?“, presste ich qualvoll hervor.

„Du hast Schmerzen und wir müssen den Berg hinunter, zwei Pillen werden dich nicht umbringen. Nimm sie einfach.“

Ich war so froh, die Pillen nehmen zu können. Auch wenn sie unmöglich sofort wirken konnten, hörte ich doch gleich auf zu zittern und hatte mich wieder etwas mehr im Griff, als Caleb mich hinaustrug.

Geschickt brachte er uns zum Fuß der Treppe, wo ich den riesigen Blutfleck im Schnee sah. Er war dunkelrot und hatte bestimmt zwei Meter Durchmesser. Ich konnte überhaupt nicht begreifen, dass das alles mein Blut war. Ich wandte den Blick ab, um nicht wieder durchleben zu müssen, was an jenem Ort geschehen war.

Gottseidank hatte es zu schneien aufgehört. Die Sicht war sehr gut, aber es war eisig kalt. Der Schnee lag dicht und ich fragte mich, wie um alles in der Welt Caleb sich da durchwühlen und gleichzeitig den Schlitten hinter sich herzerren sollte. Ich konnte mir einfach nicht vorstellen, wie das alles funktionieren sollte.

„Caleb“, begann ich, als er einen Stapel Kissen brachte, um mich zu stützen.

„Mach dir keine Sorgen, Ich hab alles im Griff. Ruh dich aus. Die zweite Runde Schmerzmittel wird dich ganz schön ausknocken. Schlaf jetzt. So stehst du das leichter durch."

„Aber ich..."

„Schhhh", sagte er lächelnd. „Es ist alles gut."

Ich vertraute ihm. Alles, woran ich noch denken konnte, war, dass ich Caleb vertraute. Ich kannte ihn erst seit ein paar Tagen, aber ich fühlte mich ihm unglaublich nahe und ich wusste, dass er alles geben würde, um uns hier rauszuholen. Ich musste ihm einfach vertrauen und ihn sein Ding machen lassen.

Er behielt recht, was die zweite Dosis anging. Nun war ich wirklich froh über die Lehne auf dem Schlitten, denn ich legte mich zurück und wurde sofort schläfrig, während er den Schlitten umdrehte und zu der Straße hinterm Haus zog.

„Wo gehen wir hin?", fragte ich. „Und was hast du da an den Füßen?"

„Wir werden versuchen, so gut es geht auf der Straße zu bleiben. Sie ist nicht so steil wie der Hang und ich glaube, dass sie weiter unten schneefrei sein könnte", sagte er und drehte sich dabei nicht um, sondern ging einfach weiter. „Und das sind meine selbstgebauten Schneeschuhe." Er hatte etwas von dem übrigen Bauholz so zusammengebunden, dass es einem Tennisschläger ähnelte, und an beiden Füßen so ein Gerät befestigt.

„Danke, Caleb", sagte ich und spürte, wie mir die Realität entglitt und der Schlaf mich übermannte. „Danke, dass du dich um mich kümmerst." Ich war dankbar, dass die Pillen zu wirken begannen und mich in den Schlaf wiegten.

Kapitel 18

Caleb

Es ging ihr wirklich schlecht. Das Fieber wurde immer schlimmer und würde vielleicht bald ihre Organe angreifen, wenn ich sie nicht schnell zu einem Arzt brachte. Außerdem war das Fieber das Ergebnis einer Infektion, die sich ausbreiten und irreparable Schäden anrichten könnte, wenn sie nicht behandelt wurde. Es ging um Leben und Tod und ich konnte nicht in der Hütte sitzen und darauf warten, dass sie in meinen Armen starb.

Es war allerdings der denkbar ungünstigste Zeitpunkt, sich auf ins Tal zu machen. Der ganze frische Schnee machte das Gehen fast unmöglich. Meine improvisierten Schneeschuhe bewahrten mich ein wenig vor dem Einsinken, aber dennoch war jeder Schritt eine Qual und ich kam so langsam voran, dass bereits eine volle Stunde vergangen war, bis ich das untere Ende der Straße zu meinem Haus erreicht hatte.

Zu allem Überfluss war es sehr windig, wodurch sich das ohnehin schon üble Wetter noch viel schlimmer anfühlte. Als Jordan eingeschlafen war, schnappte ich mir eine der Decken und zog sie über ihren Kopf, um ihr Gesicht vor dem Sturm zu schützen.

Alles schien gegen uns zu sein. Mein Telefon hatte ich kaum laden können, weil die Solarzellen vom Schnee verdeckt gewesen waren. Mir blieben nur noch zehn Prozent Akku, das hieß, dass ich das Ding nicht einschalten konnte, bevor ich nicht ganz sicher ein Signal bekam. Ich durfte nicht riskieren, dass es ausging.

Während ich Jordan den Berg hinunterzerrte, hielt ich außerdem ständig die Augen nach diesem Peter offen, der sie angegriffen hatte. Seine Blutspur hatte von der Hütte aus ebenfalls nach unten geführt, zwar nicht an der Straße entlang, aber dennoch musste ich auf der Hut sein.

Ich kämpfte mich Schritt für Schritt voran und spürte schon

bald ein höllisches Brennen in den Oberschenkeln. Der Schnee musste an die achtzig Zentimeter tief sein und hatte sich noch überhaupt nicht verfestigen können. Das flauschige Zeug war schön anzusehen und in den Skigebieten der Umgebung freuten sich die Leute wahrscheinlich riesig, dass sie endlich den normalen Betrieb aufnehmen konnten.

Ich überlegte, den Berg zu überschreiten und im Skigebiet auf der anderen Seite abzusteigen. Das Problem war nur, dass ich diesen Weg nicht kannte und kein rechtes Gefühl für die Distanz hatte. Entfernungen waren in den Bergen schwer einzuschätzen. Man glaubte oft, dass etwas nur ein paar Gehminuten entfernt war, aber bis man das Ziel tatsächlich erreichte, konnten dann gut und gerne zwei Stunden vergehen. Das Risiko konnte ich nicht eingehen. Ich durfte uns nicht in noch größere Bedrängnis bringen. Dafür hatten wir einfach keine Zeit.

„Wie geht es dir?“, fragte ich, als ich hörte, wie sich Jordan auf dem Schlitten umherwälzte. Eigentlich konnte man das Gefährt, das ich zusammengezimmert hatte, nicht wirklich einen Schlitten nennen. Es war mehr wie eine Kiste, an der ich ein Seil befestigt hatte. Aber der Boden war glatt und das Ding ließ sich recht gut ziehen, worüber ich froh war. Außerdem funktionierte die Rückenstütze gut und hielt Jordan etwas aufrechter und in einer angenehmeren Position.

Die zweite Dosis Schmerzmittel machte mir allerdings Sorgen. Das Zeug war ganz schön stark. Ich konnte mich erinnern, dass ich nach nur zwei Pillen schon ziemlich neben der Spur gewesen war, und ich wog das Doppelte von Jordan. Allerdings waren ihre Schmerzen auch wesentlich schlimmer, also hatte ich nicht wirklich einen Vergleichswert. Trotzdem hielt ich immer mal wieder an, um mich zu vergewissern, dass sie in Ordnung war und normal atmete.

Ich zog einen Handschuh aus und legte den Handrücken auf ihre Stirn, um ihre Temperatur zu prüfen. Sie glühte immer noch. Meine Hände waren ziemlich warm, aber sie fühlte sich trotzdem heiß an.

„Caleb“, sagte sie und öffnete schwach die Augen.

„Ja, ich bin da. Was kann ich für dich tun? Möchtest du einen Schluck Wasser?”

Ich wartete nicht auf ihre Antwort. Jordan war so lethargisch, dass sie kaum den Kopf heben konnte. Ich steckte einen Strohhalm in meine Wasserflasche und ließ sie einen kleinen Schluck nehmen.

Wenn das alles vorüber war, würde sie mich wahrscheinlich hassen. Ich sah, wie übel es ihr ging und ich konnte nur daran denken, was für eine schreckliche Erinnerung das für sie sein würde. Als Jordan und ich einander nähergekommen waren, hatte ich an eine kleine Chance geglaubt, dass wir uns vielleicht würden wiedersehen können, aber jetzt wusste ich, dass das nicht möglich war. Sobald wir es nach unten geschafft hatten, wovon ich überzeugt war, würde Jordan nie mehr an diesen ganzen Horror erinnert werden wollen. Der Funke, der sich zwischen uns entzündet hatte, war längst verloren nach allem, was geschehen war.

Davon durfte ich mich jetzt allerdings nicht ablenken lassen. Ich musste mich darauf konzentrieren, Jordan zu retten. Ich wickelte sie wieder ein und wollte die Decke wieder hochziehen, als sie mir mit einer Hand Einhalt gebot.

„Wir sollten dich wirklich zudecken. Sonst bekommst du Frostbeulen, wenn ständig Schnee auf dein Gesicht fällt. Ich möchte...“

Bevor ich mit meiner ausschweifenden Erklärung fortfahren konnte, kotzte sie neben dem Schlitten in den Schnee zu meinen Füßen. Noch so ein schlechtes Omen. Ich wusste nicht, ob ihr Magen wegen der vielen Medikamente oder wegen des zunehmenden Fiebers verstimmt war, auf jeden Fall musste ich weiter. Es blieben uns nur noch ein paar Stunden Tageslicht und ich wollte noch im Hellen den schwierigsten Teil des Abstiegs hinter mich bringen.

„Tschuldigung“, sagte sie und lächelte schwach, bevor sie ihren Kopf wieder auf das Kissen legte, das ich ihr gegeben hatte.

„Schlaf. Du solltest am besten schlafen.“

„Okay“, sagte sie nur und schloss die Augen.

Solange sie schlief, spürte sie wenigstens die Schmerzen nicht. Außerdem würde sie sich im Schlaf weniger wahrscheinlich übergeben, was sonst zu Dehydrierung führen konnte. Schlaf war also im Moment die beste Option.

Bei Tageslicht konnte ich die Straße noch recht gut erkennen und ich sah, dass wir nun auf die größere Asphaltpiste kamen. Wir waren noch nicht sehr weit gekommen, obwohl wir schon fast zwei Stunden unterwegs waren.

Wir gingen jetzt bergab und nicht mehr am Hang entlang. Das ermutigte mich, auch wenn ich für unsere bisherige Strecke normalerweise nur ein paar Minuten gebraucht hätte. Deshalb war ich extra bis ganz herüber zur großen Straße gegangen, statt gleich gerade den Berg hinunter, denn jetzt ließ sich der Schlitten viel besser ziehen.

Beim Bau von Straßen in den Bergen gab es eine gewisse Neigung, die noch akzeptabel war. Dadurch fiel es mir auf dem Weg viel leichter, den Schlitten unter Kontrolle zu halten, was extrem wichtig war. Die meisten Hänge hier oben waren so steil, dass man darauf auch ohne Schnee schnell abrutschen konnte. Es hatte mich viel Mühe gekostet, die Straße zu erreichen, aber nachdem ich ein paar Kurven hinuntergegangen war, wurde mir schnell klar, dass es eine gute Entscheidung gewesen war. Die Straße war ebenfalls vom Schnee bedeckt, aber ich hielt mich in der Mitte und konnte ihre Konturen so einigermaßen erkennen. Mit dem vielen Schnee sah alles ganz anders aus, meine Konzentration durfte also auf keinen Fall nachlassen, sonst hätte ich mitsamt dem Schlitten über die Kante geraten können und Jordan wäre verloren gewesen.

Nachdem ich den Schlitten eine weitere Stunde hinter mir hergezogen hatte, entschied ich, dass es besser war, mich dahinter zu stellen und ihn anzuschieben. So hatte ich Jordan besser im Griff und die Schwerkraft würde mir dabei helfen, schneller voranzukommen.

„Ich werde jetzt den Schlitten umdrehen“, sagte ich zu ihr, nachdem ich die Decke zurückgezogen hatte.

Als ich sieh sah, hielt ich vor Schreck den Atem an. Sie war so blass, dass ich sie schon für tot hielt. Verzweifelt schüttelte ich sie und versuchte, sie aufzuwecken. Ich schob den Schlitten zur Sicherheit in eine kleine Mulde und riss die Decken von Jordans Körper.

Sie bewegte sich. Es war kaum wahrnehmbar, aber sie hatte sich definitiv bewegt.

„Jordan, stirb mir jetzt bloß nicht weg. Wir werden es ins Tal schaffen. Ich schwöre dir, dass ich dich in ein Krankenhaus bringe und dass alles gut wird."

Sie öffnete leicht die Augen und ein kleines Lächeln huschte über ihr Gesicht. Ich wartete darauf, dass sie etwas sagte, irgendetwas. Ich musste nur ihre Stimme hören, um zu wissen, dass es ihr gutging. Aber sie sprach nicht. Sie öffnete auch nicht wieder die Augen. Da war ich mir plötzlich sicher, dass sie sterben würde.

Ich ließ meine Hand auf ihrer Brust ruhen und schloss für einen Moment die Augen, um ihre Atmung zu erfühlen. Sie lebte noch. Noch war sie bei mir. Ich musste etwas tun. Ich durfte nicht herumstehen und darauf warten, dass alles noch schlimmer wurde. Wir hatten erst den halben Weg hinter uns, aber ich holte mein Handy heraus und schaltete es ein. Ich betete um Empfang. Wenigstens ein bisschen. Ich musste nur einen Notruf absetzen.

Und da war es. Zwei winzige Balken leuchteten auf meinem Display. Ich wählte den Notruf und hoffte, dass mich jemand erhören würde.

„Notrufzentrale, wie kann ich helfen?", sagte die Telefonistin und ihre Stimme klang für mich wie ein Engel, der vom Himmel zu mir sprach.

Ich gab ihr alle Details über unseren Standort und dass ich mich weiter den Berg hinunterkämpfen würde. Ich erklärte Jordans Zustand und dass sie dringend einen Arzt brauchte. Etwa fünf Kilometer weiter gab es eine Hauptstraße. Bis ich sie erreichte, würde es dunkel sein, aber ich hoffte, dass sie die Straße freibekommen und uns dort treffen konnten.

Die Frau behielt mich weiterhin am Telefon und ich setzte mich wieder in Bewegung. Ich gab ihr nun noch die Angaben über den Angreifer durch, der Jordan verletzt hatte. Ich erzählte ihr, was ich wusste und gab ihr die Richtung, in die er zuletzt gegangen war.

„Einen Moment", sagte ich und beugte mich zu Jordan

hinunter. „Wie ist sein Name? Der Kerl mit der Axt. Sein Name ist Peter?“

Sie konnte sich zwar kaum bewegen, öffnete aber die Augen und sah mich an. Sie schien in weiter Ferne zu sein und ich wusste nicht, ob sie es bis ins Krankenhaus schaffen konnte. Ich war mir nicht einmal sicher, ob sie es bis zum Fuß des Berges schaffen würde. Ein mulmiges Gefühl erfüllte meine Magengegend. Sie durfte einfach nicht sterben. Sie durfte nicht.

„Peter Myers“, sagte sie hauchdünn.

Ich gab den Namen durch und sagte dann, dass ich auflegen würde, um den Akku zu schonen. Ich machte alle Angaben so genau wie möglich und man versprach mir, dass uns ein Team der Bergrettung holen würde.

„Danke“, sagte ich und legte auf.

Die Bergrettung war nicht dasselbe wie ein Sanitäterteam. Es war eine Enttäuschung, aber ich konnte es nicht ändern. Eine Rettungsmannschaft würde uns wenigstens schnell ins Krankenhaus bringen können, und das war besser als nichts.

„Kommen sie?“, fragte Jordan kaum hörbar.

„Wir werden uns an der Hauptstraße mit ihnen treffen. Wie geht es dir?“

„Es geht schon“, sagte sie und versuchte zu lächeln. „Danke, Caleb.“

Und schon war sie wieder weggetreten. Ich deckte ihren Kopf zu und schob sie weiter den Berg hinunter, wobei ich das Seil festhielt und achtgab, dass ich nicht die Kontrolle verlor. Ich hatte wieder neue Kraft geschöpft. Entschlossenheit hatte mich ergriffen und ich war vom unbändigen Willen erfüllt, uns an den vereinbarten Treffpunkt zu bringen, denn jetzt wusste ich, dass dort die Rettung auf uns wartete. Ich schob so kraftvoll, dass ich mich sogar selbst überraschte.

Als die Sonne unterging, brannten meine Beine vor Erschöpfung, aber ich war noch immer fast zwei Kilometer von dem Ort entfernt, wo uns die Rettungskräfte holen sollten. Ich vermutete, dass sie sich nicht zu weit den Berg hinaufwagen würden – es lag an mir allein, uns zum Treffpunkt zu bringen.

Die Abenddämmerung war noch kein Problem, solange ich den Weg sah, aber als sich der Himmel schwarz zu färben begann, kam ich in Schwierigkeiten. Ich konnte nicht mehr erkennen, ob wir überhaupt noch auf dem Weg waren. Der ganze Schnee ließ bei Nacht einfach alles gleich aussehen.

Die Nacht brachte jede Menge Gefahren mit sich und bremste uns deutlich ein. Der Mond leuchtete diesmal nicht vom Himmel und ich konnte einfach nichts mehr sehen, alles war finster. Der Himmel war bedeckt und kein einziger Stern war in Sicht. Außerdem fiel die Temperatur rapide und ich hielt vor Sorge um Jordan immer wieder an.

Ich musste mich dicht an den Hang halten und so nach unten navigieren. Ich wollte um jeden Preis vom Rand des Weges wegbleiben, denn ich wusste, dass es hier weit in die Tiefe ging. Aber auch auf die Hangseite durfte ich nicht zu weit geraten, denn dort war ein Graben, aus dem ich uns nur schwer hätte befreien können, wenn ich Jordan hineingeschoben hätte.

Wir kamen um eine Kurve, wo ich ihr die Decke vom Kopf zog, um nach ihr zu sehen. In der Dunkelheit konnte ich unmöglich erkennen, wie es ihr ging, also legte ich mein Ohr an ihr Gesicht, um auf ihren Atem zu horchen.

„Was machst du da?“, fragte sie, als ich mein Ohr an ihren Mund hielt. „Du willst mich doch nicht etwa küssen?“ Sie lachte ganz leise und ich merkte, wie wenig Energie ihr noch blieb.

„Doch“, antwortete ich und gab ihr einen schnellen Kuss auf die Wange. „Wir sind fast da, ich glaube, es sind nur noch ein paar Kurven und dann werden wir sehen, ob jemand auf uns wartet.“

„Und wenn nicht?”

„Lass uns lieber positiv denken. Das Rettungsteam wird schon bereitstehen und die werden dich sofort in ein Krankenhaus schaffen. Die machen dir dann einen hübschen Verband um dein Bein und ich schreibe irgendwas Lustiges drauf.“

„Okay“, sagte sie, bevor sie die Augen wieder zumachte.

Ich weiß nicht mehr genau, wie weit wir noch gegangen

waren, bevor ich in einiger Entfernung rote Lichter sah. Es war das erste Anzeichen der Rettung und eine enorme Erleichterung. Ich beschleunigte das Tempo und schob Jordans Schlitten den Berg hinab, ohne die Lichter weiter unten aus den Augen zu verlieren.

Je näher ich kam, desto mehr Geräusche nahm ich auch war. Mein Herz pochte vor Aufregung. Sie waren gekommen. Die Rettungsmannschaft wartete schon auf uns.

„Mister McCann“, hörte ich eine Stimme sagen und eine Taschenlampe blendete mich.

Meine erste Reaktion war es, nach der Waffe zu greifen, die ich neben Jordan in den Schlitten gesteckt hatte. Ich hatte den ganzen Tag über auf einen verrückten Angreifer gewartet und die Stimme dieses Mannes schreckte mich auf. Mit der Hand am Gewehr antwortete ich.

„Ja.“

„Lassen Sie mich helfen“, sagte der Bergretter und eilte den Hügel hinauf zu mir.

„Das ist Jordan. Sie hat eine schlimme Verletzung am Bein von einer Axt. Sie hat ziemlich viel Schmerzmittel intus und ist ganz schön weggetreten, außerdem hat sie, glaube ich, eine Entzündung.“

„Okay“, sagte der Mann und wir drehten den Schlitten, sodass er am Seil ziehen konnte, während ich von hinten schob. „Was ist passiert?“

„Mein Exfreund wollte mich töten“, sagte Jordan schwach.

Der Helfer leuchtete ihr mit der Taschenlampe ins Gesicht und danach sofort zu mir. „Nein, ich bin nicht der Exfreund“, antwortete ich rasch. „Er ist entkommen. Aber ich hab ihn angeschossen, ich glaube, dass er verletzt ist, aber er ist mir entwischt.“

„Wir haben ihn wohl auf dem Weg hierher gefunden. Eins unserer Teams ist mit ihm ins Tal gefahren, das andere hat hier gewartet. Er hatte eine ziemlich üble Schussverletzung in der Schulter und war völlig unterkühlt.“

„Gut", sagte ich und meinte damit sowohl, dass er verletzt war, als auch, dass er nicht tot war.

So egal es mir auch gewesen wäre, wenn der Kerl gestorben wäre, Jordan hätte das nicht gewollt und ich wollte nicht, dass sie noch mehr Schmerzen ertragen musste als ohnehin schon. Als wir den Geländewagen der Bergrettung erreichten, war ich von deren Ausrüstung ziemlich beeindruckt. Das Gefährt hatte vorne einen Pflug und sie hatten sich wohl den ganzen Weg bis hierher selbst durchgewühlt.

Das übrige Team übernahm Jordan und lud sie so schnell ein, dass ich gar nichts mehr zu ihr sagen konnte. Der Mann, der mir geholfen hatte, gab die Infos weiter und schon fuhren sie davon.

Wir setzten uns in den zweiten Wagen und man untersuchte auch mich auf Verletzungen. Ich fühlte mich gut. Mir war kalt und meine Zehen und Finger waren etwas steif, aber im Großen und Ganzen ging es mir den Umständen entsprechend.

„Können wir los? Ich wäre gerne dabei, wenn sie aufwacht."

„Wir müssen leider noch auf unser drittes Team warten, die mussten eine Gruppe junger Wanderer einsammeln, die hier oben fast eine Woche festgesessen sind und gerade vom Skigebiet aus Hilfe gerufen haben. Es sollte nicht mehr lange dauern."

„Geht es allen gut?", fragte ich.

„Ja, es klang so, als wären sie okay, weil sie sich in einem der Nebengebäude des stillgelegten Skigebiets verkriechen konnten. Wären sie einfach nur auf die andere Seite des Berges gegangen, hätten sie eine Woche lang Bier trinken und Party machen können", lachte der Mann.

Da musste ich selbst auch lachen. Als der andere Wagen hinter uns auftauchte, machten wir uns endlich auf den Weg die Straße hinunter. Ich konnte es nicht erwarten, das Krankenhaus zu erreichen und nach Jordan zu sehen. Die Erleichterung durchströmte mich und meine Hände begannen wild zu zittern.

„Das ist wahrscheinlich nur das Adrenalin. Aber wir werden Sie durchchecken lassen, sobald wir unten sind, keine Sorge", versicherte mir der Helfer.

Kapitel 19

Jordan

„Hi, ich bin Mary", sagte die Schwester, die neben mir stand und gerade meine Infusion wechselte.

„Hi", sagte ich, sah mich in dem Raum um und versuchte, meine Lage einzuschätzen. Ich war eindeutig in einem Krankenhauszimmer. An meine Brust waren Monitore angeschlossen und an meinem Arm hing ein Tropf. Meine Wade war eingegipst, aber ich fühlte mich ziemlich gut. Was da in meine Venen floss, musste wohl ausgezeichneter Stoff sein, denn wenn ich den Kopf umwandte, verlangsamte sich stets das Bild und alles verschwamm vor meinen Augen.

„Sie sind im Krankenhaus. Sie hatten eine Operation, man hat Ihre Wunde versorgt, Ihr Bein gerichtet und alles vernäht. Würden Sie bitte Ihren Schmerz auf einer Skala von eins bis zehn einstufen?"

„Ich habe gar keine Schmerzen", antwortete ich. „Aber ich muss ganz dringend mal pinkeln."

„Sie haben einen Katheter. Das Gefühl wird noch bleiben, bis er entfernt wird, aber Sie müssen sich deswegen keine Gedanken machen."

„Meine Eltern. Ich sollte meine Eltern anrufen. Und meine Freunde, die machen sich bestimmt alle Sorgen um mich."

„Draußen im Warteraum ist schon jemand, der Sie ganz dringend sehen möchte."

Mary lächelte und ging aus dem Zimmer, um die Person zu holen.

Ich konnte es kaum erwarten, Caleb zu sehen. Auch er musste sich furchtbare Sorgen gemacht haben. Es war kaum zu glauben, was wir zusammen durchgemacht hatten. Ich wollte die Arme um ihn legen und ihn nie wieder loslassen. Ich wäre da oben mehr als einmal gestorben, wenn er nicht gewesen wäre. Ich wäre im Zelt gestorben oder auf jenem Felsabsatz, und ganz bestimmt wäre ich Peter nicht alleine entkommen.

Während ich darauf wartete, dass Mary zurückkam, versuchte ich, meine Haare und mein Nachthemd zu richten. Ich sah trotzdem sehr durch den Wind aus, aber was machte das schon. Caleb hatte mich in allerlei Notlagen erlebt und er war trotzdem noch immer für mich da.

Mein Herz schlug vor Aufregung und steigender Vorfreude. Ich hörte Marys Stimme vom Gang her. Sie schien eine ziemlich gutgelaunte Schwester zu sein. Sie lachte laut auf, kurz bevor sie zurück ins Zimmer kam.

„Na bitte, da sind wir schon“, sagte Mary und führte den Gast herein.

„Oh mein Gott, ich dachte, du wärst tot!“, kreischte Emma und rannte auf mich zu.

Sie sprang praktisch auf mein Bett und umarmte mich stürmisch. Ich fing sofort an zu heulen. Ich konnte mir kaum vorstellen, wie besorgt und voller Angst sie gewesen sein musste, als sie von dem Schneesturm erfahren hatte und davon ausgehen musste, dass ich es nicht zurückschaffen würde.

„Mir gehts gut“, sagte ich und hielt sie fest.

„Du bist alleine gegangen und ich hab dir dazu geraten. Naja, nicht wirklich geraten, aber ich habe dir was von Unabhängigkeit vorgeschwafelt. Das ist alles meine Schuld.“

„Quatsch, eigentlich wolltest du mit mir in das Hotel gehen. Es war meine Entscheidung, auf die Tour zu gehen. Dich trifft überhaupt keine Schuld. Mir gehts bestens, sieh mich an. Okay, vielleicht bin ich ein bisschen zerknautscht, aber es ist alles gut.”

„Die Polizei steht auch draußen und will mit dir reden. Da war auch noch ein echt heißer Typ, den sie befragt haben. Hat der dich gerettet?“, fragte Emma und setzte sich zu meinen Füßen aufs Bett.

Emmas Anwesenheit gab mir das Gefühl, endlich wieder zu

Hause zu sein. Ihre endlose Energie und der unablässige Redefluss machten mich normalerweise ganz irre, aber heute war es eine willkommene Ablenkung von den Ereignissen der letzten Tage.

„Ich weiß ja nicht, wer da draußen steht“, sagte ich, unwillig, ihr zu viel über Caleb zu verraten. „Aber ich habe einen netten Mann getroffen, der mir geholfen hat. Falls er da ist, würde ich gern mit ihm reden.“

„Also der Kerl, der mit der Polizei geredet hat, musste mit aufs Revier kommen. Er sagte, er hätte auf jemanden geschossen. Was zur Hölle ist denn da oben passiert?“

„Peter ist mir wohl doch die ganze Zeit über gefolgt. Ich weiß nicht, wie er mich dort oben gefunden hat, aber er ist bei der Hütte aufgetaucht, in der ich Unterschlupf gefunden habe. Ich wollte fliehen, aber er hat versucht, mich zu töten.“

„Hallöchen, junge Dame”, sagte ein Arzt, der gerade hereingekommen war und schnurstracks auf mich zukam, um mir die Hand zu schütteln. „Ich bin Doktor Masterson. Ich habe gehört, dass Sie aufgewacht sind und dachte mir, ich schaue mal vorbei und sehe nach Ihnen. Wie fühlen Sie sich?“

„Ich fühle mich ziemlich gut. Ein bisschen schwindlig und leicht schlecht ist mir aber noch.“

„Das dürfte von den Antibiotika und den Schmerzmitteln kommen. Ich kann Ihnen aber auch noch etwas gegen die Übelkeit geben“, sagte er und schrieb etwas auf mein Krankenblatt. „Wie ist es mit den Schmerzen? Ihr Muskel und der Knochen haben ganz schön was abgekriegt.“

„Momentan spüre ich nicht viel“, sagte ich, während Emma meine Hand nahm und sie presste.

„Das ist gut. Dann kann ich vielleicht die Dosis beim Schmerzmittel etwas verringern, das sollte mit der Übelkeit helfen, aber geben Sie Mary bitte gleich Bescheid, falls Sie mich noch einmal brauchen. Sie sollen es gut haben und sich erholen. Ihr Körper hat viel mitgemacht und Sie werden noch ein paar Tage brauchen, bis Sie aufstehen und sich bewegen können.“

Der Doktor erklärte mir noch ein bisschen, was für

Vorkehrungen ich wegen dem neuen Gips treffen musste und wie die nächsten Tage im Krankenhaus verlaufen würden. Es war ein gutes Gefühl, in alles eingeweiht zu werden und den Eindruck zu bekommen, dass man sich um mich kümmerte.

Auch wenn ich wahrscheinlich noch einen langwierigen Rehabilitationsprozess vor mir hatte, machte mir das nichts aus. Ich war am Leben. Ich hatte Glück, dass ich am Leben war, und ich würde mich bestimmt nicht beschweren. In der letzten Woche war so viel passiert, jede Menge haarige Ereignisse, die mich hätten umbringen können. Ein bisschen Physiotherapie und ein Gips konnten mir jetzt nichts mehr anhaben.

Als der Doktor schließlich gegangen war, umarmte mich Emma noch einmal. Ich wusste, dass ich ihr irgendwann die ganze Geschichte würde erzählen müssen, aber fürs Erste wollte ich einfach nur mit meiner Freundin knuddeln.

„Sag Bescheid, wenn ich den Polizisten hereinholen soll. Ich bin sicher, er will nur deine Daten aufnehmen."

„Was meinst du, wie lange der da draußen noch wartet?", lachte ich. „Vielleicht kann ich ihn ja einfach ignorieren."

„Naja, ich glaube, früher oder später wird er einfach reinkommen und dich ausquetschen. Da kannst du es auch gleich hinter dich bringen und dich danach ausruhen."

Emma hatte natürlich recht. Ich war wach und fühlte mich gut, es war wohl am besten, das Ganze sofort zu erledigen. Ich hatte nur gehofft, noch mit Caleb reden zu können, bevor ich mit der Polizei sprach. Sie konnten ihn nicht wirklich verfolgen, weil er auf Peter geschossen hatte, das wäre einfach lächerlich gewesen. Er hatte mich schließlich nur beschützt und war keineswegs der Aggressor gewesen.

„Na dann geh ihn holen. Ich rede gleich mit ihm", meinte ich.

Es war schon lange her, dass ich das letzte Mal mit der Polizei hatte sprechen müssen. Es waren bestimmt ein paar Jahre. Auch beim letzten Mal war es darum gegangen, dass Peter mich angegriffen hatte.

Zum Glück war das Gespräch mit dem Polizisten sehr einfach.

Sie hatten bereits eine Aussage von Caleb und es stellte sich heraus, dass auch Peter bereits ausgesagt und zugegeben hatte, was passiert war. Peter war in Sicherheit und man hatte ihn in eine psychiatrische Anstalt gebracht, was mich sehr beruhigte.

Es war schwer zu begreifen, wie ich vor jemandem so schreckliche Angst haben konnte und gleichzeitig mit ihm mitfühlte. Peter war einst ein fröhlicher Teenager gewesen, in den ich sehr verliebt gewesen war. Ich hatte nie verstanden, was genau mit ihm geschehen war und wieso er jetzt so viel Zorn in sich trug, aber ich hoffte einfach, dass er endlich die Hilfe bekam, die er so dringend benötigte.

„Hat man Caleb angezeigt, weil er auf Peter geschossen hat?“, fragte ich den Polizisten, nachdem wir die Aussage nach einer knappen halben Stunde beendet hatten.

„Nein, es klingt ja nach einem klassischen Fall von Selbstverteidigung“, antwortete dieser, bevor er ging. „Ich kontaktiere Sie eventuell in ein paar Tagen nochmal, falls weitere Fragen auftauchen. Sie hatten ziemliches Glück, dass Sie noch am Leben sind.“

„Ich weiß.“

Er hatte recht. Ich hatte solches Glück, dass ich lebte, aber auch, dass meine Freundin Emma jetzt hier bei mir war. Trotzdem konnte ich nicht aufhören, an Caleb zu denken und mich zu fragen, wo er steckte und wieso er nicht hergekommen war. Er hatte seine Aussage längst abgegeben und es sah nicht so aus, als wollte man ihn festhalten. Wo konnte er also sein?

Es wurde ein langer Abend, an dem mir Emma half, meine Eltern und alle anderen anzurufen, um jedem zu berichten, dass es mir gut ging. Ich sprach fast eine Stunde lang mit meinen Eltern, bevor ich endlich auflegen konnte. Sie versicherten mir, am nächsten Morgen ins Krankenhaus zu kommen, nachdem ich mich ein bisschen erholt hatte.

Als ich schon kaum mehr die Augen offenhalten konnte, klopfte es noch einmal an die Tür.

„Kann ich reinkommen?“, fragte eine altbekannte, kräftige Stimme.

Ich setzte mich schnell auf und Emma lächelte, als sie mir zusah und bemerkte, wie aufgeregt ich plötzlich wurde. Ich musste ihr nicht erklären, dass dies der besagte Kerl war. Sie wusste längst Bescheid.

„Hi“, sagte ich und gab mir Mühe, so entspannt wie möglich zu klingen. „Wie gehts dir?“

„Wie gehts *dir*? Du bist es, die beinahe gestorben wäre.“

„Nein, das hättest du nie zugelassen. Ich wusste die ganze Zeit über, dass du mich beschützen würdest.“

„Dann bin ich ja froh, dass wenigstens einer von uns daran geglaubt hat. Ich war mir da nicht so sicher“, lachte er und blickte dann zu Emma.

„Das ist meine Freundin Emma. Sie wollte gerade gehen“, sagte ich und gab ihr einen vielsagenden Blick. „Emma, das ist Caleb. Er... naja, er hat mich gerettet.“

„Oh, ja, ich geh schon“, sagte sie und schnappte ihre Sachen auf dem Weg nach draußen. „Ich hol mir mal was zu essen. Ich schau später nochmal nach dir, Jordan. Ich werde auf der Couch da schlafen.“ Sie zeigte mit dem Finger auf das Sofa und dann auf Caleb. „Mach dir keine falschen Hoffnungen.“

„Jawohl, verstanden“, sagte er ironisch.

Nachdem Emma mich noch einmal umarmt hatte, drückte sie gleich auch noch Caleb an sich. Sie blieb ein bisschen zu lange an ihm hängen, aber das konnte man ihr ja auch nicht übelnehmen. Ohne den Bart und die langen Haare war er mit Abstand der am besten aussehende Mann, den ich je getroffen hatte. Natürlich hatte er auch vorher schon verdammt gut ausgesehen, aber jetzt? Wow, ich konnte ihn kaum ansehen, ohne rot zu werden.

Er trug ein modisch und teuer aussehendes Hemd und darüber ein Jackett. Er wirkte wie ein Millionär, ganz anders als der Kerl, mit dem ich die letzte Woche in den Wäldern verbracht hatte. Die kurzen Haare sahen so aus, als hätte er sie noch einmal trimmen lassen, und sein Gesicht war so glatt, dass es förmlich danach bettelte, von mir gestreichelt zu werden, aber ich riss mich zusammen. Die Dynamik zwischen uns war jetzt plötzlich so anders. Da war auf einmal eine peinliche Spannung, die so gar nichts Erotisches an sich hatte.

„Also, danke, dass du mir das Leben gerettet hast“, sagte ich und gab ihm eine unbeholfene Umarmung.

„Ich bin so froh, dass es dir gut geht.“

Die Worte hingen so lange im Raum, bis wir beide den Tränen nahe waren. Er hielt meine Hände fest und sah mir in die Augen, bis es fast zu viel wurde. Vor ein paar Augenblicken war ich noch ganz gelöst gewesen und hatte mich gefreut, dass es mir so gut ging, und jetzt, wo Caleb da war, brach ich fast zusammen unter der Last der überwältigenden Emotionen, die mich durchfluteten.

„Die Ärzte sagen, dass ich wieder ganz normal gehen kann, sobald der Gips ab ist. Ich werde ein bisschen Therapie brauchen, weil der Muskel so schwer verletzt wurde, aber sie sind ziemlich zuversichtlich.“

„Das ist fantastisch, Jordan. Da oben hat es eine Weile echt schlimm ausgesehen.“

„Ich weiß. Ich kann immer noch kaum glauben, wie du das Ding gleich zugenäht hast. Ich hätte alles vollgekotzt, wenn ich das hätte machen müssen.“

„Ich weiß“, sagte er und klang, als sei er von sich selbst überrascht. „So etwas habe ich noch nie tun müssen. Ich war mir sicher, dass ich es komplett versaut hatte, aber der Arzt hat gemeint, von einem Laien hätte er noch nie so eine improvisierte Naht gesehen.“

„Vielleicht wollte er ja sagen, dass er noch nie so etwas Fürchterliches gesehen hat“, sagte ich und zuckte mit den Achseln, um ihn auf den Arm zu nehmen.

„Oh Mann, das könnte schon sein.“

„Also, gehst du jetzt wieder zurück?“, fragte ich.

Calebs Erscheinung machte nicht den Eindruck, als wolle er wieder in die Berge gehen. Es sah fast so aus, als plante er, in der Stadt zu bleiben. Ich wollte ihm ein Zeichen geben, dass ich gerne seine Nummer gehabt hätte, aber ich stellte mich dabei ziemlich ungeschickt an.

„Nein, ich werde eine Weile in meiner Wohnung in der Innenstadt bleiben. Ich glaube, ich bin bereit, ein paar Dinge nachzuholen."

„Das freut mich total für dich. Ehrlich. Ich wohne auch nicht weit weg von der Innenstadt", fügte ich als Andeutung hinzu.

Es folgte ein langes Schweigen und Caleb sah aus, als wollte er etwas sagen, aber er blieb stumm. Stattdessen starrte er auf die Blumen und Ballons, die an der Wand standen, und las einige der Grußkarten.

Ich hatte sie mir noch nicht einmal angesehen und hatte keine Ahnung, was darinstand oder wer sie geschickt hatte. Er wich mir aus. Das war offensichtlich. Er wollte nicht reden, oder zumindest nicht über das, was da oben zwischen uns gewesen war.

„Ich weiß, ich wiederhole mich, aber ich bin sowas von froh, dass du wieder gesund wirst. Eine Zeit lang habe ich echt gedacht, du würdest das Bein verlieren. Du konntest deine Zehen nicht bewegen und ich war mir sicher, dass du dich davon nicht wieder erholen würdest."

„An den Weg nach unten kann ich mich kaum mehr erinnern. Zu dem Zeitpunkt war ich schon ziemlich weggetreten. Du hast dich hervorragend geschlagen." Ich lächelte und er blickte wieder weg.

„Hast du jemanden, der dir zu Hause ein bisschen unter die Arme greifen kann? Ich könnte für dich eine Pflegerin anstellen oder so."

„Ich bin mir ziemlich sicher, dass sich Emma bei mir einnisten wird. Ich komm schon klar. Aber das ist ein sehr liebes Angebot von dir."

Erneutes Schweigen. Caleb war nicht er selbst und ich fühlte mich auch nicht wie ich selbst. Waren wir oben am Berg authentischer gewesen? Aber vielleicht war diese betretene Stimmung auch eher die Realität und die Gefühle in der Hütte waren nicht echt gewesen. Ich verstand überhaupt nichts mehr. Ich wusste nur, dass ich mich in dieser Hütte am Berg in Caleb verliebt hatte und dass ich immer noch sehr viel für ihn empfand. Es war wirklich seltsam, dass er keine Emotionen zeigte und sich so komisch verhielt.

Sein Benehmen ließ mich irgendwie in die Defensive gehen. Es war ein Dominoeffekt, der außer Kontrolle zu geraten drohte. Ich wollte die Unterhaltung nicht weiterführen, wenn wir nur superschräg zueinander sein konnten.

„Gut, ich lasse dich besser ausruhen“, sagte Caleb, bevor ich dieselbe Ausrede bringen konnte.

„Ja, es war ein sehr langer Tag. Ich muss wirklich mal schlafen.“

„Okay, ich komme dann vielleicht morgen oder übermorgen nochmal vorbei. Hoffentlich gehts dir bald gut genug, um heimzugehen.“

„Danke Caleb, das wäre sehr schön. Ich freue mich, dich bald wiederzusehen“, sagte ich in einem seltsam förmlichen Tonfall, den ich überhaupt nicht von mir kannte.

„Bis dann“, sagte er und winkte mir dann doch tatsächlich zum Abschied, bevor er den Raum verließ.

Was zum Teufel war das denn gerade gewesen? Ich hatte wirklich keine Ahnung. Der Mann, mit dem ich erst vor ein paar Tagen so heftig Liebe gemacht hatte, hatte mir zum Abschied gewunken. Daran war nun wirklich gar nichts sexy. Das ganze Aufeinandertreffen war so eigenartig gewesen, dass ich noch stundenlang nicht einschlafen konnte und mir das Ganze wieder und wieder durch den Kopf gehen lassen musste.

***

Nachdem ich aus dem Krankenhaus entlassen worden war, ging ich zurück in meine Wohnung und Emma blieb eine Weile bei mir. Sie half mir sehr, aber ich konnte die meisten Dinge schon bald wieder alleine erledigen. Meine Fähigkeit, für mich selbst zu sorgen, hatte sich durch mein Abenteuer noch vervielfacht. Ich hatte keine Angst mehr vor dem Alleinsein oder davor, auch mal Fehler zu machen. Es war ein erfrischendes und befreiendes Gefühl. In den paar Wochen seit meiner Heimkehr hatte ich so viel Energie und Selbstbewusstsein gewonnen wie nie zuvor im Leben.

„Emma, bist du soweit? Mensch, mach schon. Ich habe nur ein funktionierendes Bein und ich bin trotzdem vor dir fertig."

„Du erfreust dich aber auch des Lebens und ich hasse das Leben. Ich will überhaupt nicht zur Arbeit. Können wir heute blau machen?"

„Du von mir aus. Ich habe ein großes Projekt, das ich fertigmachen will. Bring mich wenigstens hin, ich will nicht für ein Taxi zahlen." Ich hatte inzwischen einen Gehgips, mit dem ich viel mobiler war, aber fahren konnte ich immer noch nicht.

„Hast du eigentlich schon bei Caleb angerufen?", fragte Emma, als sie endlich ihre Schuhe angezogen hatte.

Sie erwartete doch tatsächlich, dass ich einfach bei ihm anrief. Caleb hatte mir nicht einmal selbst seine Nummer gegeben. Emma hatte sie aus dem Polizeibericht herausgelesen. Meiner Meinung nach hätte er sich meine Kontaktinformationen schon besorgt, wenn er mit mir hätte reden wollen. Er wäre zurück ins Krankenhaus gekommen und hätte mich besucht, bevor ich entlassen wurde. Er war eindeutig nicht daran interessiert, die Sache mit uns irgendwie weiterzuverfolgen.

„Ich habe nicht vor, ihn anzurufen. Das haben wir schon besprochen."

„Nein, du hast gesagt, du denkst drüber nach. Ich dachte, du würdest darüber nachdenken und zu dem Schluss kommen, dass es lächerlich wäre, ihn nicht anzurufen."

„Emma, er wollte nicht mit mir in Kontakt bleiben. Das ist ziemlich leicht zu erraten. Hätte er meine Nummer gewollt, hätte er danach gefragt."

„Du hast doch gesagt, er hätte deine Kontaktdaten?"

„Nein, er hat meine Adresse, um mir das Zelt zuzuschicken, das ist alles. Und ich schätze, er kennt meinen Arbeitsplatz, nachdem ich ihm mal davon erzählt habe. Aber mehr weiß er nicht. Er hat mich am ersten Tag im Krankenhaus besucht und gesagt, er würde wiederkommen, ist aber nie mehr aufgetaucht."

„Jordan, da kann alles Mögliche passiert sein. Du kannst nicht einfach annehmen, dass er nicht interessiert ist", sagte Emma so empathisch, dass ich ihr fast geglaubt hätte.

Das Problem an ihrer Theorie war, dass Caleb trotzdem mit mir in Kontakt hätte treten können, wenn er wirklich gewollt hätte. Ich wusste ja, wie innovativ und entschlossen er sein konnte. Wenn er mit mir sprechen oder mich hätte sehen wollen, hätte er einen Weg gefunden, dessen war ich mir sicher.

„Können wir bitte einfach zur Arbeit fahren", sagte ich, denn ich wollte nicht weiter mit ihr darüber diskutieren.

Als ich mich an meinen Tisch setzte, tauchte gleich Rob auf und löcherte mich mit Fragen. Etwas Abgefahrenes war mit ihm geschehen, seit ich wieder zurück war. Er war total nett zu mir und lobte meine Arbeit. Mir war nicht ganz klar, ob ich ihm wirklich etwas bedeutete und er einfach nur froh war, dass ich überlebt hatte, oder ob er mich schlichtweg wieder rumkriegen wollte. So oder so, mir war es egal, denn ich war längst über ihn hinweg.

Ich war über alle Kerle hinweg, die mir nur im Weg standen. Ich hatte keinen Platz mehr im Leben für Kompromisse. Ich war auf dem Berg fast draufgegangen und ich würde mein Leben nicht weiter vergeuden. Ich wollte jeden Moment bestmöglich auskosten.

Nur Caleb ging mir ständig durch den Kopf, denn ich konnte ihn einfach nicht aus meinen Gedanken verbannen. Was wir miteinander erlebt hatten, war unglaublich gewesen, und er würde immer einen Platz in meinem Herzen haben. Aber ich würde ihm nicht nachtrauern und mich nicht grämen, weil er sich nicht bei mir meldete. Ich wollte unsere gemeinsame Zeit nicht zu etwas Negativem machen, deshalb entschied ich mich, nur die guten Erinnerungen zu behalten. Das Leben war eindeutig zu kurz, um mir immer so viele Gedanken zu machen.

Während ich mich wieder in meinen normalen Alltag einarbeitete, stellte ich fest, dass mir jetzt alles viel leichter von der Hand zu gehen schien. Früher hatte ich jede Entscheidung hin und her gewälzt und mir ständig über alles den Kopf zerbrochen.

Jetzt nicht mehr. Ich war plötzlich viel produktiver und selbstbewusster und ich konnte mein volles Potential ausschöpfen. Irgendwie wusste ich einfach, dass alles gut werden würde. Mit oder ohne Caleb, ich würde mein Glück schon finden, sowohl beruflich als auch privat.

Kapitel 20

Caleb

„Mom redet immer noch über deinen Besuch und darüber, dass du dich nach seiner Herzgeschichte um Dad gekümmert hast“, sagte Jeff, als wir nach dem Joggen in meiner Wohnung zum Frühstück beisammensaßen.

„Ich weiß, du hättest sie sehen müssen. Sie würde natürlich nichts Schlechtes für Dad wollen, aber sie war so aufgeregt über meinen Besuch, dass ich ihr fast schon unterstelle, dass sie ein bisschen froh war, dass er in den letzten Wochen meine Hilfe gebraucht hat. Sie kam morgens immer herein, um mich zu wecken, und dann hat sie mich nur wie eine Bekloppte angestarrt.“

„Und wie läufts mit deinem Mädchen vom Berg?“, fragte Jeff.

„Gar nichts läuft. Ich bin abgehauen, um mich um Dad zu kümmern und bin überhaupt nicht dazu gekommen, nochmal mit ihr zu reden.“

Jeff brach in Gelächter aus. Er lachte nicht, weil ich etwas Witziges gesagt hatte, sondern er dachte wohl, ich würde ihn verarschen oder anlügen. Aber so war es nun mal. Als ich zurück ins Krankenhaus kam, um Jordan zu besuchen, war sie verschwunden. Das wars.

„Du willst mir also erzählen, der Kerl, der eigenhändig ein Haus gebaut hat, es mit Strom versorgt und auch noch einen Weg gefunden hat, fließendes Wasser einzurichten, schafft es nicht, die Frau seiner Träume wiederzufinden? Alles klar“, sagte er spöttisch.

„Wer sagt denn, dass sie die Frau meiner Träume ist?“

„Oh, du hast kein Sterbenswörtchen gesagt, aber es steht dir mitten ins Gesicht geschrieben, jedes Mal, wenn wir über sie reden. Was du bereits mehrfach getan hast. Öfter, als du bisher jemals mir gegenüber irgendeine Frau erwähnt hast.“

„Das ist lächerlich. Und es stimmt auch gar nicht“, versuchte ich mich herauszureden. „So viel rede ich nun auch wieder nicht über sie.“

„Jaja“, sagte Jeff und begann, auf seinem Handy herumzuspielen.

„Außerdem hätte sie sich ohne Weiteres bei mir melden können, wenn sie das gewollt hätte. Ich bin nicht so schwer zu finden.“

„Wow, jetzt versteh ich auch, wieso du alle Frauen vergraulst. Sie ist da oben fast gestorben und hat ein Trauma durchlebt, weil ihr Ex sie in Stücke hacken wollte, aber du findest, sie könnte sich ruhig auch mal bei dir melden?“

„Wenn du es so sagst, komm ich wie ein Arsch rüber“, lachte ich.

Jeff war ein guter Bruder. Egal was bei mir gerade los war, ich konnte mich immer darauf verlassen, dass er nur das Beste für mich wollte. Ich sollte auf ihn hören und seine Ratschläge nicht ignorieren.

Nicht nur wollte ich mich eigentlich wirklich bei Jordan melden, sondern ich hatte nicht eine Sekunde lang aufgehört, an sie zu denken, seitdem man sie in jenen Operationssaal gebracht hatte. Ich war die ganze Zeit über hin und her gelaufen und hatte mich zu beruhigen versucht, krank vor Sorge und ganz außer mir, weil mir niemand etwas berichten wollte. Hätte mein Vater nicht kurz darauf einen Herzinfarkt gehabt, wäre ich sie natürlich auch wie vereinbart besuchen gekommen.

In den darauffolgenden Wochen hatte ich darüber nachgedacht, Jordan auszuforschen. Ich überlegte, ob ich ihr einen Brief schreiben sollte. Ich wäre gerne bei ihr zu Hause oder im Büro vorbeigegangen, aber das schienen mir alles Dinge zu sein, die ihr verrückter Exfreund vielleicht auch getan hätte.

Ich wollte auf keinen Fall, dass sie irgendwie Angst vor mir bekam. Ich wollte nichts tun oder sagen, das ihr auch nur im Geringsten das Gefühl gab, ich könnte wie dieser Kerl werden. Ich dachte, es wäre wohl am sichersten, zu warten, bis sie sich bei mir meldete. Wenn sie das wollte, hatte sie die Möglichkeit.

„Du bist ja auch ein Arsch“, sagte Jeff ohne zu lachen. „Bei Frauen hast du nur eine Chance. Entweder du willst sie oder nicht. Im Moment hält sie dich wahrscheinlich für einen Arsch. Sorry für die Direktheit, aber sie wird dich maximal noch für ein paar Tage als Option im Auge behalten, bevor sich dein Zeitfenster schließt und du deine Gelegenheit verpasst hast.“

„Seit wann bist du so ein Experte für Frauen?“, scherzte ich. „Na schön, ich gehe ihr Zelt vom Berg holen und schicke es ihr. Wie klingt das? Wenn sie dann mit mir Kontakt aufnehmen will, kann sie mir einen Brief schicken.“

„Klar, weil jeder normale Mensch im einundzwanzigsten Jahrhundert Briefe schreibt. Komm schon Caleb, stell dich doch nicht so blöd an.“

„Von mir aus, dann bring ich es eben in ihr Büro. Ich will nicht bei ihr zu Hause aufkreuzen wie so ein Stalker. So etwas braucht sie eindeutig nicht nochmal.“

Bei Jordan im Büro anzutanzen kam mir trotzdem irgendwie blöd vor. Es war eine etwas zu großspurige Geste für meinen Geschmack und passte nicht recht zu unserer Situation.

Die meiste Zeit wollte ich ehrlich gesagt einfach wieder in meine Hütte zurück und mich verkriechen. Das Leben unter Menschen war anstrengend. Aber es war Zeit, wieder zu leben. Ich konnte mich nicht ewig verstecken. Fortan würde ich mich mit Wochenenden oder Kurzurlauben in den Bergen begnügen müssen, denn ich wollte mein eigenes Leben wieder voranbringen.

„Gib mir Bescheid, wie es gelaufen ist. Machst du das bald? Bevor du mit der neuen Firma anfängst?“

„Ja, ich gehe morgen rauf und hole ihr Zeug. Ich suche eh noch nach einem Büro und muss auf ein paar Patentunterlagen warten. Bevor die Patente nicht in trockenen Tüchern sind, will ich nicht an die Öffentlichkeit gehen. Irgendwelche Posts in sozialen Medien würden nur den rechtlichen Kram für die Firma gefährden.“

Ich hatte mich entschlossen, mein eigenes Unternehmen für erneuerbare Energie in Oregon aufzuziehen. Ich würde mich zunächst auf Solarstrom spezialisieren, aber ich wollte mich später auch mit Windenergie und anderen alternativen Stromquellen auseinandersetzen.

In den letzten zwei Jahren hatte ich viel Aufwand betrieben, um die Anschlüsse für die Solarzellen zu perfektionieren und möglichst platzoptimiert zu bauen. Zumal ich in den Bergen von Bäumen umgeben gewesen war, vermutete ich, dass die Energiesteigerung mit meinen Methoden in anderen Gegenden des Landes noch deutlich höher ausfallen würde.

Sobald meine Patente genehmigt waren, wollte ich mit der Werbung anfangen und eine Marketingfirma beauftragen, um sicherzustellen, dass ich ausreichend Geschäftskontakte herstellen konnte. Ich würde einige Verkäufer anstellen und sie mit dem System vertraut machen müssen.

Meine Zeit in den Bergen hatte mich unter anderem gelehrt, dass ich nicht alles alleine machen musste. Auf die Hilfe von anderen zu bauen war produktiver und bedeutete, dass ich meine eigene Energie eher auf die wirklich wichtigen Dinge konzentrieren konnte.

„Das wird ein großes Ding, Caleb. Ich habe so ein Gefühl, dass dein neues Geschäft ein Kracher wird."

„Danke, Bruderherz."

„Im Ernst. Ich schmiere dir nicht nur Honig ums Maul. Jeder denkt heute übers Geldsparen nach und immer mehr Leute wollen sich auch auf erneuerbare Energie verlassen. Du hast dir da ein vielversprechendes Feld ausgesucht."

„Das hoffe ich. Ich bin auf jeden Fall echt aufgeregt. Ich bastle mir bald einen Businessplan und mache mich an die Arbeit, sobald ich den Papierkram erledigt habe."

„Lass mich wissen, falls ich irgendwie helfen kann. Jetzt muss ich aber los. Denk drüber nach, ob du nicht einfach zu der Marketingagentur von deinem Mädchen rübergehst und etwas für die Arbeit einfädelst. Das würde dir eine Gelegenheit geben, sie zu sehen."

„Das klingt ganz schön krank."

„Auch nicht kranker, als den Berg hinaufzusteigen, um ihr

Zelt zu holen und es ihr vor die Füße zu legen. Geh einfach hin. So kannst du das Ganze wenigstens als etwas Geschäftliches tarnen, falls sie echt nicht interessiert ist. Aber versprich mir, dass du sie wenigstens um ein Date bittest. Keine Ausreden. Geh hin, sag ihr, dass du sie magst und frag sie. Verstanden?“

„Wow, so penetrant bist du doch sonst nicht.“

Jeff lachte und umarmte mich, bevor er ging. Es tat mir echt gut, hier zu sein und mehr Zeit mit ihm zu verbringen. So sehr er mich bei meinen allmonatlichen Besuchen auch genervt hatte, jetzt freute ich mich über seine Besuche und ich wusste, dass ich ihm wichtig war.

Seine Idee, zu Jordan ins Büro zu gehen und mich dort um einen Marketingplan zu kümmern, gefiel mir nicht so schlecht. Ich musste ohnehin jemanden beauftragen, also konnte ich auch gleich Jordan um ihre Meinung bitten. Es blieb immer noch der ganze Beigeschmack des durchgeknallten Stalkers, aber solange ich mit einem geschäftlichen Thema ankam, konnte ich das vielleicht vermeiden.

Irgendwie brachte ich den Mut auf, mich herzurichten, anzuziehen und auf den Weg in ihre Agentur zu machen. Ich wollte es versuchen. Wenn sie mich zurückweisen würde, hätte ich sie wenigstens noch einmal gesehen.

Meine Hände zitterten, als ich in den Wagen stieg und zu ihr fuhr. Nachdem ich gefühlt stundenlang auf dem Parkplatz sitzen geblieben war, sammelte ich schließlich all meinen Mut und ging zum Eingang des Bürogebäudes. Die Rezeptionistin war sehr nett und rief gleich bei Jordan an, als ich ihren Namen nannte. Sie ging jedoch nicht ran und so fragte ich, ob ich einfach nach oben gehen und mich selbst nach ihr umsehen dürfe.

Jetzt, wo ich mich schon extra überwunden hatte und hierhergekommen war, wollte ich nicht unverrichteter Dinge wieder abziehen. Jetzt oder nie. Sie würde mich entweder erhören oder mich auslachen. So oder so würde ich in wenigen Augenblicken eine Antwort auf die Frage bekommen, die in jenen Tagen mein Herz erfüllte.

„Sie können gerne raufgehen“, sagte die junge Frau lächelnd. „Jordans Platz ist ganz hinten, aber sie ist vielleicht im

Konferenzraum bei einer Teamsitzung."

„Danke", antwortete ich und ging die Treppe hinauf.

Während ich mich auf die Suche nach Jordan machte, wurde ich immer nervöser. Ich schielte in jeden Raum, ob sie irgendwo zu sehen war. Als ich schließlich beim letzten Tisch auf ihrer Etage ankam, wusste ich sofort, dass es ihrer war. Es stand ein einzelnes Foto von ihr und ihrer Familie darauf, dass ich mir einen Moment lang ansah, als ich plötzlich spürte, dass jemand hinter mir stand.

„Sie ist in einem Meeting", sagte Emma mit verschränkten Armen und verärgertem Blick. „Was willst du hier?"

Sofort stellte ich mir dieselbe Frage. Wieso hatte ich bloß auf meinen Bruder mit seinen hochfliegenden Vorstellungen gehört? Jordan würde es nicht gefallen, dass ich einfach so auftauchte. Es würde am besten sein, wenn ich einfach ging.

„Ich wollte nur mit Jordan über Marketingzeug reden."

„Oh, Marketingzeug. Okay, ja, wieso solltest du auch mit ihr darüber reden, dass du sie in den letzten paar Wochen einfach hast hängen lassen?"

Ich wollte mich schon verteidigen und Emma erzählen, wieso ich nicht in der Stadt gewesen war, aber sie gab mir keine Gelegenheit, sondern schnaubte nur verächtlich und ging dann davon zu ihrem eigenen Tisch.

„Kann ich hier auf sie warten?", fragte ich.

„Von mir aus, mir gehört der Tisch nicht. Aber mal ehrlich, du verschwindest wochenlang und jetzt willst du so tun, als würdest du dich für Marketing interessieren. Nach allem, was sie mir von dir erzählt hat, hätte ich echt ein bisschen mehr erwartet."

„Tut mir leid, ich hätte mir mehr Mühe geben sollen", sagte ich, ohne auf meine Gründe einzugehen.

Die Wahrheit war nämlich, dass ich mir wirklich mehr Mühe hätte geben können. Ich hätte ihr meine Gefühle offenbaren können, als wir uns im Krankenhaus gesehen hatten. Aber es war so eine emotionale Zeit gewesen, dass ich sie einfach nicht zu etwas hatte drängen wollen, zu dem sie nicht bereit war. Sie hatte so müde und abgekämpft ausgesehen. Ich wollte ihr nur Zeit zum Ausruhen und Gesundwerden geben. Außerdem war der Augenblick irgendwie peinlich gewesen. Wir kannten uns immer noch kaum und wir hätten uns erst noch etwas aneinander gewöhnen müssen.

„Sie ist in dem Besprechungszimmer da hinten", sagte Emma und nickte mir mit einem halben Lächeln zu.

„Du bist nicht wütend?"

„Es gefällt mir, wenn ein Kerl zugeben kann, dass er einen Fehler gemacht hat. Außerdem hat sie mir alles erzählt, was du für sie getan hast. Ich vertraue also darauf, dass sie dir wirklich am Herzen liegt. Aber verarsch sie nicht, sonst hacke ich dir mit der Axt ein Bein weg."

„Das glaub ich gerne", sagte ich glucksend und machte mich auf den Weg, um Jordan zu finden.

Das Besprechungszimmer am Ende des Ganges hatte eine große Glasfront, sodass sie mich schon von weitem kommen sah. Der schockierte Ausdruck auf ihrem Gesicht ließ mein Herz höherschlagen. Sie schien glücklich zu sein, mich zu sehen. Jordan sah eindeutig glücklich aus. Ich konnte nur noch lächeln, während ich mich draußen an eine Ecke stellte und wartete, bis das Meeting vorbei war.

Sie sah immer wieder von ihren Arbeitskollegen weg und zu mir herüber und konnte sich offensichtlich kaum konzentrieren. Es war deutlich zu sehen, dass sie fast verrückt wurde. Ihr Lächeln transportierte mich direkt zurück zu unserer Zeit in der Hütte. Die Tatsache, dass wir nicht gleich miteinander reden konnten, gab uns die Zeit, einander in die Augen zu sehen, und ich glaubte, ihre Liebe für mich zu spüren.

Vielleicht war es nicht wirklich Liebe, vielleicht hatte sie mich einfach nur gern, aber ich spürte dasselbe für sie und wir verdienten eine Chance. Unsere Gefühle füreinander verdienten es, dass wir es versuchten, und ich würde alles tun, damit es dazu kam.

Nachdem die Besprechung endlich zu Ende war, zog eine Frau Jordan zur Seite, um mit ihr zu reden. Sie deutete achselzuckend zu mir und ging dann mit der Frau einige Papiere durch. Das Ganze dauerte keine fünf Minuten, aber es fühlte sich an wie eine Ewigkeit, während ich nur zusehen und darauf warten konnte, dass Jordan endlich zu mir kam.

„Caleb, was tust du denn hier?“ Sie legte ihre Arme um mich und drückte mich auf eine Weise, die mir sofort klar machten, dass sie ähnlich fühlte wie ich. Ich hielt sie fest und wollte gar nicht mehr loslassen. Ihr Haar roch so göttlich, dass ich meine Nase darin vergrub und sie fester an mich drückte.

„Tut mir leid, ich hab dich im Krankenhaus verpasst, mein Vater hatte einen Herzinfarkt, ich...“

„Oh mein Gott, geht es ihm gut?“

„Ja, mittlerweile schon. Ich bin nach Hause gegangen, um meiner Mutter bei der Pflege zu helfen. Ich war so blöd im Krankenhaus. Ich weiß nicht, ich wollte einfach nicht aufdringlich sein und mit dir flirten, du hast so schwach ausgesehen... Ich...“

„Caleb, ist schon gut. Ich weiß, es war komisch. Wir waren beide komisch. Ich hätte einfach nach deiner Nummer fragen oder dir meine eigene geben sollen. Ich hätte deutlicher machen sollen, dass ich interessiert bin.“

„Gut, jetzt sind wir ja hier“, sagte ich und zog sie dicht an mich.

Ich ließ meine Arme auf ihre Hüften sinken und spürte gleich die Augen der Leute auf uns. Ich fragte mich, ob sie wohl die ganze Geschichte über unser gemeinsames Abenteuer kannten. Hatte Jordan irgendjemandem ihre beinahe tödlichen Erlebnisse auf dem Berg gebeichtet?

„Ich bin so froh, dass du gekommen bist.“

„Ich wollte unter dem Vorwand herkommen, eine Marketingberatung für meine neue Firma anzustellen. Ich wollte das als Ausrede benutzen, falls du nichts mit mir zu tun haben wolltest“, gestand ich.

„Oh, ich kann dir gerne mit deiner Vermarktung helfen“, grinste sie.

„Dann würdest du also auf ein Date mit mir gehen?“

„Aber sowas von.“

„Ein richtiges Date, also ohne Äxte oder Schneestürme. Ich möchte zu dir nach Hause kommen und dich abholen. Ich möchte dich zum Abendessen ausführen und stundenlang reden. Ich möchte dich zu Hause abliefern und dir einen Gutenachtkuss geben.“

„Einverstanden, nur eine Sache würde ich ändern“, sagte Jordan, fasste meinen Nacken und zog mich zu sich herab.

„Klar, was auch immer du willst. Wir können uns auch irgendwo treffen. Ich muss dich nicht abholen. Ich mache, was du möchtest. Du sollst es guthaben.”

„Du solltest nach dem Date mit raufkommen und dort Gute Nacht sagen. Vielleicht bleibst du auch über Nacht und bewachst mich bis zum Morgen?“, sagte sie verspielt und küsste mich.

Es war fantastisch, sie wieder in den Armen zu halten. Ich konnte es kaum erwarten, sie auf ein richtiges Date auszuführen. Ich wollte nicht eine Minute länger warten. Unsere Verbindung war so stark wie eh und je. Es gab keine Betretenheit mehr, keinerlei Sorgen um den Funken zwischen uns. Einmal mehr fühlte ich die sexuelle Kraft, die uns schon oben in der Hütte erfasst hatte.

„Was hast du heute Abend vor?“, fragte ich dreist, ohne wirklich daran zu glauben, dass sie sich gleich Zeit für mich nehmen würde.

„Anscheinend geh ich mit dir auf unsere erste Verabredung“, antwortete sie, woraufhin wir uns leidenschaftlich küssten, mitten in ihrem Büro.

Epilog

Jordan

„Haben wir beide Gaskocher oder nur den ultraleichten?“, fragte ich Caleb, während ich unsere Checkliste für die große Wanderung durchging.

„Ich habe beide herausgelegt, aber ich dachte, wir wollten nur einen mitnehmen?“

„Ja, wenn man so liest, ist das Rucksackgewicht ziemlich entscheidend. Ich will aber auch nichts mitnehmen, was dann nicht funktioniert. Welcher ist zuverlässiger?“

„Ich würde sagen, der neue hier“, antwortete Caleb und hielt den Kocher hoch, den er gerade gekauft hatte.

„Na schön, ich vertraue auf dein Urteil. Was ist mit Schlafsäcken? Nehmen wir die neuen oder die alten?“

„Die alten sind leichter, aber die neuen werden uns besser warmhalten“, sagte er augenzwinkernd. „Und ich weiß ja, wie gern du es nachts warm hast.“

In den vergangenen fünf Jahren waren wir oft zum Zelten und Wandern draußen gewesen. Das war jetzt unser Ding. Wir waren beide gerne im Freien und gingen auf lange Touren, aber diese hier würde unsere bisher größte Unternehmung werden. Wir hatten uns beide ein paar Monate frei genommen, um den Appalachian Trail zu wandern.

Caleb hatte vor kurzem einen Geschäftsführer für seine Firma angestellt, die inzwischen aus über hundert Mitarbeitern bestand. Es war trotzdem sehr schwer für ihn, so lange weg zu sein, deshalb wollten wir zwischendurch einige Pausen einlegen, um in Kontakt mit der Außenwelt zu bleiben.

„Dann wohl besser die wärmeren“, lachte ich. „Ich hab immer noch manchmal Albträume von dieser verschneiten Nacht am

Berg, als ich fast erfroren wäre. Aber jedes Mal legst du deine Arme um mich und alles wird gut."

„Weil du weißt, dass ich niemals zulassen würde, dass dir etwas geschieht."

„So ist es", sagte ich, während wir uns küssten und er meinen Hintern begrapschte. „Wir müssen jetzt aber mit der Packliste fertig werden. Du weißt doch, dass wir mit Emma und Jeff zum Abendessen verabredet sind."

„Erklär mir nochmal, wieso sie nicht einfach zu uns kommen?"

„Weil dein Bruder eine schwierige Scheidung durchmacht und ich ihm Emma vorstellen möchte und nicht will, dass es komisch wird."

„So ein toller Fang ist er nun auch wieder nicht, ich verstehe gar nicht, wieso du ihn und Emma unbedingt verkuppeln willst", feixte Caleb. „Er ist echt langweilig."

Caleb wusste genau, dass das nicht stimmte. Jeff war ein sehr interessanter Kerl und außerdem bis zum Ende loyal zu seiner Frau gewesen. Selbst nachdem sie mit einem anderen Mann durchgebrannt war, verlor er kein schlechtes Wort über sie. Ich sah etwas in ihm, von dem ich glaubte, dass es Emma auch gefallen könnte. Außerdem wäre es praktisch, wenn Calebs Bruder und meine Freundin etwas miteinander anfingen. Die Vorstellung gefiel mir sehr.

„Wir sollten uns aufs Packen konzentrieren. Das andere können wir später besprechen", sagte ich.

„Ich muss dir was zeigen, komm mal mit", meinte Caleb dann und bedeutete mir, ihm nach hinten ins Schlafzimmer zu folgen.

Es war eine hervorragende Entscheidung gewesen, in sein Apartment einzuziehen. Wir hatten davor so viel Zeit damit verbracht, zwischen unseren Wohnungen hin und her zu tingeln. Außerdem war meine Bude nichts im Vergleich zu diesem Palast. Ich hielt seine Hand fest und folgte ihm, während ich hoffte, dass wir uns nicht gegenseitig so ablenken würden, dass wir zu spät zu unserer Verabredung kamen.

„Du musst dich aufs Bett legen“, sagte Caleb mit verschmitztem Lächeln.

„Nichts da, wir müssen noch ausgehen“, protestierte ich.

Doch es half nichts. Ich sah den Ausdruck in seinen Augen und wusste schon, dass ich ihm nicht widersprechen konnte. Er sah mich an, als sei ich eine Art Preis, den er schon lange begehrt hatte. Sein Verlangen war immer so offensichtlich, dass meine eigene Lust sofort hochkochte, wenn ich ihm auch nur nahekam.

„Ich denke, für das hier sollten wir uns Zeit nehmen“, sagte Caleb und schob mich sanft aufs Bett.

Er ließ nichts anbrennen und zog mir gleich die Hose mitsamt dem Unterhöschen aus. Seine Augen starrten mich hungrig an und ich lächelte zurück. Er gab mir immer das Gefühl, begehrt zu werden. Selbst wenn wir uns mal stritten, Caleb liebte mich dennoch und er ließ mich das auch spüren. Ich war so froh, ihn in meinem Leben zu haben. So froh, dass wir einander gefunden hatten.

„Ich liebe dich“, sagte ich, während er meine Schenkel zu küssen begann.

„Ich glaube, das wusste ich schon“, sagte er schelmisch. „Ich liebe deinen Geschmack. Ich liebe dein Lächeln. Ich liebe es, wie du mich liebst”, sagte er und tauchte gleich darauf in meine Untiefen ab.

Seine Zunge hatte die Geheimnisse meines Körpers erlernt. Er fand schnell genau den richtigen Ort, der mich zum Stöhnen und Zucken brachte. Wir harmonierten perfekt im Bett. Unsere sexuelle Chemie war so stark wie am ersten Tag.

„Ja“, seufzte ich, während er meinen Körper bearbeitete.

Jede von Calebs Bewegungen war über die Jahre präzise einstudiert worden. Er wusste, was ich wollte. Er wusste, was mein Körper brauchte. Selbst ein Quickie vor dem Abendessen begann immer mit umwerfendem Oralsex. Das war nur eine Art, wie er mir immer wieder seine Liebe bewies. Er beugte mich nicht einfach vornüber und legte los, ihm war es immer wichtig, auch für meine Befriedigung zu sorgen.

Und ich tat dasselbe für ihn. Mehr als einmal hatte ich ihn abends nach der Arbeit in eine Ecke getrieben und war auf die Knie gegangen, um es ihm zu besorgen. Es war so simpel und schön, einfach nur seinem Partner gefällig zu sein. Ohne Gegenleistung, nur, um ihm eine Freude zu bereiten.

An diesem speziellen Abend war mir nicht nach langem Vorspiel und Liebkosungen. Ich wollte ihn in mir haben. Ich wollte unsere brennende Leidenschaft spüren. Und wenn wir es rechtzeitig zum Abendessen schaffen wollten, musste ich auf jeden Fall die Kontrolle übernehmen.

„Fick mich“, stöhnte ich laut.

„Was?“

„Ich will, dass du mich hart rannimmst.“ So etwas hatte ich bisher noch nie laut ausgesprochen und ich sah sofort, dass es ihn anmachte. Er knurrte mich an und hob den Kopf zwischen meinen Beinen hervor, um sich über mich zu knien.

„Spiel nicht mit mir.“

„Ich spiele nicht. Ich will dich. Ich will dich hart und tief in mir spüren.”

Er zögerte noch, doch ich konnte es nicht länger erwarten. Ich packte ihn und zog ihn auf mich. Ich führte seine Erektion in mich ein und presste die Beine an ihn, um ihm zu zeigen, dass es mir ernst war. Ich brauchte ihn.

Ich musste mich nur kurz an ihn drücken, da begann er auch schon, tief in mich einzudringen. Sein Körper war immer noch so massig, dass ich mich doch ein wenig gegen ihn stemmen musste, um sein Tempo zu verlangsamen. Die Sache erregte mich jedoch ungemein und ich fühlte, dass mein Körper vor Nässe triefte, je mehr er zustieß.

„Ja“, stöhnte ich. „Fester, fester.“

Er nahm meine Aufforderung wörtlich und ging noch härter zugange. Er war so tief in mir, dass ich vor Entzückung kreischte und wollte, dass er weitermachte. Das Gefühl völliger Lust überwältigte mich und bald schon begann mein Körper, dem Verlangen zu erliegen.

„Das ist so heiß“, stöhnte er über mir. „Ich liebe dich.“

„Ich liebe dich auch, Baby“, sagte ich, als er mich sanft küsste.

Caleb war eigentlich gar nicht der Typ für richtig groben Sex. Auch wenn ihn meine Bitte eindeutig antörnte, genoss er es für gewöhnlich eher, nächtelang Liebe zu machen. Er mochte den langsamen Prozess der Erregung, genau wie ich. Normalerweise.

Bald schon fühlte ich, wie sich seine Brustmuskeln anspannten und seine Stöße länger und tiefer wurden. Ich war froh darüber, denn mein Körper würde nicht mehr viel länger durchhalten, mein Orgasmus lag bereits dicht unter der Oberfläche und würde jeden Moment hervorquellen.

Als Caleb seinen Daumen auf meine Klitoris legte und damit zu spielen begann, war das alles, was es brauchte, um mich über die Kante zu stoßen. Ich kam so heftig, dass ich meine Nägel in seinem Rücken vergrub und ihn vor Schmerzen zum Schreien brachte. Das hielt ihn aber nicht vom Weitermachen ab und so kam auch er kurz darauf mit einem letzten, mächtigen Stoß.

Quickies machten mir inzwischen mehr Spaß, als ich für möglich gehalten hätte. Danach wollte ich eigentlich nur liegen bleiben und ein Nickerchen machen, aber ich hüpfte schnell unter die Dusche, bevor mich die Müdigkeit überkam. Ich hoffte, Caleb würde mich begleiten, aber er lag immer noch auf dem Bett und erholte sich, selbst nachdem ich schon wieder zurück war und mich anzuziehen begann.

„Auf gehts, Schlafmütze“, stichelte ich.

„Wirklich? Du willst immer noch dahingehen?”

„Oh ja, komm jetzt. Wir werden sechs Monate lang unterwegs sein, da können wir uns ja wohl wenigstens vorher nochmal mit unseren engsten Freunden treffen.“

„Ich weiß jetzt schon, dass du auf diesem Trip meine Sklaventreiberin sein wirst.“

„Allerdings, wir haben eine lange Strecke zu bewältigen und

ich weiß ja, wie faul du manchmal sein kannst“, sagte ich, um ihn zu ärgern.

Wenn ich eines sicher wusste, war es, dass Caleb alles andere als faul war. Er war einer der fleißigsten Menschen, die ich kannte. Das war unser kleiner Insiderwitz. Seine Firma beanspruchte ihn manchmal bis zu hundert Stunden pro Woche und dennoch fand er immer Zeit, mir das Gefühl von Liebe und Geborgenheit zu geben. Er war einfach der perfekte Mann für mich. Nicht nur, weil ich mich bei ihm stets sicher fühlte, sondern auch, weil wir eine Verbindung hatten, die ich sonst mit niemandem hätte teilen können. Er hatte mir das Leben gerettet und das würde ich ihm nie vergessen.

„Ich bin sehr froh, dass du mich zu diesem Trip überredet hast“, sagte er, als er widerwillig aus dem Bett rollte und sich anzuziehen begann. „Ich freue mich darauf, ein paar Monate mit dir in der Abgeschiedenheit zu verbringen.“

„Das wird die Tour unseres Lebens“, sagte ich. „Ich weiß, dass wir immer gut darin sind, jedes Abenteuer unvergesslich zu machen, aber vielleicht sollten wir diesmal versuchen, keine Nahtoderlebnisse einzubauen.“

„Ich geb mir alle Mühe, aber ich kann dir jedenfalls versprechen, dass ich dich retten werde, falls du in Bedrängnis geraten solltest.“

„Du bist ja sowas von romantisch”, lachte ich.

„Ich denke immer noch oft an unsere erste Woche oben in der Hütte. Bei all dem verrückten Zeug, weißt du, was mir immer als erstes einfällt?“, fragte er und wartete nicht auf meine Antwort. „Du und ich im Bett in jener ersten Nacht. Ich habe dich gleich geliebt. Daran erinnere ich mich am besten.“

„Ich auch, Caleb, ich auch. Ich liebe dich.“

„Na schön, also dann lass uns endlich ausgehen“, sagte er neckisch. „Hör auf, mich dauernd mit deinem Sexappeal abzulenken.“

Er packte mich und zog mich wieder an sich und ich musste darüber lächeln, wie sehr ich diesen Mann liebte. Egal, was auf diesem langen Abenteuer auf uns zukommen würde, ich wusste, dass er der einzige Mensch war, mit dem ich so etwas je versuchen würde. Wir waren füreinander bestimmt und auch wenn der Weg für uns besonders am Anfang rau gewesen war, so war ich mir doch sicher, dass wir alles meistern konnten, solange wir einander hatten.

ENDE

Liebe Leser,

vielen Dank für das Lesen meines Buches, ich hoffe sehr, dass euch die Story gefallen hat! ;-)

Ohne begeisterte Leser wie euch wäre es für mich nicht möglich, meinen Traum zu leben und meine Fantasien in diese Romane zu packen.

Falls ihr einen kurzen Moment Zeit habt, so würde ich mich sehr freuen, wenn ihr mir eine kurze Rezension auf Amazon gebt. Da ich nicht die Werbemittel eines großen Verlages habe, bin ich auf Empfehlungen meiner Leserschaft angewiesen und dankbar für jede Bewertung! ;-)

Herzlichen Dank,

Sarah

Über Sarah

Sarah schreibt seit ihrem sechzehnten Lebensjahr und hat schon mehrere Bestseller auf Amazon veröffentlicht. Egal, ob die Männer in ihren Büchern Milliardäre, Bad Boys oder beides sind - sie liebt es über heiße Kerle zu schreiben, die gleichzeitig ihre Liebste beschützen und herausfordern; ebenso wie über die Frauen, nach denen sie sich sehnen. Ihre unterhaltsamen Geschichten sind immer heiß und aufregend, mit vielen Wendungen und einem garantierten Happy End - genau so, wie es auch nach einem wilden Ritt im Schlafzimmer sein sollte, wenn du verstehst, was ich meine ;-)

Kontaktiere Sarah direkt auf Facebook und erhalte den Liebesroman "Die Rückkehr des Milliardärs" gratis!

www.facebook.com/sjbrooksoffiziell

32418506R00139

Printed in Poland
by Amazon Fulfillment
Poland Sp. z o.o., Wrocław